いつから魔力がないと錯覚していた!? 2

登場人物紹介
パーシヴァル・ベリサリオ
ヴァンダーウォール辺境伯家の三男。
幼い頃から騎士を目指している
真面目な優等生。
サフィラスの初めての友達で、
トラブルに巻き込まれがちな彼を
心配している。
サフィラス
魔法の名門家に生まれたが
〝魔力なし〟と虐げられてきた薄幸の美少年。
伝説の魔法使いだった前世を思い出してからは
可哀想な自分と決別し、自由な人生を満喫中！

アデライン夫人
パーシヴァルの母。ヴァンダーウォール領を訪れたサフィラスを歓迎する。
リベラ
クラウィスの忠実な付き人。主人に失礼な態度をとる者には容赦しない。
アウローラ
サフィラスの後援を務めるブルームフィールド公爵家の一人娘。優れた力を持つ聖魔法使い。
ケット・シー
幻獣界からサフィラスが召喚した妖精猫。
クラウィス
獣人の国・ワーズティターズ王国の王太子。留学生で、討伐演習を通してサフィラスと仲良くなる。

目次

いつから魔力がないと錯覚していた⁉ 2

プロローグ

「……え、ギリアムは死んだんですか？」

元婚約者の意外な結末に、おもわず間抜けな声を出してしまった。

公爵家にお呼ばれして、誘拐事件の結末として聞かされたのは、元婚約者の死だった。

嫌悪の感情しか抱いていない男だったから、死んだと聞いても特に思うことはない。

はっきり言うなら、あ、そ。ってとこだ。

なにしろギリアムは、俺を誘拐して奴隷商人に売り飛ばそうとした、度し難い屑野郎だ。

このギリアムという男は俺が十二歳の時に、元父親のオルドリッジ伯爵が決めた婚約者だった。

俺、というか、サフィラスは魔法伯爵家の次男に生まれながらも、五歳の魔力鑑定で魔力なしとされてから、父である伯爵から家族と認められず、相当酷い目に遭わされていたんだ。

庭の隅の粗末な離れで、まるでさっさと死ねとばかりに放置され、このまま一人で一生を終えるのかと思っていた。

そんなサフィラスにとって婚約者という存在は、いつか伯爵家から自分を連れ出してくれる救世主のように思えたが、残念なことにギリアムは伯爵に負けず劣らずの屑だったのだ。魔力なしで家族に冷遇されているサフィラスを、まるで玩具かのように扱い、甚振《いたぶ》った。

おおかた伯爵が好きなようにしていいとでも言ったんだろう。死ぬまでこんな惨めな日々が続くのかと絶望したサフィラスは、齢十二にしてすっかり人生を諦めてしまった。

本当に酷い境遇だったよね。

ところが、そんなお先真っ暗闇な人生を歩んでいたサフィラスに転機が訪れた。

貴族子息令嬢の義務として入学した王立クレアーレ高等学院でのこと。学院寮で婚約者だったギリアムに手籠めにされそうになり、サフィラスは決死の覚悟で二階の窓から飛び出した。

しかし、それがサフィラスの運命《フォルトゥーナ》を変えた。落下して頭を打ったショックで、大魔法使いだった前世を思い出したのだ。

かつての俺は無詠唱であらゆる魔法を使いまくり、仲間と共に世界を滅ぼすと言われた厄災の黒炎竜インサニアメトゥスを倒したことで英雄の一人になったのだが、討伐を祝う席で泥酔し、通りがかった馬車を引く馬に抱きつこうとしてはねられ、あっさり命を落としてしまった。

人の命はなんとも儚いものだな。

そして魂のみの存在となった俺は、運命の女神フォルティーナと出会い、人生やり直しのチャンスをいただいたのだ。

どうせ生まれ変わったのなら、今まで虐げられてきたサフィラスの分も人生を謳歌してみせる。

幸いにも、偶然俺の落下地点を歩いていたヴァンダーウォール辺境伯家子息のパーシヴァルに受け止めてもらったおかげで大した怪我はなかった。さらにこの落下が原因で屑のギリアムとの婚約が白紙になった結果、役立たずと罵られてめでたく伯爵家から廃籍され、碌でもない家族とも縁を切ることができた。

全方位いいことだらけだったのだが、貴族でなくなった俺は学院に通う資格を失うことになる。

となると、家を追い出されて行く場所がない俺は、雨風を凌げる寝床と日々の食事の心配をしなければならない。

それなら、得意の魔法で前世と同じ冒険者になって食い扶持を稼ごうと思ったら、なんとこの時代、十六歳にならなければ冒険者登録ができないときた。

さてどうするかと思っていた俺に救いの手を差しのべてくれたのが、ブルームフィールド公爵家のご令嬢、アウローラだ。彼女のおかげで公爵家の後ろ盾を得た俺は、これまでと変わらず学院で学んでいる。

学院ではとにかく色々なことがあった。

野外演習では巨大な魔《ま》蛇《へび》が現れたし、公爵家で行われたお茶会では予定になかった召喚合戦をやった。王太子殿下主催の夜会ではアウローラの婚約者だった第二王子をギャフンと言わせたり、そして元婚約者のギリアムに誘拐されちゃったりと……

前世を思い出してからというもの、息をつく間もないほど波乱ずくめの学院生活を送っている。

色々あったあれこれも俺の中ではすっかり終わったことなので、その後ギリアムがどうなったかなんて正直興味はない。

あいつの顎が硬いばっかりに痛めた、拳の恨みは忘れていないけどな！

「スペンサー侯爵家は今回の事件の責任をとって、家督を長男に譲ることになった。それから、御令嬢の婚約も白紙に戻されたそうだよ」

「そうですか……」

まぁ、そうだろうな。スペンサー侯爵令嬢が悪いわけじゃないけど、少しでも瑕疵のある家とのご縁は遠慮したいと思うのが普通だ。ご令嬢からしてみれば、飛んだとばっちりだけど。

「それで、そのことに夫人が憤激《ふんげき》されてね、次男を遠縁の親類の元に送った。ところがその道中、次男はキャビンの中に紛れ込んでいた魔蠍《まかつ》に刺されたというわけだ」

キャビンに魔蠍、ねぇ……長距離の移動は荒野や山野で馬車泊もあるから、そういったものがキャビンに入り込む事故は稀にある。

そうだとしても、俺は事故の裏に何者かの意思を感じてしまった。

その意思が誰のものかまでは推し測ることはできないけれど、身内の中には相当恨みを持っている人物もいるだろうな。

……例えば、侯爵夫人とか。

なにしろ、自分の血が流れていない子の傍若無人な振る舞いの結果、娘の結婚が台無しになったのだ。そこには夫に対する恨み辛みもあったかもしれない。

ともあれ、全ては終わったこと。下手な勘繰りはするまい。

なんとも微妙な空気のお茶会がお開きになり、帰り際に公爵閣下から、お土産のお菓子と共に「期待しているよ」と激励の言葉をいただいて、俺は自分の立場を思い出した。

……期待とは、試験の結果のことだ。

学院では間も無く、学習の到達度を確認するための試験が行われるが、奨学生である俺にはある程度の成績を求められる。だから、どうでもいい男のことを考えている時間なんかないのだ。

試験の科目は語学、算術、魔法、大陸史、芸術。ただし剣術などの選択科目は含まれない。この試験の結果如何によっては進級できず留年となるので、周囲の雰囲気がなんとなくピリピリとしていて、自習室や図書館に通う学院生が増えた。

それにしても試験だなんて、前世では経験したことがない学生らしい行事だ。だけど、俺は案外楽勝ではないかと思っている。

ただ、ある一教科を除いて。

冒険者は職業柄、粗野で乱暴者が多いせいで学がないと思われがちだ。確かに学校に通っていたって言う奴は稀だし、事実学はないのだが、語学と算術だけはほとんどの冒険者が得意としている。何しろ金勘定ができなければ、報酬を誤魔化されてしまうし、言葉が不自由だったら他国で仕事を請け負えない。だから国を渡り歩いて仕事をするような冒険者は、数カ国語を話せて当たり前だったりする。ただし、外国語ができるといっても、訛っていたり、汚いスラングを使って会話したりしているわけだけど、そこは通じればいいので全く問題ない。

と、いうわけで、俺もその例に漏れないわけ。会話形式の試験なら眉を顰《ひそ》められるだろうが、読んだり書いたりなら訛りなんて関係ないしね。

算術に関しても、もと商家の三男だからそれなりに得意だ。

大陸史も一定の時代に限定されるものの、実際に経験したり見たりしてきたこともあるのでなんとかなる。

魔法は言わずもがな、これに関しては全くといっていいほど問題はない。

じゃあ何が駄目なのかというと、芸術なのである。

貴族の嗜みとして、芸術に関してなにかしら深い造詣を持っておけ、ということらしいのだけど、こればかりは前世の記憶では太刀打ちできない。絵なんて全くわからないし、音楽だって似たようなものだ。

音楽を聴くのは好きだけど作曲家がどうのとか、楽器の音色を聞いて誰それの演奏だとか、そんなことは正直全くわからない。そもそもわかる必要があるのかって話だ。

音楽なんて気持ちよく聴ければいいだろ。絵だって自分が好きならその価値なんてどうでもいいじゃないかって思うけど、貴族はそうもいかないらしい。

そもそも、サフィラスは芸術的情緒を育てられるような環境にいなかったしなぁ……

☆　☆　☆

「これがティティチェーリの女神の誕生、こっちがトルティロワの運命を導くフォルティーナ」

放課後のカフェテリアで、図書室から借りてきた図録を前にパーシヴァルの説明を聞きながら、絵画の特徴を頭に叩き込む。

これらの絵画の作者を覚えることが、俺の人生において果たしてなんの利があるというのか。ただ作者の名前を覚えるだけならまだいいが、さらに絵には主義というものがあるらしいのだ。

主義とはなんぞや？

「では、この絵の作家とその主義は？」

「……う、」

わからん。全くわからん。

これは完全に詰んでいる。そんなの誰の絵だっていいじゃないか。

何ちゃら主義？　それって生きて行くのに大事なことなのか？　うるせー！　そんなの知らん！　とテーブルに並べられた図録を払い落としたくなる衝動をグッと抑える。絵ですらこんな感じなのに、来年からは音楽も試験の対象になるとか。

こんなんで、俺は無事に学院を卒業できるのだろうか……不安しかない。

「どうやら苦労しているようだな、サフィラス」

「クラウィス、リベラ……」

俺が頭を抱えていると、クラウィスとリベラがやってきた。あの夜会以降、学院内でクラウィスたちと交流を持つことが増えた。最近は四人でランチをすることもある。

気が付けば、一人ぼっちだった俺に友人ができていた。百人には程遠いけど、彼らは信頼できる、得難き友だ。

一人でも値百人。つまり、今の俺はアウローラを入れて、友人が四百人いることになる。

これは強い。もうパルウム山に登って、サンドウィッチを食べてもいいだろう。

「サフィラスはなんでもできると思っていたが、苦手なものもあるのだな」

「まぁ、ね」

俺は魔法が得意なだけで、万能なわけじゃない。

テーブルに突っ伏して、深い深いため息を吐く。

芸術とは、こうも容易く人を絶望へと追い落とすものなのだ。俺は深く学んだぞ。

「少し、休憩するか」

「しよう！」

パーシヴァルの提案に両手《もろて》を上げて賛成する。甘いものを食べて、頭に栄養補給だ。ささっとテーブルの上の図録を片付けて、お茶とお菓子の注文に向かう。

今日の日替わりスイーツは卵をふんだんに使ったカスタードのタルトとドライフルーツのケーキだ。

両方とも俺の大好物なので、どちらを選ぶべきかものすごく迷う。

「あー、迷うな。どっちも食べたい」

「それならば、両方頼んで俺とシェアしよう」

「え！　いいの？」

「ああ、もちろん」

「やった！」

パーシヴァルのありがたい申し出に、俺は遠慮なく乗らせてもらう。

お菓子と香り高いお茶をトレイに載せてもらって上機嫌でテーブルに戻ろうとすれば、何かに足を引っ掛けて前につんのめった。

すわ、これは大惨事！　と思ったけれど、俺の持っていたトレイはひっくり返る前にクラウィスがさっと取り上げ、転びかけた俺をパーシヴァルが支えてくれてなんとか惨事は免れた。

「あ、ありがとう。二人とも、助かったよ」

「……ちっ」

危ないところを二人に助けられ安堵していると、すぐ近くから舌打ちが聞こえた。

おや、と周囲を見回せば、側のテーブルで明らかに不自然な視線の逸らし方をしている学院生がいる。

一見おとなしそうな風貌ながら、なかなかいい根性をしているじゃないか。

最近、こういった下らない嫌がらせを受けることがしばしばある。帳面を破られたりとか、見知らぬ学院生に突き飛ばされたりとかね。

一応、嫌がらせとはいったけれど、俺としては嫌がらせとすら思っていない。せいぜい、野営をしていたら虫に刺されたな、その程度の感覚だ。

ただ、帳面は公爵家からいただいたお金で買っているので、さすがに放置したままでは良くないなと思っていたのだが……なるほどなるほど、さてはお前の仕業だったのか？

なんで彼が俺に嫌がらせをしたいのかはわからないが、たかが虫でも頻繁に刺されれば鬱陶しい。

まぁ、次やったらその足を容赦なくへし折るがな。

帳面の件は、現行犯でないと冤罪になっちゃう可能性があるから、とりあえずは保留。

命拾いした今のうちに行動を改めろよ、少年。

「……サフィラス、いい顔になっているぞ」

「え?」

おっと、またしてもパーシヴァルがいうところの悪役《ヴィラン》顔をしていたらしい。

悪役というのも魅力的ではあるけれど、そもそも俺に悪役は向いていない。悪役に必要な美学っていうものが欠けているからな。

悪党と悪役は全くの別物だ。悪党は美学も信念も何もないただの屑だが、悪役というのは時に正義のために、あるいは己の崇高な信念のためにあえて茨の道をゆく者だ。

今でこそ、随分と御大層な魔法使いとして語られているフォルティスだけど、実際中身は適当なお調子者だったから、しばしばウルラに阿呆《あほう》使いだと言われていた。

阿呆《あほう》とはあんまりな言われようだが、その集大成が自分から馬車に突っ込んで死んだことなので、強く否定はできない。そんな俺に、美学も信念もあったもんじゃないよ。

「大陸随一の大国ソルモンターナ王国の貴族学院だというのに、足癖の悪い学院生もいるのだな、リベラ?」

「ええ、そのようですね。クラウィス様」

おっと、わかりやすい嫌味が二人から飛び出した。

言われた奴は羞恥と怒りで顔を赤くしている。でも、相手は他国の留学生だもんな。

言い返さないところを見ると、虫刺され程度の嫌がらせはするけれど、他国の客人に対しての無礼は行わない分別はあるらしい。

それともただの小心者か？

「まぁまぁ、長すぎる足を持て余してのことだろ。それより、みんなありがとう。おかげで大惨事にならずに済んだよ。お茶が冷める前に早く行こう」

俺は三人を促して、さっきのテーブルに戻る。

今の俺に、虫に構っている時間はないのだ。休憩の後は、再び立ちはだかる絵画の堅固な壁を相手に戦わなければならない。

魔法が通じない相手には、さすがの俺でも勝てる気がしないけど。

時には負けるかもしれないと思っても、立ち向かわなければならない敵もいるのだということを、人生二度目にして学んだ。

そんなことがあったその日の夜、俺は古典主義だとか印象主義だとか訳のわからない絵画に追いかけまわされる悪夢を見て、全く寝た気がしなかった。

地味な嫌がらせよりも、俺にはこっちの方がよっぽど応えたよ。

☆　☆　☆

芸術に散々悩まされながらも、それから間も無く始まった三日間の試験期間をなんとか乗り切った。ほとんどの教科は概ね問題ない程度の点をとれたと思うけれど、芸術だけはわからない。

これで到達度が不可だったら、本当に公爵閣下ごめんなさいと頭を下げるしかないだろう。

とはいえ、である。試験は終わったのだ。

俺は解放された！　もう、絵画の悪夢は見なくて済む！　と浮かれた気分で足取りも軽く歩いていると、見知らぬご令嬢方に呼び止められた。

「突然のお声かけ失礼いたします、サフィラス様。少々お時間をいただいてよろしいかしら？」

「申し訳ありませんが、わたくし達にお付き合いいただきたいのです」

「はぁ……」

彼女たちが纏うピリついた気配から察するに、これはアレだな。呼び出しというやつだ。

呼び出される覚えはないけど、別に急ぎの用事があるわけでもないので素直についていく。

実のところ、このご令嬢方に一体何をされるのかちょっと興味がある。

冒険者の間でも、たまにこんなことがあるのだ。

そこそこ冒険歴が長いからと何か勘違いしている奴が中にはいて、駆け出しの冒険者を呼び出してはくだらない嫌がらせをする。

大魔法使いなんて呼ばれていた俺も冒険者になったばかりの頃はソロだったから、何度か酒場の裏に呼び出されたもんだ。当然返り討ちにしたけどね。

ちょっとワクワクしながら二人のご令嬢についていけば、なんと高位貴族の子女しか使えないサロンなる場所に案内されてしまった。

学舎裏の人目につかないところにでも連れていかれるのかと思っていたので、予想外のことにサロンの入り口でポカンと立ち尽くす。

えっと、まさかここで詰《なじ》られたりするのかな？　限られた学院生しか利用できない場所だから、確かに邪魔は入らないだろうけど。

「サフィラス様、こちらへどうぞ」

促されるままサロンへ入ると、三人のご令嬢が待っていた。明るく綺麗なサロンのテーブルにはさまざまなお菓子が並び、使用人がお茶の準備をしている。

どう見ても嫌がらせをされるような雰囲気じゃない。

はてさて、これは一体どういうことか？　まさか熱いお茶をかけられたり、お菓子で制服を汚されたりするのかな？

「サフィラス様、わたくし達のお茶会へようこそいらっしゃいました」

身構えていると、ご令嬢の方々が揃って綺麗な挨拶を披露してくれた。

「え？」

「突然お誘いしてしまって、申し訳ございません。さぞ驚かれたことと思います。サフィラス様はいつも太陽の騎士様といらっしゃいますでしょう？　なかなかお声がけできなかったのですが、試験も終わりましたし、思い切ってサフィラス様をわたくし達のお茶会にご招待させていただきましたの」

「さあ、サフィラス様、どうぞこちらにお座りくださいませ」

ご令嬢の一人が俺を主賓の席へと案内してくれる。

えーっと、もしかしてこれは呼び出しではなく、お茶会のご招待？

「わたくし達、こうしてゆっくりとサフィラス様とお話ししたかったのですわ！」

「アウローラ様からサフィラス様は甘いものがお好きとお聞きしまして、とっておきのお菓子を持ち寄りましたの」

ご令嬢の一人が控えていた使用人に視線を向けると、心得たとばかりにお茶が運ばれてくる。目の前に並ぶ皿には、見たこともない色とりどりの菓子。

「えーっと、皆さんは……？」

「あら、まぁ！　これは大変失礼いたしました。わたくし達の自己紹介がまだでしたわね」

五人のご令嬢たちは一人一人丁寧に自己紹介をしてくれた。みんなクラスは違うけれど、以前から俺に声をかけたいと思っていたらしい。

「何しろ、宵闇の精霊様と呼ばれるほどのお方ですもの、気安くお声かけをして、皆様に抜け駆けだと思われるのもよろしくないでしょう」

「ですが、折角同じ学舎で学ぶ学院生同士、あまり遠慮をして交流を持たないのももったいないと思いまして、今回はこのようにお茶会の場をご用意いたしましたの」

「さあ、サフィラス様。ご遠慮なさらずにお菓子をお召し上がりくださいませ。今が旬のペシェのタルトがお勧めですわ」

「チーズとベリージャムのクッキーも美味しいですよ」

ご令嬢たちが次から次へと、珍しいお菓子を勧めてくれる。これは嬉しい困惑だ。

「えっと、では、遠慮なくいただきます」

俺は早速、勧められたお菓子に手をつける。

どれもこれも珍しいものばかりだ。きっと今王都で流行っているお菓子なんだろう。女性は流行に敏感だからね。

「そういえば、先日行われた王太子殿下主催の夜会は、クラスでも大層話題になっておりましたわ」

「ええ、ええ、サフィラス様を筆頭に、麗しい三騎士様がアウローラ様をお守りする姿は本当に、胸がときめく光景でしたもの」

「わたくし、胸がドキドキしてあの夜は眠れませんでしたのよ」

話題が夜会の話になると、ご令嬢方は瞳をキラキラと輝かせた。

どうやらみんな、あの場にいたらしい。

「サフィラス様は、アウローラ様が聖女様だとご存じでしたの？」

「えーと、聖魔法使いであることは知ってたかな」

「クラウィス様がワーズティターズの王太子殿下だということもですの？」

「いや、それは本当に知らなかった」

ご令嬢たちから、次から次へと質問が飛んでくる。

「それにしても、アウローラ様は素晴らしくお美しかったですわね」

「ええ！　本当に奇跡の瞬間でしたわ……」

「それに比べて……」

「ええ、本当に」

「あの方々には、がっかりでしたわね」

ご令嬢たちがそれぞれ目配せをして頷きあう。

「不貞を働いているにもかかわらず、あのような夜会の場で堂々と婚約破棄を叫ばれるだなんて。非常識にも程があります」

「お相手の方も少々勘違いをなさっていらっしゃいましたし……」

「もともと、あまりいい噂のある方ではございませんでしたでしょう？」

不敬になるので名前こそ出てこないが、がっかりされているのは第二王子で、勘違いしていたとされているのはスティアード嬢のことだろう。

件《くだん》の夜会の騒動は、ここだけじゃなくてどこのお茶会でもいいお茶請けの話題になっているに違いない。

あの場で動じることなく堂々と振る舞い、その上聖女であることが知られたアウローラの評判はこれまで以上のものになったけど、第二王子とスティアード嬢の評判はもう下がりようがないほど下がり切っている。そもそもあったかどうかはわからないが、彼らが名誉を挽回するのは相当に大変そうだ。

夜会の話が一段落すると、今度は魔法の話で盛り上がった。

俺はここで当然、杖の素晴らしさを滔々《とうとう》と語る。みんな真剣に俺の話に耳を傾けてくれたので、熱を入れて語ってしまい、お茶を三杯もお代わりした。お菓子はどれもこれも美味しいし最高だ。

そんな和やかなお茶会は、一刻ほどでお開きとなった。

「ご馳走様でした。お菓子、どれもとても美味しかったです」

「ぜひまた、わたくし達のお茶会にご参加くださいませ」

「宵闇の精霊様とお茶をご一緒したと知ったら、皆様きっと羨ましがりますわね」

恥ずかしい二つ名も、こう何度も呼ばれるといい加減慣れてくるな。

ちょっとばかり苦い笑いを浮かべながら、俺はサロンを後にした。

あんな呼び出しだったらいつでも大歓迎だよ。

彼女たちには後で、お菓子のお礼に花でも贈った方がいいかな。その辺はパーシヴァルに相談すれば、いい助言を貰えるかもしれない。

足取り軽く寮に戻る途中、剣の稽古を終えたらしいパーシヴァルとばったり会った。

「サフィラス」

「あ、パーシヴァル。剣の稽古は終わったの？」

「ああ。サフィラスは何をしていたんだ？」

「ご令嬢方のお茶会にお呼ばれしてたんだ」

「お茶会？」

パーシヴァルが怪訝な顔をしたので、ご令嬢方のお茶会に呼ばれて、初めてサロンに入ったことや珍しいお菓子をご馳走になったことを話す。

「それはよかったな」

「それでさ、彼女たちに何かお礼をしたいんだけど、俺はそういう作法に疎いから教えてもらえるとありがたいんだけど……パーシヴァル？」

微笑みながら話を聞いてくれていたパーシヴァルが俺の後ろに視線を向けた途端、たちまちその表情を険しくした。

「サフィラス！」

なんだ？　と思った時には腕を強く引かれ、ぐっと抱き込まれた。

何事!?　と混乱しながらも、咄嗟に防壁魔法を張って周囲の守りを固めると、どん！　と何かが防壁に強く当たった衝撃と女性の甲高い悲鳴が上がった。

え？　なに、なに？　一体なんなの!?　パーシヴァルにすっぽりと抱えられてしまった俺には、体格差のせいで周囲の様子が見えない。

なんとか首を伸ばしてパーシヴァルの肩越しに何が起きたのかを確認すると、少し離れたところで一人のご婦人が地面にひっくり返っていた。どうやらあのご婦人が突進してきたらしい。

余程勢い込んで突っ込んできたんだろう。

防壁に弾き返され倒れた拍子にドレスが捲《まく》れ、すっかり御御足が見えてしまっている。

え？　これ、どうしたらいいの？　手を貸すべきなの？　それとも見なかったことにすべき？

なんとなく気まずくてスッと視線を逸らすと、先の折れた短剣がご婦人の側に落ちているのを見つけた。

なるほど、あれで俺を刺そうとしていたのか。いくらなんでも、あんなので刺されたら死ぬ。下手したら、俺を庇ったパーシヴァルが危ないところだった。

そんなの冗談じゃない！　なんでこんな見ず知らずのご婦人に命を狙われなきゃならないんだよ？

「どうしてなのっ！」

ご婦人が突然金切り声を上げたので、俺はたまらずに耳を塞ぐ。

いや、いや、どうしてなのと聞きたいのは俺の方だ。一体このご婦人はどこのどなた？

「お前が大人しくギリアムの言うことを聞いていれば、こんなことにはならなかった！　貴族に生まれながら魔力がない恥曝《さら》しのお前なんて、家族から疎まれた不必要な存在じゃない！　そんな役立たずのお前にでもできる役割を用意してあげたと言うのに！　それをっ、それをっ！　この恩知らずめがっ！」

ええぇ……あんまりな言われようだな。別に俺は誰の役に立たなくても全く問題ないし、気にしないけど。俺には俺の人生を好きに生きる権利があるんだ。用意してあげたとか、そんなの余計なお世話だろ。

でも、今の暴言でご婦人がどこの誰だかわかった。彼女はスペンサー侯爵夫人だ。かつての婚約者の母親なのに、初めて会ったな。

しかも、初対面で命を狙われるとか、どんな初めましてだ。

「本当に忌々しい！　お前ごときのせいで我が侯爵家は……」

「ふざけるな」

これはさすがに一言いってやらねばならないなと思ったけど、俺が口を開く前にパーシヴァルの地の底から響くような低い声が、スペンサー侯爵夫人の勝手な言い分を遮った。

「あなたごときに、サフィラスの価値は一生わからないだろうな」

「わ、わたくしは侯爵夫人よ！　わたくしの娘は王太子殿下の婚約者になるはずだったのに！　それなのに、そいつが全てを駄目にしたのよ！」

「だから何だ。それは、あなたの娘に王太子妃になるべき価値がなかっただけの話だろう」

「なっ！　なんですってっ！」

「まぁ、まぁ、パーシヴァル」

普段は紳士然としているパーシヴァルが、ご婦人に対して冷たい態度をとるのでちょっと驚いた。

俺のためにそんなに怒ってくれるのは嬉しい反面、なんだか背中がこそばゆい。

大体、俺なんか庇ったりして、下手すれば大怪我をするところだったじゃないか。

俺は治癒魔法は使えないんだ。本当に、無茶はやめてほしい。

「お嬢さんの婚約が白紙になったのは気の毒だと思うけど、それはどう考えても俺のせいじゃなくて、あんたの家の問題だろ？　ギリアムを御せなかったのは、あくまでもアンダーソン家の問題なのに、なんで俺があんた達のために犠牲にならなきゃならないわけ？」

俺が反論するなんて思いもしなかったのか、スペンサー侯爵夫人は目を見開く。

俺は気にせず続けた。

「自分の家の問題を俺に押し付けるなよ。たとえ俺が本当に役立たずだとしても、俺の人生は俺のもので、アンダーソンのものでもペルフェクティオのものでもない。人を踏み台にしなければ得られない幸せだとしたら、それはあんた達にとって分不相応のものだったってことだよ。自分たちの責任の在り処がわからない貴族だとしたら、ギリアムのことがなくても、遅かれ早かれ婚約は白紙にされていただろうさ」

「……ど、どうして……」

そのまま、どうしてという言葉を繰り返し、スペンサー侯爵夫人は泣き崩れた。

ギリアムは夫が勝手に外で作って、勝手に家に連れ込んだ子供だ。夫人にしてみれば、どうしても受け入れられないことだっただろう。

だとしても、屋敷に置いておくなら家に迷惑をかけないように、せめて最低限の教育はするべきだった。侯爵家の人間が揃いも揃って何も言わないから、あの馬鹿息子は調子に乗ってやりたい放題やったんだ。

その教育を放棄して、立場の弱い人間に押し付けようだなんて責任転嫁も甚《はなは》だしい。

あげく、逆恨みをされたらたまったもんじゃないぞ。

騒ぎを聞いて駆けつけた学園の警備兵が、地面に倒れて大泣きしている夫人を見て困惑している。

確かに、品の良さそうな貴族のご婦人がドレスが捲《まく》れたままで泣いているんだから、対処に困るだろう。

「このご婦人はご乱心です。その短剣で俺たちを刺そうとした」

パーシヴァルが説明すると、心得たとばかりに警備兵が夫人を立たせ連れていった。

泣きながらも最後まで、お前が、お前がと言っていたので、血は繋がっていなくても親子だなと感心してしまった。

やはり一緒に暮らしていると、家族っていうのは似てくるんだろうか。

俺は離れで暮らしていてよかったな。伯爵や兄に似てしまったら最悪だ。


後日わかったことだけれど、夫人はギリアムの私物を引き取りにきたと門番に説明し、学院に入り込んだらしい。

普通に考えたら侯爵夫人がわざわざそんな雑用じみたことはしないと思うけど。それでもお相手は侯爵家のご婦人だから無碍にはできなかったんだろう。

それにしたって、学院の警備は案外雑なんじゃないだろうか。何しろ、安全だと謳われている学院内で、俺は二度も危険な目に遭っている。

これはぜひとも、警備の見直しをしてもらいたいものだ。

それから、ギリアムのキャビンに魔蠍を仕込んだのはやっぱり夫人だった。

娘を王太子妃にすることは夫人の悲願だったそうだ。

それが血の繋がらない息子ギリアムの所為で白紙になってしまったのだから、さぞ恨みは深かっただろう。

お気の毒だとは思うが、それは自分たちが蒔いた種だ。俺のせいでもなんでもない。
むしろ、サフィラスは被害者だった。
夫人がそのことに気がつく日が来ればいいけど……まぁ、無理そうだな。

第一章

先日の到達度試験の結果が校内の掲示板に貼り出されていると言うので、パーシヴァルと見に行った。

アウローラの名前が一番上で燦然と輝いている。

すごいな。女性だから侮っていたってわけじゃないけど、感心してしまう。

並みいる優秀な男勢を抑えて一番に輝くなんて。ちょっとやそっとの努力じゃこの結果は出せない。

クラウィスとリベラの名前も十位以内に入っている。二人とも頑張っているな。

ちなみにパーシヴァルは三位だ。剣術だけではなく学問にも長けているなんて、やっぱり太陽の騎士様は全方位に向かって隙がない。

俺はというと、概ね予想通りの出来だった。

……芸術もほぼ予想通り。本当に合格ギリギリだったけど、合格なんだから全く問題ない。

「……惜しいな、サフィラス。芸術が足を引っ張らなければ、十位以内に入っていたぞ」

むふふ、何しろ芸術が断トツどん底で他の追随を許さないからな！

それでも二十位以内なんだから、俺にしては上出来だ。

「良いんだよ、合格さえすれば順位なんて」

そう、大事なのは合格すること。俺は芸術との戦いに勝ったのだ！

胸の内で拳を高く突き上げ、勝鬨《かちどき》をあげる。

それに芸術がギリギリだったとしても、他の教科は公爵閣下の顔に泥を塗るような結果では無かったんだからそれでいい。

「それにしても、アウローラ嬢だよ。本当に彼女はすごいな」

「ああ、並の努力では彼女に追いつくことは難しいだろう」

パーシヴァルは成績表の一番上を眺めながら、爽やかな笑顔でそう言った。

「……女のくせに、小賢しく知識を身につけて、全く可愛げがない」

「確かに。いくら見目が麗しくてもな。多少頭が悪くても可愛げのある女の方が良いよ」

「そういえば、第二王子殿下との婚約も無くなったらしいぞ」

「エレーラ嬢に気持ちを移された第二王子殿下の気持ちもわかるよ」

「女としての可愛らしさが皆無だもんな」

俺の後ろで数人の男子学院生が嗤っている。

本人がいないと思って言いたい放題だな。

アウローラだって、お前らなんかに気に入られたくはないだろう。というか、相手にされると思っている時点で、図々しいにも程があると言うものだ。それに、こいつら夜会での騒動を知らないんだな。第二王子もエレーラ嬢も、今ではすっかりお茶会のいいお茶請けだぞ。

あまりにも馬鹿げた会話に、俺は眉間に皺を寄せた。

パーシヴァルにも彼らの会話が聴こえていたのだろう。苦虫を嚙み潰したような顔をしている。

「お前たち、失礼だぞ。口を慎め」

黙って聞いていられなかったんだろう。パーシヴァルが苦言を呈すれば、会話の中心だった男子学院生が鼻で笑った。

「なんだ、パーシヴァル・ベリサリオか。俺より順位が下の奴に言われる筋合いはないな」

俺はさっと順位表に視線を走らせる。二位に記されている名はジョシュア・オールビー。つまり、そいつ以外はパーシヴァル以下ってことだよなぁ。

「なるほど、なるほど。なら一位のアウローラ嬢ならいくらでも言う筋合いはあるってことだよね？なんてったって、一位だもん。君たちよりも上に名前があるんだからさ」

「なんだお前」

「サフィラスだけど」

「はぁ？」

俺が名乗ると、ジョシュアは俺を睨みつけた。

取り巻きの一人が小さな声でまずいよ、と囁いている。俺が公爵家の援助を受けている学院生だということに気がついたんだろう。

ところが、ジョシュアはせっかくの取り巻きの注意を鼻で笑い飛ばした。

「俺は本当のことしか言っていない。女は男を立てるべきなんだ。男より賢くなろうだなんて、生意気なんだよ！」

お、開き直った。

周囲にいた女子学院生の冷たい視線が、先の発言をした令息に向けられる。

しかし、彼はそれに気が付かず、更に顰蹙《ひんしゅく》を買う発言を重ねていく。

「女は後継さえ産んでいればいいんだ！　夫を立て、出しゃばることなく、黙って言うことを聞いていればいい。下手に知恵をつければ、養ってやっている主人に生意気な口を利くようになる。可愛げのない女は、最後には捨てられるんだ。どこぞのお高くとまったご令嬢のようにな」

おい、おい、顰蹙《ひんしゅく》の大量買いだな。予算の方は大丈夫か？

公爵令嬢であるアウローラに憧れている女生徒は結構多い。なにしろ完璧な淑女として、ご令嬢方の手本となっているんだ。

これは俺がわざわざ何か言わなくても、勝手に自滅するぞ。

取り巻きたちは周囲の雰囲気にとっくに気がついて顔を青褪めさせているけど、今頃気がついても遅い。

お前らがどれだけくだらない思考を持っていようと自由だがな、そんな下衆な会話はせめて個室でやるべきだった。こんな誰の耳にでも入るような場でするべき話じゃない。

婚約者がいる奴は、ここでの会話が相手のご令嬢の耳に入りでもしたら、最悪婚約の解消もあるかもしれないし、いない奴も今後婚約者探しに苦労するだろう。

公爵令嬢への不敬発言に関しては、アウローラ自身は彼らごときを相手にはしないだろう。でも、公爵閣下がどう考えるかはまた別の話だ。

「ああ！　なるほど！　つまり君の母君はそういう女性なんだな！」

俺は手を打つと、大袈裟な口調で言ってやる。

「はぁ？」

「はぁ？　じゃなくてさ。ついさっき君自身がそう言っただろう？　女性に学は必要なく、男の言いなりに子供だけ産んでれば良いってさ。つまり、君の母君はそういう女性ということだろう？」

「っ！」

俺の言葉にジョシュアは憎々しげに顔を歪めた。

そう、お前の発言は自身の母君さえも貶《おとし》める内容だったんだよ。自分を産み、育ててくれた母君に対して失礼この上ない。

まぁ、きっとジョシュアの父親がそう言う考えの男なんだろう。サフィラスの父親といい、貴族には民度の低い男が多くないか？

贅沢な食事をしすぎて、頭が働かなくなってるのかもしれないな。

「知識や教養を身につけるために努力をする女性は、とても魅力的じゃないか。より高い知識を求め学ぶことの何が悪い？　今はまだ女性が学ぶ場は少ないかもしれないが、これからは男女関係なく色々な人が活躍する時代が来る。学び身につけた教養や知識はご令嬢自身のためだけではなく、いずれ伴侶となる者を助けるかもしれない。弛《たゆ》まぬ努力を重ね、学び続ける姿は、とても尊いじゃないか」

俺が語ると、周りの女子生徒たちもうんうんと頷いている。

「それを女性だからと相手を貶《おとし》めるような発言をして、己の力不足を誤魔化すなんて格好悪すぎだろう。それにさぁ、まるで自分たちが選ぶ側の立場にいるような発言をしてたけど、お前らみたいな奴は誰からも選ばれないよ。俺だったら、死んでもお断り。頼まれても絶対無理だわ。お前らのせいで、俺たちも同じような程度の低い男だと思われたら最悪だ。本当に迷惑だから、いい加減にしてくれよな。パーシヴァル、気分直しにお茶でも飲みにいこう」

「ああ、そうだな。いずれにせよ、周囲の状況が見えていない連中の相手をするのは時間の無駄だろう。後から気がつけば、まだいい方だろうが……」

周囲に視線を走らせてパーシヴァルが追い討ちをかける。

ジョシュアは掲示板の前に集まっていたご令嬢たちの、氷のような視線にようやく気がついたらしい。

今更顔色を悪くしても後の祭り。

お前らの噂はあっという間に、学院中に広がるだろうな。

ご令嬢たちはひそひそと囁き合いながら、パラパラとその場から離れていく。

中には彼らよりも家格が上のご令嬢もいるはずだ。或いはブルームフィールド公爵家と懇意にしている家のご令嬢もいたかもしれない。

そんな彼女たちの口から、彼らの発言がどう伝わることやら。

折角芸術から勝ち取った勝利に酔いしれていたっていうのに、程度の低い奴らの謎の格好付けのせいで、すっかり水を差されてしまった。

☆　☆　☆

とまぁ、気分の悪いこともあったけれど、到達度試験が終わった後の学院は授業もほとんどなく、みんなどこか和やかに過ごしている。

それになんとなく周りがうわついている気がするんだけど、何かあるのかな？

本日のお菓子を話題にしながらカフェテラスに向かっていると、クラウィスとリベラが中庭の隅っこの方で、何か話し合っているのを見つけた。

「あれ、クラウィスたちじゃない？」

「ああ、そのようだな」

「あんなところで何してるんだろ？」

何か面白いものでも見つけて観察しているのかと、軽い気持ちで俺は二人に駆け寄った。

「おーい、クラウィス！　リベラ！」

「……ああ、サフィラスとパーシヴァルか」

「どうしたの？　何か面白いものでも見つけた？」

「いや、そうではないんだが……」

なんだか歯切れの悪い反応が返ってきた。

もしかしたら、俺には話せないようなことなのかもしれない。

こんな人に聞こえないような隅っこにいたわけだし、クラウィスの立場を考えれば部外者にはできない話をしていてもなんら不思議じゃない。

「ああ、無理に話さなくてもいいよ。俺が聞いちゃいけないこともあるだろうからさ。でも、もし俺が力になれるようなことがあったらいつでも言って」

クラウィスたちに借りがあるし、何より友達だ。

俺がそう言うと、クラウィスとリベラは目配せをして、小さく頷いてから口を開いた。

「サフィラスとパーシヴァルは、我が国の事情をどれほど知っている？」

「え……何、藪から棒に？」

ワーズティターズの事情で俺が知っているのは、人族との確執が未だに強く残っているってことくらいだ。

となると、ソルモンターナとの同盟をよく思わない貴族も中にはいるだろう。

この期《ご》に及んでまだ、ぐだぐだ言っている厄介な連中でもいるのかな。

「人族との同盟を望む国王陛下と、それに難色を示す王兄殿下との間で、いささかの問題があると聞いているが」

俺が考え込んでいると、パーシヴァルが答えた。

おっと、問題は俺が思っていたよりもっと身近で大きかったのか。王族内に反対派を抱えているとなると、なかなか厄介だ。

それにしてもパーシヴァルは他国のことにも詳しいな。

俺なんか最近色々ありすぎて、未だに己の現状すら整理し切れていないので、ちょっと範囲が広くなるともう何にもわからない。

思わずパーシヴァルに尊敬の眼差しを向ける。

「パーシヴァルはなんでも知っているんだな」

「実家の土地柄、周辺諸国の状況には敏感なんだ」

ああ、そうか。国境では何が起きるかわからない。

大陸の北の端っこで誰かが剣を振るったら、南の端っこで戦が起きる……なんてことがないとは限らない。

大陸の国々で何が起きているのか常に把握しておくことは、大事が起きた時の要因を特定する上でも必要なことなのだろう。

「……実は王兄殿下が、同盟を阻止するために強硬手段に出るかもしれないという噂が国内で流れている」

「え？」

王族同士の兄弟喧嘩ってところか。そいつは厄介だな。

「その王兄殿下っていうのはどんな人なの？」

身内以外から見た王兄の為人《ひととなり》を聞きたくてリベラに視線を向けると、彼は難しい顔をして口を開く。

「ヘイスティング王兄殿下は我が国の軍を統べる元帥であらせられる。『力こそが正義』を信条としているお方で、穏やかな国王陛下とは昔から意見が合わなかった。先の国王陛下が現陛下を国王に指名されたときも、随分と揉めたと聞いている。いよいよ貴国との同盟が現実味を帯びてきたこの期に、武力を伴う手を考える可能性がないとも言えない」

　おう、生粋の獣人思考の人なんだな。

　力こそ正義、それ自体は結構な考え方だと思う。

　ただ、その力をどう使うかが大事だ。弱いものや大切なものを守る、そのために振るう力は正義だろう。

　だけど、理由なく弱いものを虐げたり、利己的に相手を押さえつけたりするために使う力は、もはや悪にしかならない。

　我を通すために力を使う奴が国軍の頂点にいるとか、完全に人選を失敗してるようにしか思えないんだけど？

「つまり、クラウィスの伯父さんは同盟を阻止するために、国を守るための兵士を動かして、王座の簒奪《さんだつ》を狙う可能性があるってこと？」

「……ああ。考えたくはないが、おそらくそうだろう。もともと獣人国では力の強い者が王となっていた。それが変わったのが、四代前のブラント陛下の時代なんだ。その強さ故に次代の王と誰もが思っていた王兄が、これからは力では無く智で国を治めよと、自分ではなく弟を王にするよう進言した。人族との交流が進んだのもその時代だ」

なるほど。ちょうど、フォルティスが死んだ頃だな。

今の国の考え方になってからの歴史はまだ浅い。古い時代の考え方も残っているなら、王座の簒《さん》奪《だつ》が成功する可能性は高いだろう。

「こうしている間にも伯父貴が荒っぽい行動に出ないとも限らない。とにかく、急ぎ国に戻り俺から見た人族の国の印象を、感じたまま正直に伯父貴に伝えようと思う。互いに歩み寄れる相手なのだと知れば、きっとわかってもらえるはずだ……とにかく、後手に回ることだけはどうあっても避けたい」

「だが、詳しい状況がわからないまま帰国するのは危険ではないか？」

うん。パーシヴァルの言うことも正しい。

現状がどうなっているのかわからないんだから、クラウィスが帰国した時にはすでに内乱が勃発している可能性だってある。

今のクラウィスには側近のリベラと、身の回りの警護をしているわずかばかりの騎士しかいないのだ。その騎士がどれほど優秀であっても、それだけで国軍の兵士たちを相手にはできないだろう。

もしかしたらワーズティターズ国王もこの事態を見越して、クラウィスを国外に出したんじゃないだろうか。国内で万が一のことがあった場合でも、直系のクラウィスが生きていれば国の建て直しを望める。

もう少し詳しい状況や内情が知りたいところだけど、事は他国の政《まつりごと》に関わる案件だ。そう簡単に一介の学院生に情報を教えてくれるとは思えないしなぁ。

「だが、このまま手を拱いているわけにもいかない。少しでも事態が良い方向に向かうよう、できることは全てやらねば」

「クラウィス……」

そうだよな。何かできることがあるなら、それがどんなに小さいことでもやる価値はある。

「……すまない。詮無《せんな》い話を聞かせてしまったな」

「いや、いいんだ。大事なことを話してくれてありがとう」

きっと内乱の原因である元帥をぶっ飛ばして、幽閉なりなんなりすれば問題は簡単に解決するんだと思う。

ただ、俺は政《まつりごと》に関しては全く明るくない。それだけでは済まないことも色々あるんだろう。

俺はフォルティスだった時に幾度も内乱や戦争を目にしてきた。

魔獣に怯えながらも、故郷を捨て命からがら逃げてきた親子。

瓦礫の中で母親を求めて泣いている幼い子供。

長年寄り添ってくれた妻を失い、立ち尽くす老人。

そして失われる多くの命……

戦の嵐が去った後は悲惨の一言しかない。どんな理屈を捏ねたところで、苦しむのは無辜《むこ》の民だ。

日々懸命に生きている彼らにとって、王族や貴族の考えていることなんて正直わからないし、どうでもいい。寝食に困らず、穏やかに子供達を育てられる暮らしさえできれば、王や領主は誰がなったって構わないんだ。

そんな単純な願いが、実はとても難しいってことも見てきた。

パーティの仲間だった剣士エヴァンは、内乱がきっかけで国を出たと言っていた。あまり多くは語らなかったけれど、守るべき民を苦しめる側になったことに耐えられなかったと。

国の舵取りは難しい。意見の相違はどの国にだってあるだろうさ。

だけど、国を乱すのは駄目だ。それは民を不幸にする。

俺の考えは至って庶民的で、単純なんだろう。だけど庶民的な考えのどこが悪い？　だって、その庶民が国の大多数を占めてるんだ。

クラウィスの話を聞いて、そのことに王兄殿下が気がついてくれるといいんだけどね。

「とにかく、伯父貴と話さなければ何も始まらないからな」

「……そっか、わかった。十分に気をつけて」

「道中の無事を祈っている」

「ああ。二人とも、ありがとう」

準備が出来次第すぐに国に帰るというクラウィスたちとは、その場で別れた。

「クラウィスたち、早く戻って来られるといいな」

「……」

返事がないのでどうしたんだろうと思えば、俺が手を振っている隣でパーシヴァルがいつになく難しい顔をしていた。

「パーシヴァル、どうした？」

「あ、いや。すまない……」

「お話し中に失礼いたします」

凛とした声が俺たちの間に割って入った。

「アウローラ嬢？」

にっこりと微笑んだアウローラ嬢が、俺とパーシヴァルに交互に視線を向ける。

「サフィラス様、パーシヴァル様。これからサロンで、ごくごく私的なお茶会を開きますのよ。ぜひご参加くださいませ」

「ごくごく私的なお茶会？」

え？　それって一体誰の？

私的なお茶会ならみんなやっているというのに、わざわざ、しかも、ごくごく私的なだなんて、そんなのどう考えたって普通のお茶会じゃないに決まっている。

俺とパーシヴァルは顔を見合わせた。

アウローラに案内されて向かった先は、この間ご令嬢たちにお茶に招待されたサロンではなく、学院の中でも更に特別なサロンだった。

あの、扉の前に護衛騎士が数名立っていますけど？　学生の護衛にしては多いぞ。

なんだか、ただならぬ雰囲気だな。

ちょっと前までは王族の婚約者で公爵令嬢であるアウローラにだって、こんな護衛はついていない。ちなみに第二王子にもついてはいなかった。

ということは、アウローラや第二王子よりも身分が上の人物がサロンにいるってことだ。パーシヴァルも怪訝そうな表情を浮かべている。

ごくごく私的なお茶会のゲストは一体どなただよ！　なんだかろくな予感がしないぞ。

「どうぞ、こちらへ」

黙って頭を下げた侍女が扉を開き、アウローラに促されてサロンに入ると、すでに俺たち以外のゲストが席に着いていた。

案の定とんでもない人物の、ごくごく私的なお茶会だった。

やっぱりねー、とつい遠い目になってしまったのは許してほしい。

俺とパーシヴァルはすぐさま臣下の礼をとる。

「そういうのはいいよ。二人とも、楽にしてくれ。先日の夜会ではゆっくり話す時間がなかっただろう？　今日はこの学院の卒業生として、将来この国を担う後継たちの様子を見にきただけだからね」

「お二方、どうぞお座りになってくださいませ」

茶会の参加者は王太子殿下とアウローラ。それから俺たち二人。

ちらと広いサロンに視線を流せば、侍女と使用人が数人。護衛騎士と、それから王家付きの魔法使いが二人。その魔法使い達が詠唱をすると、サロンが防壁魔法で護られる。

随分と物々しいお茶会だこと。

楽にしてくれって言われても、では遠慮なくとは言えない雰囲気だよ。

侍女たちが音一つ立てずにお茶を用意していく。その間に、王太子殿下がパーシヴァルに声をかける。

「ベリサリオ君、ヴァンダーウォール卿はお元気かな？」

「はい、相変わらず兵たちの先頭で指揮を執っております」

「うん、そうか。ベリサリオは我が国の剣であり盾だ。その忠義に感謝していると、卿には伝えてほしい」

「身に余るお言葉、誠に光栄にございます。」

パーシヴァルは王太子殿下と面識があったんだな。

何しろヴァンダーウォール辺境伯領は、この国の要の一つと言っても過言じゃない場所だ。その地を護り続けているベリサリオ家を王家は蔑ろにはしない。

パーシヴァルはその辺境伯家子息だし、大きな行事では顔を合わすこともあったんだろう。

はぁ、それにしても、キラキラ王子様同士の対面だな。

こうして改めて見ると王太子殿下もなかなかのＴＨＥ・王子様だ。王冠のように輝く金の髪に、この国の象徴である太陽の瞳。

その上優秀なんだから、そりゃぁ殿下の妃にと思うご令嬢や、娘をぜひお側にと思う家は多いだろう。

スペンサー侯爵夫人の無念も、理解したくはないがわからないでもない。

「今日はね、特別な菓子を手土産に持ってきたのだ。果物や花で色をつけたマコロというものだ。

小麦の粉ではなく、木の実を挽いた粉を使ったお菓子なのだよ」

王太子が説明している間、俺は目の前に置かれたお菓子に釘付けになった。

掌に乗るくらいの丸くて小さいお菓子は、焼き菓子のようだけれど、実に鮮やかで美しい色をしている。間にはクリームが挟まっているみたい。こんなお菓子初めて見た。

「……さて、サフィラス君。先日の夜会では、我が愚弟が随分と迷惑をかけてしまったね」

「いえ、それほどでは」

俺がそう答えると、王太子殿下は声を上げて笑った。

えーっと、今のは笑うところだったか？

「あの騒動を、それほどの一言で片付けてしまうとは……実はね、愚弟にはほとほと手を焼いていたのだよ。あのブルームフィールド公爵が、折角懐の短剣を王家に託してくれたというのに、その意味を全く理解できない愚鈍な男だった。私は価値のわからない者に、その短剣が託されていることを実にもどかしく思っていたのだ。だが、君たちのおかげで我が王国は聖女を得ることができたばかりか、伝説の錫杖をも見つけ出すことができて、神官長が泣いて喜んでいたよ。その働きには大変感謝している……」

王太子殿下はお茶を一口飲むと、お菓子に手をつけた。

「君たちも遠慮せず食べなさい」

王太子殿下の手前、俺がお菓子に手をつけようとしないことに気がついたんだろう。自らお菓子を食べて、俺たちに勧めてくれた。

王太子殿下はとてもできた人だ。この人が次代の王なら、この国の未来は明るい。

それなのに、第二王子はなんであんな不出来に育ったんだろう。

そんなことを考えながら、早速、紅い色をしたマコロに手を伸ばす。

「！」

なんだこれ！　うまっ！

一口食べて、その美味しさに俺は衝撃を受けた。

マコロはサクッとしてフワッとして口の中ですっと溶けるようで、果実の仄かな酸味とクリームの甘さが、控えめに言って最高だった。

あまりの美味しさに、続けて手を伸ばす。次は薄紫色のマコロだ。こっちはほんのりと菫《すみれ》の香りがする。

世の中には俺の知らない食べ物がまだまだあるんだな。俺は世間を知らなすぎる。

美しく魅力的なお菓子に目を爛々と輝かせていたら、隣に座っていたパーシヴァルが自分の前に置かれたお菓子の皿を、スッと俺の方に寄せた。パーシヴァルに視線を向ければ、彼が小さく頷く。

こ、こんな貴重なお菓子を俺に譲ってくれるなんて、やっぱりパーシヴァルはいい奴だ！

そんな様子を王太子殿下とアウローラに生温い視線で見られていたことに気がついた俺は、居住まいを正す。

魔力なしと判じられてから、監禁生活およそ九年。俺は漸く食の楽しさを満喫しているんだから、これくらい許してください。

「気に入ってくれたようだね」

「はい、とても」

ええ、大変気に入りましたとも。ぜひ籠いっぱい食べたいです。

「帰りに手土産として用意させよう」

「！」

これをお土産に持たせてくれるって⁉　夢かな？

「……それで、愚弟のことなのだが、彼は王国の宝を勝手に持ち出した上に、私が主催した夜会を台無しにしてくれた。ブルームフィールド公爵令嬢を散々侮辱したこともあって、彼女との婚約は当然白紙になった。そして現在は、パルウム山の麓の砦に彼を送って反省を促しているところだ」

マコロの美味しさにすっかり忘れていたが、第二王子の話だったね。

そうか、パルウム山の麓に送られたか。思ったよりもきついお仕置きだな。

パルウム山の麓には、魔境とも言われる深い樹海が広がっている。

迷い込むと出られないし、しかも普通に大きな獣や魔獣も出るし、環境も厳しい。当然華やかな生活とは無縁で、毎日毎日危険と隣り合わせだ。

微温湯《ぬるまゆ》に浸る生活を送っていた第二王子には、さぞ辛い日々になるだろう。

「……それで、サフィラス君。君は王家の錫杖のことをいつ知ったのかな？」

王太子殿下の剣呑な眼差しが、俺を真っ直ぐに捉える。今までの穏やかな雰囲気が嘘のように、警戒に満ちたものに変わった。

「それに、伝説と言われていたカエレスエィスの錫杖を、確かに存在するものだと知っていた……しかも、錫杖の秘めたる力すらもわかっていたようだが？」

なるほど。まぁ、王家の宝がとんだポンコツだってことを知られていては、都合が悪いだろう。

そんなことを一介の学院生がなんで知っている？　って思うのも当然。

俺だって前世で見てなければ、まさか国宝の錫杖がそんな使えないもんだって信じられないと思う。

俺はマコロを飲み込むと、お茶で口を潤す。

「本で読んで知りました」

「本だと？」

王太子殿下が怪訝そうな表情を浮かべる。

「王太子殿下。書物を侮ってはなりません。この世で起きていることのほとんどは、どこかの誰かがなんらかの形で残している。それがたとえ、王家が秘しておきたいと思うような事実でも」

困った時の書物頼み。なんでも本で読んだと言って解決さ。

「君は書物から、それらを知ったとでも？」

「王太子殿下は、私がどのような生い立ちであったかご存じでしょうか？」

「ああ。大体のことは知っているつもりだが」

まあ、当然調べるよね。

アウローラが同席しているし、ブルームフィールド公爵閣下からも、伯爵家での俺の扱いはある程度聞いているだろう。

「魔力鑑定を受けた五歳から学院に入学してあの屋敷を出るまで、私は離れでの生活を余儀なくされました。幸いだったのは、その離れには多くの書物が眠っていたことです。私は時間にだけは恵まれていましたので、それらの書物をひたすら読み耽っておりました」

　何よりも本を読んでいれば、空腹を忘れられたし。

「……だが、いくら魔法伯爵家の蔵書とはいえ、禁書に値するような内容の書物があるとは思えないが？」

「殿下、庶民の間で読まれている本にはあながち馬鹿にできないことも書いてあるのです。特に秘密を抱える者たちがそれらを書き残そうとする時に、起きたことをそのまま表現したりはしません。時代によっては、せっかく書いた書物を焼かれてしまう可能性がありますからね。ですから、非常にわかりにくい形で残しておくのです。さながら、宝の地図のように。謎解きのような不可解な例えや、意味深げな物語に鍵は潜ませてある。錫杖のこともそんな書物から得た知識で辿り着いたに過ぎません」

　どう？　納得してくれた？

　俺はもうフォルティスじゃなくてサフィラスだから。前世の知識は遠慮なく使うけど、フォルティスとして生きるつもりはない。

　ましてや、その前世の記憶を利用されたらたまったもんじゃないし。だってそんなの、めんどくさいじゃないか。

だから前世の記憶です、とは言いません。

そもそも、サフィラスは幼少の頃からずっと閉じ込められて育ってきた。だから、いくらサフィラスの周辺を調べたところで、何も出てきやしない。

きっと何も出てこなかったからこそ、こうやって直接本人に聞いているんだろうけどね。

「……なるほど」

ふっと、王太子殿下の纏う空気が緩む。

どうやら、とりあえずは納得してくれたみたいだ。

「しかし、オルドリッジ伯爵はこれほど優秀な子息を手放すなんて、人材を見抜く目がないのかな？　そんな人物が王国魔法師団の相談役だとは……どう思う？　アウローラ」

「さぁ、どうでしょうか？　わたくしにはわかりかねますが、お陰で我が公爵家は優秀な魔法使い育成の後押しをすることができますわ」

ふーん。どうやら公爵閣下の懐の短剣は、王太子殿下が受け取ることになったようだ。

まぁ、当然といえば当然だろう。王家としては聖女となったアウローラをそう簡単に手放したくはないだろうし。

多少の歳の差なんて、大した問題じゃない。それに、第二王子よりもずっと相性が良さそうだ。

「さて、ここからは私の世間話だ。気楽に聞いてくれ。間も無く我が国は獣王国ワーズティターズと同盟を結ぶ運びとなっているのだが、いよいよというこの時になって彼《か》の国がいささか不穏な状況でね……その発端となっているのが、ベネディクト陛下の兄であるヘイスティング殿下と言われている。彼はいまだに人族への嫌悪を根強く持っているようで、頑なに同盟に反対しているのだ」

　王太子殿下はやれやれといった様子でため息を吐く。

「同じように人族との同盟に不満を抱く武系の貴族は、彼に蜂起を唆しているという話も聞く。ヘイスティング殿下は、穏やかで柔軟な考えができるベネディクト陛下とはほぼ真逆な考えのお方だな。先代の国王陛下がベネディクト陛下を王太子に指名した時もそれなりに一悶着あったそうだが、昔と違い今は大陸も安定している。極端な考えを持つヘイスティング殿下よりも、公平で広い視野を持つベネディクト陛下の方が、為政者として相応しいと先代国王は判断されたのだろう。私もその考えに賛成だ。時に力も必要ではあるが、それだけでは解決できないこともある」

　え？　これって世間話なの？

　気楽に聞いてくれって言ったけど、王族の世間話ってのは随分と重たい内容なんだな。こんな話をしながらじゃ、お茶もお菓子も楽しめない。俺は庶民でよかった。

「とはいえ、我が国にも獣人族に対して差別的な考え方を持つ貴族は多いがね。それだけにここまで舞台を整えるのは、それはそれは並大抵の苦労ではなかった。国内の反対派に説得を重ね、彼の国に幾度も使節を送り、獣王国の王太子を留学生としてクレアーレに招いたのだが……ああ！　そういえば、君たちはクラウィス殿とは仲がいいそうだね？」

「ええ、まぁ、そうですが」

　残念そうに俯いた王太子殿下が、ぱっと顔を上げて俺の方を見る。

　いやいや、随分と話の振り方が、強引だな。嫌な予感しかしないんだが……

「彼はなかなか気持ちの良い人物でね。私も彼のことは気に入っているのだ。私自身、ワーズティターズに赴いたことがあるのだが、その際には彼の父君であるベネディクト陛下にはとても良くしていただいた。だから、今回の事態は私も非常に胸を痛めている」

王太子殿下は眉根を寄せ、残念そうに頭《かぶり》を振った。

なんだかわざとらしく見えるのは気のせいかな？

「……ヘイスティング殿下は獣人らしい強さを誇るお方で、それゆえに兵士たちは皆彼に心酔していると聞く。万が一、彼が国王に反旗を翻すようなことがあれば、軍は間違いなくヘイスティング殿下に従うだろう。剛の者の集まりである獣人兵団だ。事が起これば、おそらく城の陥落は早い。力になれるものなら力になりたいのだが、私の立場では非常に難しくてね……私が一国の王太子という立場ではなく、彼らにとってただの友人であったならと、心から思うよ」

まるで芝居の台詞のように語りきった王太子殿下は、憂いの表情を浮かべながら太陽の瞳でじっと俺たちを見つめる。

随分と回りくどい言い方だな。

要するに、もしも万が一のことが起きたら、個人としてワーズティターズに向かってくれたらいいなぁ。君たち友人だろ？　ってことなんだろう。

上手く事態を抑え込むことができればそれでよし。よしんばしくじったとしても、俺個人がやったこと。

王太子殿下の依頼でワーズティターズに向かったのではなく、あくまでも、俺の意思で向かったってところが重要なんだ。

それなら、ソルモンターナにはなんの影響もないからね。

たかだか一学院生に他国の内乱をなんとかさせようだなんて、随分無茶なことを言ってくれるよなぁ。

しかも断らないことを見越して言っているんだから、王太子殿下はなかなか食えない男だ。

もちろん彼らを助けることに否はない。むしろ王太子殿下の方からその話を振ってくれるなんて、願ったり叶ったりだけど。

それに、そんな世間話にしては重たい他国の内情を話すと言うことは、俺にならヘイスティング殿下の暴走を抑えられるかもしれないって考えているのだろう。

俺も魔法使いとしての意地がある。

そこまで期待されたら、もう応えるしかないってもんでしょ。

もしかしたら、王太子殿下は俺のそういう性格まで見越して、この話をしたのかもしれない。だとしたら人を使うのが随分と上手いお人だ。

「まぁ、ただの世間話だ。私の話に付き合わせてしまって悪かったね」

「いいえ……」

「このまま、何事も起こらないのが一番だがね……」

王太子殿下はそう呟くと、遠くを見るように窓の外に視線を向けた。

確かに何事もないのが一番だ。

クラウィスの話を聞いて、ヘイスティング殿下が考えを改めてくれるといいんだけど。

話を聞く限りでは、力でなんでも解決したい御仁のようだし、難しいかな。

「そういえば、もうすぐ長期休暇だが、サフィラス君はどう過ごすのかな？」

おっと、急に話が変わったぞ。

どう過ごすのかと尋ねられても、長期休暇とはなんぞや？　である。

「ええっと？　長期休暇とは？」

「一週間後には、学院は長いお休みに入りますの。皆様は領地にお戻りになったり、避暑地に行ったりされますのよ」

「へぇ、そうなんだ」

なるほど。だからみんなどことなくそわそわしていたのか。

試験が終わって、解放感に浸っているだけではなかったんだな。

パーシヴァルはきっと領地に帰るだろうし。これまでやたらと騒がしかったから、一人でのんびりと過ごすのも悪くない。

俺は寮でだらだらと過ごしながら、その辺を小旅行するのもいいかもしれない。

ついでだから、もう少し転移できる範囲を広げておくか。

「サフィラス。もしサフィラスさえよければ、俺と一緒にヴァンダーウォールに行かないか？」

「え？」

「寮に残っていても、休みの間はカフェテリアも閉まってしまうから、食事に困るだろう？」

「ええ!?　カフェテリア閉まっちゃうの？」

「ああ。寮に残る学院生もいるにはいるが、休暇中はカフェテリアも休みになる」

まぁ、よく考えればそうだよな。

わずかな学院生のために料理人を働かせるわけにはいかないだろう。

「ヴァンダーウォールは何もないところだが、美味い肉があるぞ」

「え？　肉？」

「土地柄、傭兵や兵士が多いからな。スタミナの付く食事は名物のようなものだ」

ヴァンダーウォール領は魔獣と国境の土地だと思っていたけれど、名物に肉料理があるのか。それはぜひとも食してみたい。

「……俺が行っても迷惑にならない？」

「迷惑であるものか。遠慮のない騒がしい家族だが、我が家はサフィラスを歓迎する」

「まぁ、サフィラス様は我が家の避暑地へご招待しようと思っていたのですけれど……」

アウローラは頬に指を当て、少し残念そうな顔をした。

「湖の辺《ほとり》の別荘では小船に乗ったり、鱒を釣ったりもできますの。それに農場や果樹園も近くにありますから、新鮮な牛乳や乾酪《チーズ》、果物が楽しめますわ。ですが避暑中とはいえ、お客様が参加するお茶会や夜会もしばしば開かれるので、パーシヴァル様とご一緒にヴァンダーウォールに行かれた方が、サフィラス様はお休みを楽しめるかもしれませんわね」

うん。俺は社交的なことは苦手だからな。

援助を受けている学院生としてお邪魔したならば、そういう場にちょっとは顔を出さなきゃならないだろうし。それはできればご遠慮させていただきたい。

「せっかくのお休みですから、思い切り羽を伸ばしてきてくださいませ」

「お世話になってもいいかな、パーシヴァル」

「もちろんだとも。休みに入ったらすぐに領地に向かう予定だ。特に準備するようなことは何もない。気楽にしていてくれ」

「ありがとう、パーシヴァル！」

☆　☆　☆

かくして俺は、長期休暇をヴァンダーウォール領で過ごすことになった。

肉料理が楽しみすぎて、休暇までまだ先だというのにその日の夜に早速荷造りを始めた。

まずは普段着を数着、古い布袋に詰めた。後は……と考えたけど、他に持って行けるような物はなかった。

本当だったら、ナイフとか寝袋とか保存食とかあればいいけど、そんな便利道具を今の俺が持っているわけがない。

まだ休みまでに時間があるし、それまでに準備すればいいか。明日にでも買いにいこう。

みんながそわそわしている理由が理解できたよ。きっとこんな気持ちなんだな。これはじっとしてなんかいられないよ。
ああ、ヴァンダーウォールに行くのが楽しみだ！
早く旅に出たいなぁ！

第二章

「……サフィラスは、馬には乗れるか？」

「うん。乗れるよ」

普段からユニサスに乗っているから、馬ぐらいは問題なく乗れる。

「そうか、ならよかった。帰郷には馬を使うが、馬は一頭しかいない。俺と一緒に乗ることになるが構わないだろうか？」

「俺は全然構わないよ。だけど、二人も乗せて馬の方は大丈夫？」

「ヴァンダーウォールの馬は普通の馬とは違う。魔獣のいる森を三日三晩飲まず食わずで走れる馬だ。俺とサフィラスを乗せて旅をするくらい、なんてことはない」

飲まず食わずで三日!?　普通の馬じゃちょっと考えられないな。

「ヴァンダーウォールの馬って凄いんだね」

パーシヴァルはその屈強な馬に乗って、王都に来たそうだ。

王都にはベリサリオ家の厩舎があって、お抱えの馬丁がいるんだって。そこでパーシヴァルの馬の面倒を見てもらっているんだとか。

通りを歩く人たちもまばらな早朝。俺たちは、ベリサリオ家の厩舎に向かっていた。

ヴァンダーウォールまでは、天候に恵まれれば六日ほど。馬車だと山越の近道を使えないからもう少しかかるそうだ。

そこそこ距離があるし、転移魔法が使えるんだから転移でサクサク行けばいいって思うかもしれないけど、俺はそれほど無粋な男ではない。

普通に旅を楽しむ心だってあるんです。

「パーシヴァル様、お待ちしておりました」

王都の外れにある厩舎では、すでに馬丁が馬の準備をして待っていてくれた。今日早朝に出発することが伝えられていたんだろう。

「え……これがパーシヴァルの馬？」

思わずポカンと見上げてしまう。

俺は小柄だから大体の馬は見上げる形になるけれど、この馬は見上げるどころか、首を真上に向けても足りないくらいだ。

「ああ、マテオという」

マテオは真っ黒で普通の馬よりずっと大きい。脚も太くてがっしりとしている。

小さな魔獣なら踏み潰してしまえるような逞しさだ。体は艶々と黒光りして、鬣《たてがみ》も尾もさらさらしている。

手入れがしっかりとされているんだな。

それにしても、これがヴァンダーウォールの馬かぁ……何もかもが圧倒的だ。

「よろしくね、マテオ」

俺が声をかければ、マテオはぶるると鼻を鳴らす。

手を伸ばして鼻先をわしわしと撫でても、嫌そうな素振りは見せない。神経質な性格ではなさそうだ。

俺がマテオに挨拶をしている間に、パーシヴァルは旅の荷物をマテオの背に括り付ける。彼の荷物も最小限で、旅人二人の一週間分にしては随分と小ぢんまりしていた。パーシヴァルも旅慣れているんだな。

「さあ、出発しよう」

「おう！」

いよいよ旅の始まりだね！

パーシヴァルと俺はマテオの背に跨り、ヴァンダーウォールを目指す。

基本的には宿に泊まるけど、何回かは野営をすることになる。

野営には前世で慣れているし、嫌いじゃない。この時期なら寒くないから、星空を見上げながら眠るのも悪くないもんだ。

マテオはしっかりとした足取りで街道を走る。

このまま最初の宿がある町まで走り続ける予定で、パーシヴァルが俺のために折り畳んだ厚い布を用意してくれていた。その上に座っているお陰で今のところはとても快適。

それに、背後でパーシヴァルが支えてくれているので安定感もある。何より視界が高いので眺めがいい。

ヴァンダーウォールの馬は凄いぞ！

「疲れたら遠慮せずに言ってくれ」

「全然疲れないよ！　それにしてもマテオは凄いな！」

王都を出て結構走ったのにマテオの足は少しも鈍らない。体が大きい分歩幅も大きいので、軽快な走りで荷馬車を何台も追い越していく。

「ヴァンダーウォールでは強い馬を生み出すために、長い時間をかけて少しでも大きい馬同士を代々掛け合わせてきたんだ。細く体力のない馬だと魔獣と渡り合えないからな。その甲斐あって、今ではマテオのような大きく逞しい馬が定着した。貴族には不恰好だと嫌われるが、そのかわり何事にも動じない性格と、険しい道でも走り続けることのできる強い脚を持っている」

不恰好だって？　とんでもない！

マテオは逞しくて素晴らしい馬じゃないか。

「いや、ヴァンダーウォールの馬は美しいよ！　俺は好きだな！　マテオ、お前は素晴らしい馬だぞ」

俺はマテオの首を敬意を込めて撫でる。

こんなに立派な馬が不恰好なものか。戦場でこの馬を見たら、敵の騎馬隊は怯むだろう。

それだけの強さがヴァンダーウォールの馬にはある。

「マテオ、サフィラスに褒めてもらえてよかったな」

後ろから聞こえてきたパーシヴァルの声は、心なしか嬉しそうだ。

確かに貴族が乗るような馬は美しさを求めてか線が細く、マテオとは大違いだ。ご令嬢を乗せるならそれでもいいだろうが、いざ戦や魔獣討伐となれば力不足は否めない。

何をおいても強さを求められる、それがヴァンダーウォールという土地なんだ。

☆　☆　☆

最初の宿に着いたのは日が暮れる前だった。

マテオはその健脚で、ほとんど休むことなく走り続けた。

この宿はベリサリオ家の定宿だそうで、大きい宿ではないけれど貴族も泊まる宿だけあって小綺麗で感じがいい。

「マテオを預けてくる。サフィラスはここで待っていてくれ」

「うん、わかった」

俺はエントランス前で下ろした荷物の見張り番だ。

夕飯はこの宿で食べられるらしいけれど、何が出てくるのか楽しみだな。

「おや、おや、これは結構な別嬪《べっぴん》さんがいるじゃないか？　この辺りじゃ見ない顔だな」

すでに酒が入っていると思われる若者が三人、俺の前で足を止める。

なんだか厄介ごとの匂いがしてきたぞ。

だけどすぐにパーシヴァルも戻ってくるだろうし、無用なトラブル回避のためにこれは相手にしないのが一番だ。

「君、一人なの？」

「今日はこの宿に泊まるつもり？　ここよりも、安くてもっといい宿を紹介するから俺たちとおいでよ」

明らかに下心がありますって顔をして何を言っているんだ？

身なりからすると、貴族か金持ちの家の息子たちだろうか。

「おい、何か言ったらどうだ？」

視線を合わさず、返事も返さないでいると、若者の一人が声を荒らげ俺に手を伸ばしてきたので、その手をピシャリと叩き落とす。

「いてっ！　何しやがる！」

何しやがると言いたいのは俺の方だ。

無闇に触ろうとするなよ。

「こいつ……ちょっと綺麗な顔をしてるからって、お高くとまりやがって」

「これはお仕置きが必要だな」

「……それは誰に対してだ？」

「そりゃぁ、こいつに決まって……っ！」

振り返った男が顔を青ざめさせる。

男の背後には、氷のように冷え切った表情のパーシヴァルが立っていた。あの顔は太陽の騎士というよりも氷結の騎士だな。

「パーシヴァル」

「サフィラス、待たせたな」

そう言いながら大股で側にやってきたパーシヴァルは、俺の肩をぐっと抱いた。

「俺の連れが何か無礼を？」

「あ、いや……」

「それでは、何か用でも？」

「い、いや。どうやら人違いだったようだ！　な、なぁ！　みんな行こう！」

「あ、ああ」

若者たちはそう言うと、逃げるように立ち去った。

パーシヴァルよりもずっと年上っぽかったけど、情けないもんだな。落ち着きも気迫も全く足元にも及ばない奴らだったから、比べるのも悪いか。

「すまない、サフィラス。この辺りの治安はしっかりしていると思っていて油断した」

「いや、大丈夫。どうも俺ってああいう手合いに絡まれやすいみたいだな。なんなんだろ？」

ラエトゥスでも変な男に誘われたっけ。

弱々しい見た目をしているから、簡単にどうにかできると思うのかもしれない。

それにしたって、失礼な話だ。

「自覚はないのか……」

「え？　自覚って？」

「いや……サフィラスのことだから大丈夫だとは思うが、気をつけるに越したことはない。俺もできるだけ側を離れないようにしよう」

「大丈夫。いざとなったら魔法で追い払うさ」

「ほどほどに頼む」

「努力する」

旅の初めから変なやつに絡まれたけど、宿はなかなか悪くなかった。

特に夕食はとっても素晴らしかった！

鶏のもも肉のグリルは、鶏自身の脂で皮がパリッと香ばしく焼けていて、肉はふっくらとして柔らかく一口噛めば肉汁が溢れ出す。

あまりにも美味しくて食べながら絶賛していたら、料理人がそれを聞いたらしく、そんなに喜んでもらえるなら、ともう一本もも肉を出してくれた。

さすがにもう一本は食べられないので、パーシヴァルと半分にして食べたけれど、お腹いっぱいになってもやっぱり鶏は美味しかった。

☆　☆　☆

王都を出発してから天候に恵まれて、俺たちの旅路は今のところ順調。

泊まる宿もどこも快適で、初日以降はおかしな奴に絡まれることもなく、時々土地の名物なんかを食べたりもして、旅を満喫している。

そんな快適な旅も、四日目に初めて野宿をすることになった。この旅の一番の難所である山越の途中だ。馬車では通れないこの道は、いわば近道。

マテオは急な山道だってなんなく登って行ったけれど、さすがに一晩中走らせるのはかわいそうだ。野宿をするのにちょうど良さそうな平坦な場所があったので、そこで一泊することにした。山の中だけど、防壁魔法があるから魔獣も盗賊も心配する必要はない。

夜露を凌げるよう、パーシヴァルが簡易的に屋根を張っている間に、俺は薪を集めて火を起こしスープを作る。マテオは鞍を外してもらってその辺の草を食《は》んでいる。

スープの具は干し肉。昨日泊まった町で買っておいたのだ。むふふ。

この干し肉は本来、冒険者や兵士の携帯食なのでめちゃくちゃ塩辛くて香辛料が効いている。

基本的な食べ方は、この肉を一欠片口に放り込む。それだけ。

口に含んでいると、少しずつ塩気が口にひろがって肉が柔らかくなる。料理をする手間もいらず、移動しながらでも食べられるという代物だ。

それをスープの具にすると、塩気と肉の旨味がスープに溶け出して、程よい味になる。

いつも携帯食ばかりだと、気力が萎えるからね。これは冒険者の知恵なのである。

干し肉の塩気が十分出たところで、芋と乾燥させた芋の茎を放り込んだ。これで野菜が柔らかくなるまで煮込めばでき上がり。

山中の夜は冷え込むからね、ピリッと辛くて温かいスープが美味しいのだ。

「手際がいいな」

屋根を張り終えたパーシヴァルが、俺の作業を見て感心したように言う。

「冒険譚で読んだんだ。ようやくその知識を試してみることができたよ」

「サフィラスは、ヴァンダーウォールでも十分やっていける」

「本当？」

「ああ」

強者揃いのヴァンダーウォールでもやっていけるなんて、嬉しいことを言ってくれる。

冒険者としての基盤は、生まれ変わっても問題ないってことだ。

パーシヴァルと俺は、出来上がったスープに乾燥麺麭《パン》を浸して食べる。

「美味いな。野営でこんなに美味いスープが飲めるとは思っていなかった」

「美味しくできてて、よかったよ」

食事の後は、パーシヴァルがお茶とクッキーを出してくれた。

クッキーはかなり硬め。無理に噛んだら歯が折れそうだ。

だけど、ほのかな甘さとナッツの香ばしさが素朴で美味しい。お茶を飲んで、口の中でゆっくり溶かす。

ここまでくれば、ヴァンダーウォールまではもう少しらしい。

やっぱり旅は楽しいな！　こういう生活が俺にはあってる。

フォルティスからサフィラスになったとしても、俺は俺ってことだ。

「……サフィラス、無理をしていないか？」

焚き火を眺めながら、旅の楽しさをしみじみ噛み締めていると、パーシヴァルが突然そんなことを聞いてきた。

「え？　無理って？」

「ここまでほぼ走り詰めできている。今更だが、俺やマテオに合わせる必要はない。もし体がキツかったら、正直に言ってほしい。急ぐ旅でもない、もう少しペースを落とすこともできる」

「いや、全然キツくないよ。むしろ快適。旅生活って俺にあっているみたい。それに、将来冒険者を目指してるんだから、この程度で音を上げたりはしないよ」

焚き火の火で金髪を赤く染めながら、パーシヴァルはふっと笑う。

「……そうか。そうだな。それに、サフィラスは旅慣れている。もう、すぐにでも冒険者になれそうだ」

ありゃ、ちょっとやりすぎたかな。

だけど、できるのにできない振りするのはなかなか難しい。下手に隠すよりは、潔く見せちゃった方がボロは出にくいだろう。

その夜、俺はマテオの背で尻に敷いていた厚手の布を枕に、星空の下ぐっすりと眠った。

☆　☆　☆

マテオは本当に疲れ知らずの馬で、ほとんど休むことなく残りの道程もあっという間に走り切ってしまった。

いよいよパーシヴァルの故郷、ヴァンダーウォール領だ。

ラエトゥスを出発して五日目。旅は順調すぎて、予定よりもだいぶ早く領内に入った。

何もない街道を走っていると、ぼちぼちと家や畑が見えてくる。放牧中らしい牛もいた。遠くには高台に聳《そび》える堅固な城が見える。

「あそこに見えるのがヴァンダーウォールの城だ」

「あれが……」

さすが、国を守る剣と盾に相応しい重厚な佇まい。その下には城に守られるように街がある。

故郷に帰ってきたことがわかったのだろう。マテオがいっそう足を速めた。

これまでは目立っていたマテオの体躯の大きさも、ヴァンダーウォールに入ってからはそれほど目立たない。

何しろ、荷車を引く馬も大きいんだ。むしろ、他所から来た普通の馬が目立っている。

ぐんぐん足を速めたマテオのおかげで、あっという間に街に着いてしまった。

ソルモンターナは比較的平和な国なので、街の門のほとんどは昼の間は開かれたままで出入り自由なんだけど、ヴァンダーウォールもその例に漏れないようだ。

他所からきた荷馬車や旅人に交じって街に入ると、通りは活気に溢れていた。いかにもな風体の男がそこかしこにいるし、通りには食堂と武器屋が多い。

冒険者や傭兵が集まる土地柄もあるんだろうな。屋台からはなんだかはいい匂いも漂ってくる。あの肉の塊のようなものを削って、薄い麺麭《パン》みたいなのに包んでいるのはなんだろう。見たことのない料理だ。

「街は後日案内しよう。まずは城で一度休んでほしい」

俺の食い気が顔に出ていたんだろう。パーシヴァルに苦笑されてしまった。

確かに屋台や食堂は気になるけれど、何も今すぐ食べたいというわけじゃない。

あれは何だろうなって、ちょっと気になっただけで……とりあえず、あの屋台は覚えておこう。

ちなみに、この街の作りは少し複雑になっている。真っ直ぐな道が少なく、階段も多い。

今は滅多にないけれど、他国の兵が侵入した時、一直線に城に向かわせないようになっているのだ。いざという時は民を城に避難させて、兵士はこの街中で戦う。

土地勘があれば奇襲も仕掛けやすいだろうし、敵はかなり攻めにくい街なのではなかろうか。

「ついたぞ、サフィラス」

「おお……」

ここがパーシヴァルの育ったヴァンダーウォール城か。

近くで見るとますます凄いな。

まるで伸《の》しかかるような威圧感と、いかにも厳格そうな佇まい。この城で育ったのならば、彼の性格が生真面目なのもわかる気がする。

パーシヴァルの手を借りてマテオから降りると、すぐに馬丁がやってきた。

「お帰りなさいませ、パーシヴァル様。マテオもお帰り」

「ああ、いま戻った。マテオをよろしく頼む」

マテオを馬丁に任せると、パーシヴァルはエントランスに案内してくれた。

「ここでは堅苦しいことは一切ないから、気楽に過ごしてほしい」

「うん、ありがとう」

「パーシヴァル様、お帰りなさいませ」

エントランスではベリサリオ家の家令がパーシヴァルを出迎えた。

高齢だけどしっかりとした体躯は、さすがヴァンダーウォール領の男。きっと、彼もいざという時は剣を持って戦うんだろうな。

「手紙で伝えていた友人のサフィラスだ。彼が十分寛げるよう、よろしく頼む」

「サフィラスです。しばらくご厄介になります」

「ようこそいらっしゃいました、サフィラス様。私はジェイコブと申します。御用ご不便がございましたら、遠慮なさらずなんなりとお申し付けくださいませ」

「よろしくお願いします」

「お帰りなさい、パーシィ。予定よりも早かったわね」

ジェイコブさんと挨拶を交わしていると、見目麗しいご婦人が正面の大階段からたおやかに降りてきた。豊かな金色の髪と整った顔立ちがパーシヴァルによく似ている。

「母上、ただいま戻りました」

「元気そうで何よりです。そちらがご学友の方ね……あら……まぁ……まぁ、まぁ！」

ヴァンダーウォール辺境伯夫人は俺の顔を見るなり目を輝かせ、すごい勢いで迫ってきた。

「え？　あ、あの？」

「わたくしはパーシヴァルの母、アデラインです。あなたがサフィラスさんなのね！」

「は、はい。サフィラスと申します。しばらくお世話になりますが、よろしくお願いいたします」

「いいのよ、そんな堅苦しい挨拶なんて！」

アデライン夫人は俺の手を取ると、その細く白い手には不釣り合いなほど強い力で握ってくる。

この握力はヴァンダーウォールのご婦人ならではなの？　ちょっと、痛いくらいだ。

なんだかよくわからないけれど、これは歓迎されているのかな？

「サフィラスさん、これからもパーシヴァルをよろしくお願いするわね」

「いいえ、むしろ、僕の方こそいつもパーシヴァルにはお世話になっておりますので」

「二人はとても仲が良いのね！　あ、そうだわ！　すぐにお茶の席を用意しましょう！　美味しいお菓子があるのよ。学院でのお話をぜひ聞かせていただきたいわ！」

アデライン夫人が思った以上にぐいぐいくるので、さすがの俺もちょっと戸惑いを禁じ得ない。

えっと、これはどうしたら……

「母上、サフィラスは今着いたばかりです。まずはゆっくりと休ませてあげてください。休暇の間は滞在するのですから、お茶ならいつでもできます」

困惑する俺を見かねたパーシヴァルが助け舟を出してくれた。

お茶やお菓子は嬉しいし、快適な旅だったから疲れてはいないけれど、長旅で随分汚れている。とてもじゃないが、ご婦人と同席できるような状態じゃない。

「あ、あら。そうね。わたくしったら、つい舞い上がってしまったわ。今、着いたばかりですものね。ごめんなさい、サフィラスさん。まずは、お部屋の方でゆっくりしてらして。今夜はささやかながら、歓迎の晩餐を用意させていただきます。サフィラスさんのお好きなものは何かしら？」

「俺は肉が好きですが……」

美味しいお肉に釣られてヴァンダーウォールに来たようなものだし。

「まぁ！　まぁ！　お肉ね、お肉が好きなのね！　お肉なら任せて！　ノーラ！　誰かノーラを呼んでちょうだい！」

貴族のご婦人にしてはいささか元気すぎるアデライン夫人は、忙しなくどこかに行ってしまった。

なんだか、見た目と中身が随分と違う人だ。

「すまない、いつもはもう少し落ち着いている人なんだが……今日はどうかしているらしい」

「でも、素敵なご婦人だと思うよ」

元気な人は好感が持てるから、俺としては謝られるようなことじゃない。

きっと、久しぶりに息子に会えて嬉しいんだろう。パーシヴァルの家族は仲が良さそうだ。

「サフィラス様、お部屋にご案内いたします。どうぞ、こちらへ」

「あ、はい」

ジェイコブさんに案内された部屋は、とっても素晴らしかった。

高台にある城だけあって、街を見下ろす景観がいい。

俺一人で使うには広すぎるほどの贅沢な部屋には浴室も付いている。覗いてみると、バスタブにはすでにお湯がたっぷりと張られていて、すぐにでも入れるようになっていた。

「このお部屋はご自由にお使いください。間も無く使用人も参りますので、何か不足がございましたらその者にお伝えください。まずはご入浴をなさって、ゆっくりと旅の疲れを洗い流してくださいませ」

「ありがとうございます」

ジェイコブさんが退出すると、俺は早速お風呂に入ることにした。服を脱ぎ捨てて湯船に飛び込む。

「うわー、生き返るー！」

お湯の温度もちょうどいい。こんな風に全身お湯に浸かれることなんて滅多にないから、これは最高の待遇だ。

用意されていた石鹸を使うと、レモネとミンタの香りがした。

パーシヴァルの匂いはこの石鹸だったのか。滑らかな泡立ちに、それが高級品だとわかる。

石鹸に感動しつつ、ゆっくりとお湯を楽しんでから浴室を出ると、部屋の扉がノックされた。

ジェイコブさんが言っていた使用人がきてくれたんだろう。

「サフィラス様、よろしいでしょうか？」

「どうぞ」

「失礼いたします」

入室を許可すると、三人の使用人が入ってきた。

俺一人に三人は多くないかな、と思っていると、満面の笑みで丁寧に挨拶をしてくれた。

「ようこそヴァンダーウォール城へお越しくださいました。サフィラス様がこちらにご滞在される間、私たちがお世話をさせていただきます。快適にお過ごしいただけるよう、誠心誠意努めさせていただきますので、なんなりとお申し付けくださいませ」

「ご迷惑をおかけしますが、よろしくお願いいたします」

俺も慌てて頭を下げる。

まさか、こんなに丁寧に挨拶をしてもらえるなんて思わなかった。

パーシヴァルの友人と言っても、俺は平民だ。ベリサリオ家は客人に手厚いもてなしをするんだな。

「さぁ、まずはこちらにおかけくださいませ」

言われるまま椅子に座ると、足のマッサージが始まった。良い香りのするオイルで指の間まで揉み解される。

「ふわぁ……」

なんとなく痛いけれど、それがまた心地よい。思わず深いため息が漏れた。

「力加減はいかがでしょうか？　痛いようでしたら、もう少し弱くいたしますが」

「いえ……とっても、気持ちが良いです……」

俺がマッサージにうっとりとしている間に、濡れたままほったらかしていた髪は丁寧に拭き上げられ、梳《くしけず》られる。

これもまた気持ちよくて、更にうっとりとしてしまった。

俺が半ばうとうとしている間に、髪の手入れとマッサージが終わった。

「お疲れ様でございました。お茶でございます」

すかさずお茶が差し出され、何種類かのお菓子が載ったお皿がテーブルに用意される。

……いくらなんでも、これは厚遇すぎるのではないだろうか。

「あの……俺、自分のことはできますから、放っておいてもらっても構いませんので」

「まぁ！　そんなことはできませんわ。奥様に叱られてしまいます。私たちはサフィラス様がご滞在の間、わずかにもご不自由することがないようにと、しっかり仰せつかっております」

「ええ、サフィラス様はご遠慮なさらず、ここにいる間のことは全て私たちにお任せください」

「心ゆくまでこの城と、そしてヴァンダーウォールを楽しんでくださいませ」

そこまで言われて無下に断れるほど、俺も頑なではない。

折角持て成してくれるというのだから、甘えることにした。

「ありがとうございます……それじゃぁ、お言葉に甘えさせていただきます」

俺がそう言うと、三人はそれはそれは良い笑顔でにっこりとした。

ヴァンダーウォールの人はみんな気持ちの良い人たちだな。

☆　☆　☆

「サフィラス様、ご夕食の用意が整いましたのでご案内いたします」

扉の外から声をかけられて、ハッと目が覚めた。

ちょっと横になるだけのつもりだったのに、あまりにも寝心地がいい寝台だったので、ぐっすり眠ってしまっていた。

サフィラスの人生で、こんなに寝心地の良い寝台で寝たのは初めてかもしれない。

いや、もしかしたら、フォルティスだった時にもなかったかも。

「サフィラス様？」

「あ、すみません！　今行きます！」

跳ね起きた俺は、寝台から飛び降りて慌てて扉を開ける。

そこにはさっきお茶を淹れてくれた人、スザンナさんがいた。スザンナさんは俺の顔を見ると、ちょっと眉尻を下げる。

「サフィラス様、ダイニングにご案内する前に、少しだけ御髪《おぐし》を整えさせてくださいませ」

なんで？　と思う間も無く、スザンナさんに鏡の前の椅子に座らされる。

鏡を見ると、髪にがっちりと寝癖が付いていた。

「うわ、すごい寝癖……」

いくらなんでもこの頭で初対面のパーシヴァルのご家族に会うわけにはいかないな。

お世話になる初日くらいは、ちゃんとした格好でご挨拶しないと。

気を遣ってくれたスザンナさんに感謝だ。

「よくお休みになられたようですね」

「あはは……とっても寝心地のいい寝台だったので、つい本気で寝ちゃいました」

「それはよろしゅうございました」

スザンナさんは会話をしながらも手際よく俺の寝癖を直してくれて、それからちょっとよれてるシャツもピシッと整えてくれた。

「すみません、ありがとうございます」

「いいえ。それでは、ご案内いたします。どうぞ、こちらへ」

城の中は灯りがふんだんに灯されていて、とても明るい。

これは贅沢というよりは、城に不審者が潜む隙を与えないようにするためだ。

古いのにどこも手入れがしっかりされているし、いざという時に戦の拠点の役割が果たせるようにしているんだろう。

長らく平和が続いていても、常に気を緩めることはない。城は主人の姿そのものだよなぁ、なんて思いながら案内されていたら、途中でパーシヴァルが待っていてくれた。

「サフィラス、少しは休めたか？」

「すごく休めたよ。待遇が良すぎて、さっきまでぐっすり寝ちゃっててさ。お風呂も最高だったし、マッサージまでしてもらったんだ。あんなに良くしてもらって、なんだか申し訳ないんだけど。俺、本当にご迷惑じゃない？　大丈夫？」

「ああ、もちろん。遠慮などせずに、気楽に過ごしてくれ」

「それならいいんだけどさ」

そんなことを話しているうちに、ダイニングに到着した。

広いダイニングにはすでに、見るからに厳《いか》つくて威厳のある男の人とアデライン夫人。それに、パーシヴァルのお兄さんだと思われる人が二人と、優しそうなご令嬢が一人席に着いていた。

「すみません、遅くなってしまいました」

俺が頭を下げると、アデライン夫人がさっと席を立って足早に俺のところにやってきて、またしても手をぎゅっと握った。

アデライン夫人は手を握るのがお好きらしい。

「いいのよ、いいのよ。さぁ、早く席に着いて。家族を紹介させてちょうだい」

「母上」

「あ、あら。わたくしったら、つい……ごめんなさいね、サフィラスさん」

パーシヴァルに窘《たしな》められ、夫人はおほほと笑ったけれど、相変わらず俺の手を握っている。そのままパーシヴァルの隣の席に案内された。

「お席は、パーシィの隣がいいでしょう。パーシィは、サフィラスさんのことをよく見てあげてちょうだい」

俺の席の斜め前には優しそうなご令嬢が座っていて、会釈をするとほんのりと笑顔で返される。

視線が合った瞬間、すぐにわかった。このご令嬢は白魔法使いだ。

「サフィラスさん。食事の前に、家族を紹介させてちょうだいね」

晩餐の席はすっかりアデライン夫人が仕切っている。

なんとなくわかってしまった。ヴァンダーウォールではきっと女性の方が強いのだ。

女の人が元気で生き生きとしている土地は、大体平和なところが多い。きっとヴァンダーウォールもそうなんだろうな。

まずはテーブルの正面に座っている男性を紹介される。やはりと言うべきか、彼はパーシヴァルのお父上であるヴァンダーウォール辺境伯、オースティン・ベリサリオ殿だった。

それから長兄のテオドールさんと次兄のカーティスさん。

白魔法使いのご令嬢はテオドールさんの婚約者で、ティンバーレイク伯爵家のサンドリオンさん。

今はアデライン夫人に未来の辺境伯夫人として色々教わっている最中だそう。次兄のカーティスさんにも婚約者はいるそうで、休み中に会えたら紹介してくれるらしい。

お兄さんたちは、お父上である辺境伯に顔立ちが似ている。三人とももちろん整った顔立ちなんだけど、王子様のようなパーシヴァルと違って厳《いか》つい。

それにベリサリオ家の男は、皆揃って体が大きい。

パーシヴァルも背が高いと思っていたけれど、ヴァンダーウォール卿とお兄さんたちはもっと大きかった。

これは馬だって大きくなるってもんだ。

王国の剣と盾と言われる男たちの姿に、道理でベリサリオの名があちこちで通用しているはずだと納得した。

　最後に俺が自己紹介をして、みんなで揃って女神に感謝を捧げると、いよいよ料理が運ばれてくる。

まずは前菜とスープ。

スープは具のない透明なものだ。前菜は木《き》の子《こ》と海老のオイル煮、肉のカルパッチョ、それから色々な野菜を刻んでジュレで固めたもの。

……んん？　これ、前菜だよね？

なんというか、前菜と言うにはちょっと量が多い。

これは一人分なのかな？　学院のランチ一食分くらいはあるぞ。

チラッと周囲に視線を走らせれば、皆は当然とばかりの態度だ。

さすがにアデライン夫人とサンドリオンさんは、目の前の半分くらいの量だった。

俺もあれくらいで十分なんだけど。

「無理をして全部食べなくてもいい。メインの肉が食べられなくなる」

「う、うん。肉はぜひ食べたいからね」

パーシヴァルは給仕の人に声をかけて、お皿を一枚持ってくるように伝える。

「これに食べられる分だけ取ればいい。残っても使用人が後で食べるから、気にするな」

「そう？　じゃぁ、遠慮なくそうさせてもらうよ」

皿を受け取り、食べられそうな分だけ取り分ける。肉のカルパッチョは少し多めに。

「パーシィとサフィラスさんは、本当に仲が良いのね」

俺たちのやり取りを見ていたのだろう。アデライン夫人がにこにこしてこちらを見ていた。

「ぜひとも二人の馴れ初めを聞かせてほしいわ」

馴れ初め？　それは仲良くなったきっかけって解釈でいいんだろうか？

アデライン夫人も妙な言い回しをするな。

「学院のカフェテリアで相席をしたのがきっかけです。少々事情があって俺は学院で孤立していたんですけど、周囲の噂を全く気にせずに毎回同じテーブルで食事をしてくれたのがパーシヴァルでした」

「まぁ、まぁ……パーシィ、よくやりました。あなたもやればできるのね。少しは見直しました。わたくしはずっと心配していたのよ」

「母上、少々しゃべりすぎですよ」

長男のテオドールさんがアデライン夫人の言葉を遮った。

「……あら」

アデライン夫人はパーシヴァルを心配していたと言うけれど、どこに心配する要素があるんだろう。学業も剣術も、それから人格も、どこをとっても非の打ち所がない人物なのに。

「先日学院から成績が届いたが、パーシヴァルはしっかり学んでいるようで安心した。これからも気を抜くことなく、励むように」

「はい」

あれだけあった前菜をすでに食べ終えたヴァンダーウォール卿が、当主らしく鷹揚《おうよう》にパーシヴァルを労う。

女性陣はまだ前菜を食べているので、俺は俺のペースで食べていて問題ないだろう。

それにしても、前菜が美味しいな。特に肉のカルパッチョ。肉が舌の上でとろけるようだ。

海老なんか珍しくてなかなか食べられないものだし。これ、尻尾は残すのかな？

野菜のジュレはちょっと苦手かもしれない。なんかもやっとした感じがね。

でも残さず食べる。いつもひもじかった日々を思えば、好きだとか苦手だとかそんなことを言うのは罰当たりだ。食べられるものは、しっかり食べないと。

黙々と野菜のジュレを口に運んでいれば、みんなの視線が俺に向いていることに気がついた。

「……えっ……と、な、何か？」

思わずフォークを置いて、背筋を伸ばす。

「サフィラス殿は魔法使いだそうだね」

パーシヴァルの二番目のお兄さん、カーティスさんに尋ねられた。

けど、その前の話を食べるのに夢中で何も聞いていなかったから、話の流れがわからない。

「……はい」

えーっと、一体、なんの話？

「野外演習の時の話をしていたんだ。サフィラスが雷で巨大な魔蛇を倒しただろう」

「ああ、あの時の」

魔蛇の話をしていたのか。

あの時、現場でまともに対応できていたのはパーシヴァルだけだった。

初めての、しかも野外での演習だし、学院に入学したばかりの貴族の子息令嬢がまともに立ち回れるわけはないよな。

「サフィラス殿は不測の事態に随分と冷静に対処していたそうだが、どこかで魔獣討伐の経験でも？」

「いいえ。でも、魔獣討伐には大変興味があります」

ヴァンダーウォールの魔獣の森は有名だ。深くて大きな森には大型の魔獣も潜んでいる。

その危険さゆえに勝手に入ることは許されていないが、森から出てくる魔獣を狩るために、この地には多くの冒険者が集まってくる。

「そうか。興味があるのなら、魔獣討伐に参加してみるかい？」

「え？　いいんですか？」

「君さえ良ければ、ぜひ参加してくれ」

うわー！　魔獣討伐か。

ヴァンダーウォールといえばやっぱり魔獣討伐だよね。まさか、それに参加できるなんて思ってもなかった。

俺ってついているな。

やっぱり、パーシヴァルについてきて正解だった。

「ちょ、ちょっと待ってちょうだい！　サフィラスさんは、わたくしとお茶をする約束をしているのよ！」

「母上、落ち着いてください。お茶はいつでもできます」

「パーシィはさっきもそう言ったわね」

「折角ですから、クリステラも呼んで茶会を開いたらどうですか？」

「あら、そうね。それがいいわ。そうしましょう！」

カーティスさんがそう提案すると、アデライン夫人の機嫌が途端に回復した。

ご婦人はお茶会が好きだよね。美味しいお菓子が食べられるから、気軽なお茶会だったら俺も歓迎だ。

お茶会に魔獣討伐、それに街歩き。楽しみが沢山あるな。

これからの計画にワクワクしていると、いよいよメインの肉がやってきた。

大きな塊の肉がどーんと載ったワゴンがダイニングに運ばれてきて、給仕の人が大きなナイフとフォークで、塊の肉を薄く切っていく。肉の表面はこんがりと焼けているけれど、中は赤く生の状態だ。

「好きな枚数を皿に盛ってもらうんだ」

俺が給仕の様子をじっと見つめていると、横からパーシヴァルがそっと教えてくれた。

「……お代わりは許される？」

「ああ、好きなだけ食べたらいい」

とりあえずは三枚を皿に載せてもらった。

薄く切られた肉は簡単に噛み切れる。肉汁がじわっと口に広がってとにかく美味しいし、かけてあるソースがさっぱりしているので、何枚でも食べられてしまう。

俺は最初の三枚をペロリと平らげると、早速お代わりをした。

この肉、何枚食べても美味しいな。

あまりの美味しさに、デザートが食べられなくなるからとパーシヴァルに止められるまでお代わりをしてしまった。

このお肉、ローストビーフっていうんだって。

熟成させたお肉を使うのがポイントらしいけど、熟成ってなんだ？

☆　☆　☆

「サフィラス、準備はできたか？」

「もちろん！　いつでも出かけられるよ！」

俺の支度が終わる頃、パーシヴァルが部屋まで迎えにきてくれた。

今日はいよいよ街を探索する。賑やかで色々な店があったから、すごく楽しみだ。

今朝起きたら、ベリサリオ家の皆さんはとうに朝食を終えて、すでにそれぞれの仕事を始めていた。辺境伯領の朝はとても早いらしい。

俺が寝坊したことに恐縮していると、朝は都合に合わせてそれぞれ好きにしているので気にしなくていいと、スザンナさんが言ってくれた。

スザンナさんの他に、アンナさんとクララベルさんというメイドさんが滞在中俺のお世話をしてくれる。彼女たちはとっても手際が良くて、きっと公爵家の使用人にも引けを取らないんじゃないかと思う。

今日はパーシヴァルと城下の街歩きをする予定だと言ったら、この街――オリエンスは屋台や食堂が多いから朝食は少なめにして、食べ歩きを楽しんだらいいとアドバイスをしてくれた。

ゆえに、今日の俺の胃袋には余裕を残してある。

何が食べられるのか、楽しみだ。

「いいですか、パーシィ。しっかりとサフィラスさんをご案内して差し上げるのよ」

「はい」

「サフィラスさん、オリエンスを十分に楽しんでいらしてね」

「ありがとうございます」

忙しいはずなのに、わざわざアデライン夫人がエントランスまで出てきてくれた。にこやかな笑顔の夫人に見送られ、のんびり歩いて街に向かう。

「あ、そうだ。オリエンスに魔法具店はあるかな？」

「もちろんある。ここは冒険者パーティもよく立ち寄るし、ヴァンダーウォール軍には魔法使いもいるからな」

「よかった。遊びに来た記念に、ここで杖を買おうと思ってるんだ」

「なら、何軒かあるから行ってみよう」

地元民のパーシヴァルが案内してくれるなら、どの店で買ってもハズレはないだろう。

街へと向かう道すがら、昨日見た削いだ肉を薄い麺麭《パン》で巻いていた料理について聞いてみる。

「あのさ、昨日、城に向かう途中の屋台で、肉の塊を削いで薄い麺麭《パン》で巻いた料理を見たんだけど、あれは何？」

「ああ、ラップのことか。あれは元々領の外の料理だったんだ。冒険者か傭兵が持ち込んだものだが、手を汚さず片手で食べられる手軽さからここでも広がった。日持ちはしないが、色々な具を巻けるので、昼食として持ち歩くには都合がいい。メインは肉で、店によって中身やソースに違いがある」

「へぇ！　それはぜひ食べてみたいな！」

「じゃぁ、手始めにラップの屋台に行こう」

オリエンスはまさに種族のるつぼと言えるような街だ。獣人も人族も入り交じって生活している。それに商人や冒険者が多く、王都とはまた違った活気に満ちていた。

前世の記憶があるからか、俺としてはオリエンスの空気の方が王都よりも肌に合う。

「ラップの屋台はいくつかあるが……」

「パーシヴァルのお勧めは？」

「そうだな、サフィラスは辛い味は大丈夫か？」

「もちろん」

「それならば、お勧めの店がある」

パーシヴァルは行きつけの屋台に案内してくれた。この店は辛いソースを売りにしているそうだ。

「ラップを二つ頼む。ソースを多めで」

「はいよ！　ラップ二つソース多め、と。パーシヴァル坊ちゃん、久しぶりだねぇ！」

「昨日、長期休暇で帰ってきたばかりだ」

「そりゃぁいい。そっちの綺麗な坊ちゃんはご友人かい？」

「ああ、彼はオリエンスが初めてなので、案内をしている」

「そうかい、そうかい。なら、おまけしないとな！」

店主とパーシヴァルが世間話をしている間、俺は目の前の肉に釘付けになった。

真ん中に木の棒を刺したひと抱えもありそうな肉が、火に炙られて香ばしい匂いを漂わせている。

でかい肉だけど、この肉はなんだろう？

「それは鶏の肉だよ。何枚も重ねて大きな塊にしてあるんだ」

俺が肉をじっと見つめていたら、屋台のおじさんが親切にも教えてくれた。

へぇ、これ、鶏の肉なのか！

店主は小麦の粉を溶いた液を鉄板に広げると、薄い麺麭《パン》を焼く。そこに削いだ鶏肉と野菜をどっさりと載せて赤っぽいソースをかけると、くるくるっと綺麗に巻いて蝋紙に包んだ。

ここまであっという間だ。

確かにこれ一つで肉も野菜も食べられるし、持ち運ぶのにも便利。

「ほら、ラップ二つの出来上がりっと。肉多めにしておいたからね！」

「ありがとう、感謝する」

パーシヴァルが店主にお金を二人分渡したので、俺は自分の分をパーシヴァルに渡そうとしたが、やんわりと断られた。

「ここは、案内している俺に持たせてくれ」

「……そう？　じゃぁ、お言葉に甘えさせてもらう。ありがとう」

まあ、次は俺が二人分出せばいいしね。俺の食べ歩きはまだ始まったばかりだ。

ラップを受け取った俺は早速かぶりつく。

ピリッとしたソースが食欲をそそる。へぇ、これは美味しい！

ちょっと山に入る時なんか便利だ。これを考えた人は凄いな。

俺がようやく半分食べた頃、パーシヴァルはすでに食べ終わっていた。

戦う男は食事が速い。

食べている所為で周囲への注意が疎かになっている俺は、パーシヴァルに誘導されながら歩く。

今食べたばかりだと言うのに、目が食べたいものを追うから、自然とふらふらした歩きになってしまう。

何を見ても美味しそうだから仕方がないよ。スザンナさんたちの言った通りだ。

俺はラップの次に、練った小麦粉を細長くしたものを油で揚げて蜜をかけたお菓子を、パーシヴァルと半分ずつ食べた。

「サフィラス、口元に蜜がついている」

パーシヴァルはそういうと、サッとハンカチーフを出して俺の口を拭いてくれた。

「あ、ありがとう」

こういう時に、すぐハンカチーフが出てくるなんて、ソツがないなぁ。舌でペロッとしようとした俺とは大違いだ。

その後も、果物を切って串に刺してあるものや、よくわからない謎の串肉を食べたけど、結局その全てはパーシヴァルが支払ってくれた。

俺がいくら払うと言っても、お金を受け取ってはもらえない。

なんというか、一見穏やかそうに見えるのに、有無をも言わせぬ押しの強さがパーシヴァルにはあるんだよな。

恐縮しながらも、結局厚意に甘えてしまった。

ひと通り気になるものは胃袋に収めたので、次の目的である魔法具店に向かう。

案内された店は、まるで武器屋のような佇まいをしている。

王都の魔法具店は厳かな雰囲気で、サルトゥスは雑貨屋みたいな感じだった。

同じ魔法具店でも、場所によって雰囲気が変わるんだな。

店に入ると、あらゆる魔法具が所狭しと並んでいた。みたこともない錫杖や魔法武器もある。

「うわ、圧巻」

「杖は奥だ」

店の一番奥まった場所に杖がズラーッと並んでいる。

何が凄いかって、安い杖は適当な木箱に入って床にどんと置かれていることだ。

なんだこりゃ？

「ああ、魔法具を作った時に出た残りクズで作った杖だ。大体は大した効果はないが、魔法使いを目指す子供や初級者用として重宝されている。安価で、折れるのを気にせず使えるからな」

「無駄がないなぁ」

「この地の商人は、商売っ気が強いんだ。あと、ここでは素材から選んで、魔法具を作ってもらうこともできるが……」

「それ、いいな。どんな素材があるんだろう？」

素材が並ぶ棚を見にいけば、そこにはあらゆるものが雑多に並んでいた。

なるほど、杖の手練れはここから自分に合った素材を探し出して、自分だけの杖を作ってもらうのか。

「なんだ、坊主。杖を作りたいのか？」

素材を眺めていると、髭面の店主が声をかけてきた。

「うん。できれば」

「ふぅん？」

店主は俺を品定めするように、ジロジロとみる。

なんだよ。お金なら持っているからな。

「……どんな杖が欲しいんだ？」

「え、どんなって……」

改めて言われると、よくわからないな。

俺の場合、杖はあくまでも格好だけのものだから、特に何か補いたいものがない。

「えーっと……かっこいい、感じ？」

俺がそう言うと、店主はごちゃごちゃとした素材の山の中から黒い角を取り出して、俺に差し出した。

渦巻き状に伸びた角はずっしりと重い。

え？　まさかこれって……

「トライコーンの角」

渡されたのは魔獣トライコーンの角だった。

トライコーンの角なんて、滅多に手に入らない一品だ。

トライコーンは角を三本も生やしている、凶暴な馬形の魔獣だ。

馬だからといって、草を食べたりはしない。あいつらは完全な肉食で、人でも牛でも腹が減ればなんでも食べる。時には魔獣だって食べる。

トライコーンが村を襲ったって話を聞いたことがあるけど、家屋はことごとく破壊され、村人のほとんどは食い殺されてしまったそうだ。

結局そいつは、腕利きの冒険者パーティが合同で依頼を受けて討伐したらしいけど。

数も少ないし、単独で行動する魔獣なので滅多に出会うことはないが、どんな手練れの冒険者でもソロの時にエンカウンターしたら即回れ右だ。

俺は前世で、一回だけお目にかかったことがある。

三本生えた角は、真ん中に生えるものが一番長く貴重とされるんだけど、あの時はバイロンが貴重な真ん中の角をへし折ってくれちゃって、二束三文で買い取られたっけな。

昔を思い出して、ちょっとほろ苦い気持ちになる。

店主が渡してきたのは、その貴重な真ん中の角だ。

真っ黒に見える角は、よく見ると銀の粒子がちらちらと光っていて、なんとも神秘的。

これを杖にしたら、相当の逸品ができ上がるだろう。

欲しい……

むくむくと所有欲が湧き上がるが、いやいや、これは相当のレア素材だ。

俺のお小遣い程度では絶対に買えない。

というか、そんな高級素材をこんな有象無象の素材と一緒に積んでいるとか、どういう店だよ。

普通は店の奥にしまって置くものだろ。

「……いくらだろうか？」

パーシヴァルが店主に値段を尋ねる。

ええぇ、聞いちゃうんだ。きっと、目玉が飛び出るほどの値段だよ。

「加工賃込みで大金貨二枚だ」

ほらー！　やっぱり！

大金貨二枚だなんてとんでもない。一介の学生が払える値段じゃないよ。

「では、加工賃だけならいくらになる？」

「細工にもよるが、だいたい銀貨一枚だな」

「わかった、ありがとう。行こう、サフィラス」

「う、うん……」

俺は角を店主に返すと、パーシヴァルの後に続く。

何も買わずに出てきちゃったけど、まぁ、あの角を見たらどの杖を見ても見劣りするよな。

少し間を置いてから、改めて買いに行った方がいいだろう。

「サフィラス、このヴァンダーウォールの魔獣の森にはトライコーンがいる」

「え？」

「出会える確率は低いだろうが……」

いるのか！　トライコーン！　すごいぞ魔獣の森！

実に危険な魔獣なので、喜んでいいものではないが。

「あの店主の目利きは正しい。サフィラスにはトライコーンの杖が相応しいだろう」

確かに黒髪の俺に、黒い杖は合うかもしれない。

手に入るなら確かに欲しいとは思うけど、価値がわかっているので、そこまで無理して手に入れようとは思わない。

「討伐でエンカウンターした暁には、俺に素材を贈らせてくれ」

「ええ!?」

それ、本気で言ってるの？

「もし、トライコーンの杖を持って帰ることができれば、ここにきた何よりの記念になるんじゃないか？」

「そうだけど……でも危険だし。何より、そんな高価な素材、貰えないよ」

「ならば、二人で協力して討伐すればいい」

「二人で討伐……」

なるほど、それならいいかも。

そうなると、俄然討伐が楽しみになってきたぞ！

☆　☆　☆

相変わらずヴァンダーウォールの朝は早い。

早すぎて俺はついていけないので、三日目にして早々に諦めた。

別に合わせなくても構わないってパーシヴァルもアデライン夫人も言ってくれたので、俺もお言葉に甘えることにした。

毎日お日様が昇る前に起きるなんて、さすがに無理だ。

パーシヴァルは早起きをして、ヴァンダーウォールの兵士たちと一緒に鍛錬している。

一日でも怠ると腕が鈍《なま》ると言っていた。ということは、学院でも早起きをして朝の鍛錬をしているってことだ。

パーシヴァルは本当に真面目だよな。

この城の中では遅めの朝食を、眼下に広がる街を眺めながらのんびりいただく。

それにしても贅沢な朝だな……この数ヶ月、俺には色々ありすぎた。

こんなにのんびりした気持ちになるのはいつぶりだろう。

そもそも、サフィラスがこれほど穏やかに過ごせたことが未だかつてあっただろうか。いや、全くないよな。

それに、アンナさんとクララベルさんが丁寧に俺の世話を焼いてくれるからこそばゆい。

やたらとマッサージをしたり、身の回りを整えたりしてくれるのだ。それとも、これが貴族の生活では当たり前なのかな。

放って置かれて育った俺が知らないだけで。

「サフィラス様、本日はどのようなご予定ですか？」

「今日は、パーシヴァルが城を案内してくれるそうです」

「それはよろしゅうございますね。この城は広いですから、パーシヴァル様のお側を離れないようお気をつけくださいませ」

「はい」

そう、今日はこのでかいヴァンダーウォール城を見て回る。

兵士や魔法使い達の鍛錬場や厩舎なんかも見せてもらえるそうなので楽しみだ。

マテオにも会えるかもしれない。

俺の支度がすっかり整った頃、パーシヴァルが部屋まで迎えにきてくれた。

アンナさん、クララベルさんに送り出されて、まずは厩舎に向かう。

「マテオもいるんだよね？」

「ああ。マテオもサフィラスに会えば喜ぶだろう」

「だといいな」

マテオは一緒に旅をした仲間だと俺は思っているからね。

ヴァンダーウォールの城は古いけれど、どこも丁寧に整備されていた。おおよそ隙と言うものがなく、いつ何が攻めてきても迎え撃てる準備ができている。

昔、この地ではよく争いが起きていた。

今でこそ表向きは平和なようだけれど、隣国はいまだに胡散臭い国らしい。

だからこそ、いつ何時何が起きてもいいように備えているんだ。

そういう決して弛《たゆ》まぬところが、国王から信用される所以《ゆえん》なんだろうな。

案内してもらった厩舎はとっても立派だった。馬たちが心地よく過ごせるよう、掃除も行き届いていて清潔だ。

戦や討伐に欠かせない馬たちに、敬意を持って接していることが窺える。軍人の中には、馬を替えの利く道具と思っているけしからん奴もいるからな。

馬たちは午前中の調教を終えて、もりもりと食事をしていた。体格が良く毛艶のいい馬が並ぶ姿は圧巻だ。

「マテオー！」

馬房を覗いたら、どの馬がマテオなのかすぐにわかった。

マテオは俺に気が付いて、頭を上げてぶるると鼻を鳴らす。

どうやら、マテオの方も俺のことを覚えていてくれたみたいだ。

「旅の疲れは癒えたか？」

手を伸ばすと、マテオは大人しく鼻先を撫でさせてくれる。

ここには辺境伯やお兄さん達の馬もいると言うので、紹介してもらおう。

「彼は父の馬で、名はグラディウスという」

「うわ……おっきい、立派な馬だ」

マテオと同じく真っ黒いけど、マテオよりもさらに大きい。威風堂々というに相応しい馬だ。

「グラディウスは父にしか乗りこなせない。いざという時には、大将を乗せて軍の先頭を走る。それゆえに、力も桁外れに強く肝も相当据わっている」

マテオも凄いと思ったけど、グラディウスはさらに凄いのか。

「初めまして、グラディウス。君は高い矜持を持った馬なんだな」

「グラディウスの隣が長兄の馬でノア。その隣は次兄の馬でマックスという」

「よろしく、ノア、マックス」

ノアはグラディウスに負けないくらい体が大きい。マックスはちょっと陽気な感じで、撫でろとばかりに顔を寄せてきた。せっかくなのでわしわしと撫でてやる。

「俺も討伐に参加するから、よろしくね」

そう言えば、ノアとマックスはお辞儀でもするように頭を振ってくれた。

ひとしきり馬たちと触れ合うと、次は鍛錬場に向かう。

この城には兵士たちの宿舎があるんだって。

有事の際に、すぐ出兵できるように交代で寝泊まりをしているらしい。一人者や傭兵の中には、完全に住んでいる人もいるとか。

ここにいれば食事も提供されるというので、そりゃ住んじゃうよね。

鍛錬場では兵士たちが激しく剣を交えていた。

訓練とは思えない熱気と気迫に満ちている。

聞きしに勝るヴァンダーウォールの戦士たちの雄姿に、俺は息を呑んだ。

剣の刃は訓練用に潰してあるとはいえ、あんな勢いでぶん殴られたら普通に昏倒する。

「彼らがヴァンダーウォール軍最強の部隊、キングスリー部隊だ。少々気が荒い者たちが集まっている」

「猛者の集団ってことだね」

実戦さながらの訓練の様子を見ていると、兵士たちの指導をしていた厳《いか》つい男がこちらに近づいてきた。

「パーシヴァル様、お久しぶりですな」

陽に焼けた浅黒い肌と、頬に走る傷。眼光の鋭さが、いくつもの戦場や討伐を経験してきたことを物語っている。

「お久しぶりです、キングスリー部隊長」

「今度の討伐には、パーシヴァル様も参加されるのですかな」

「はい、こちらの魔法使いサフィラスと共に参加します。サフィラス、彼はこの隊の部隊長ブルーノ・キングスリー殿だ」

「サフィラスと言います。よろしくお願いします」

自己紹介をすると、キングスリーさんの鋭い視線が向けられた。

うん、理解した。これは俺のことを良く思っていない顔だ。

「本気で討伐に参加したいと？　学生の演練と実戦は違いますぞ」

「サフィラスは大変優秀な魔法使いです。決して足手纏いにはなりません」

パーシヴァルが口添えをしてくれたけれど、キングスリーさんの視線の鋭さは変わらない。

まぁ、彼の言い分はわかる。

俺が前世でそれなりの経験を積んだ冒険者だってことは、キングスリーさんにはわかりようもない。

ひよっこがちょっと魔法が使える程度で、イキがっているようにしか見えないのだろう。

「パーシヴァル、キングスリーさんのいうことももっともだよ。要は、俺の実力をキングスリーさんが認めてくれればいいんだろ？　そうですね。でしたら、キングスリーさん率いる精鋭部隊と、俺とパーシヴァルで対戦試合をして、俺たちが勝ったら討伐に参加させてもらうって言うのはどうでしょう？」

「それは本気で言っているのかね？」

キングスリーさんの眉間に深い皺が刻まれる。

そもそも強いと言われているヴァンダーウォール軍の中でも、さらに最強と呼ばれている自分の部隊が、身の程知らずの青二才に甘く見られていると思ったかもしれない。

パーシヴァルがいるから抑えているけど、俺一人だったら胸倉を掴まれていたかもしれないな。

だけど、俺はキングスリーさんの部隊を甘く見ているつもりは全くない。

むしろ、強いと思っているからこそ、生まれ変わってサフィラスになった俺の実力が最強部隊相手にどれだけ通用するのか、今後のためにも知りたいのだ。

「ええ、本気も本気です。いいよね、パーシヴァル？」

「ああ。俺はもちろん構わない」

「……そこまで言うのなら、いいでしょう。実戦は言うほど甘くないことを知るいい機会だ」

うん、そうね。実戦は言うほど甘くないよ。

世の中には、自分の想像を超える事象があるもんだ。

俺は内心でほくそ笑む。

「サフィラス、またいい顔になっているぞ」

ありゃ？　内心で笑ったつもりだったのに、うっかり顔に出ていたらしい。

「なんか、勝手に決めてごめん」

「いいや、構わないさ。サフィラスの好きなように振る舞ってくれ」

パーシヴァルはそう言って笑ってくれた。俺もニンマリと笑顔で返す。

お言葉に甘えて、好きなようにやらせてもらうね。

「全員集合！」

キングスリーさんが大きな声で号令をかけると、剣を交えていた兵士たちが一斉に彼の元に集まってくる。

「これより対戦試合をする！　対するは、パーシヴァル様とこちらの魔法使いサフィラス殿の二人だ！」

当然のことながら、兵士たちは失笑した。

パーシヴァルはともかく、俺はどう見ても弱そうだもんね。

俺は集まったキングスリー部隊にさっと視線を走らせる。総勢二十名。うち、魔法使いが五人。

当然彼らは後衛だろう。

パーシヴァルのような魔法剣士がいることも想定した方がいいな。

「遠慮はいらない。彼らに実戦の厳しさを教えてやってくれ！」

「よろしくお願いします。手加減はいりませんので、本気でお願いします」

俺がそう言うと、部隊にピリッとした空気が流れた。

キングスリーさんと同じく、戦いを甘く見ているとでも思ったんだろう。

だけど、俺は決して自分の魔法を過信しているわけじゃない。歴史に残る敗北の背景には、大体驕りと慢心がある。

相手は歴戦の猛者たちだ。キングスリーさんが只者ではないのもわかっている。彼らを決して侮ってはいない。

「パーシヴァル様とサフィラス殿、どちらかが戦闘不能になれば勝負は終了。それでよろしいか？」

「はい、それで結構です」

パーシヴァルと俺、対キングスリーさん率いるヴァンダーウォール最強部隊。

討伐参加を賭けて、いざ勝負だ。

「試合開始！」

キングスリーさんの合図と同時に、俺は旋風を起こし土埃で部隊の視界を奪うと、素早く後衛の魔法使い達の背後に転移する。

「後衛！　魔法防御！」

キングスリーさんの指示が飛んだ時には、俺はとっくに五人の魔法使いの声と動きを奪っていた。

詠唱が出来ない魔法使いは、敵の前で赤子も同然。

これが、どんな強力な魔法を使えても魔法使いが前衛で戦えない理由だ。

けれど、詠唱が必要ない俺はそんな定石は関係ない。

「女神の理《ことわり》の下、我が力を行使する。炎よ壁となれ！」

動けなくなった魔法使い達が巻き込まれて怪我をしないよう、鍛錬場の隅に動かしている間、パーシヴァルが炎で遊撃を回避する。

振り下ろされる剣を受けながら詠唱をしているだけではなく、詠唱から魔法の発動までが早い。

やるなぁ、パーシヴァル。

思わず見惚れたけれど、キングスリーさんの指示で部隊はすでに態勢を立て直しているので、呑気に感心している場合ではない。

百戦錬磨の兵士たちは砂埃程度では大した足止めはできなかった。討伐を控えているのに怪我をさせるわけにはいかないので、手加減がなかなか難しいな。

俺はすぐさまパーシヴァルの隣に転移すると、防壁魔法で次々と繰り出される遊撃の剣を跳ね返し、再びの転移で安全な距離を取る。

「魔法部隊！　何をしてい……る⁉」

後衛を振り返ったキングスリーさんは一瞬驚愕の表情を浮かべたけれど、すぐに冷静さを取り戻す。いるはずの後衛全てがいなくなっているのに、動揺したのはほんの一瞬。すぐさま陣立てを変えてきた。

咄嗟に判断ができるのは、経験の差なんだろうな。

さっと三手にわかれた部隊が、距離を変えて俺たちを囲む。

その中の数名がスッと後衛に回ったのを、俺は見逃さない。彼らは魔法剣士だ。おかげで次の標的がはっきりした。

当然彼らには早々にご退場願う。同じ魔法を使う者同士、魔法剣士が厄介であることは承知だ。何しろ俺と違って、彼らは魔法だけではなく物理でも攻撃ができる。さっきは不意打ちで魔法使いを一掃できたけど、今度は転移ができる俺の動きを警戒しているはず。

パーシヴァルと視線を交わし、魔法剣士の一人に狙いを定めた。

彼の間合いに転移して、詠唱と同時に振り下ろされた剣をパーシヴァルが受ける。剣を止められても、詠唱が完了すれば魔法剣士の攻撃は通ってしまう。……でも、俺は詠唱途中の魔法剣士を杖でちょんと突く。

身動きどころか、声を出すことすらできなくなった魔法剣士が表情を強ばらせた。

へへっ、こんな攻撃があるなんて知らなかったでしょ。

異変に気がついた前衛と遊撃が俺たちの動きを止めようとするけれど、その時にはすでに次の目標に転移している。

同じ手段で、二人目の魔法剣士も仕留めた。

これで、キングスリーさんの部隊は七人が戦線離脱したことになる。

纏まっていると危険だと気がついたキングスリーさんが、再び陣立てを変えてきた。部隊長の合図で兵士たちがばっと四散する。

転移の目標を定めづらくすれば、俺の特殊な攻撃を回避できると考えたんだろう。

確かに少人数でバラバラと走り回られたら狙いが定めにくい。体力のある彼らならではの戦い方だ。

たった二人に三分の一もの兵力を削られたキングスリーさんは、転移できる俺ではなく、パーシヴァルに狙いを定めたようだ。物理攻撃がパーシヴァルに集中する。

いくらパーシヴァルの剣の腕が立つと言っても、これだけの手練れを相手にしたらそう長くは持たない。

領主のご子息を相手に、容赦がなさすぎるだろう。

そもそも戦力差がありすぎる対戦だ。こんなことなら、俺を戦闘不能にしたら負けにしておけばよかったな。

あ、そういえばキングスリーさん側の負け判定を決めてなかったけど、全員を戦闘不能にすれば結果俺たちの勝ちってことだよね。

彼らを本気で戦闘不能にするならば、大規模な攻撃魔法を放てばいい。

だけど、これはあくまでも対戦試合。できる限り怪我をさせずに勝たなければならないので、使う魔法は選ばなきゃならない。

「よし、一気に片をつけよう！」

俺は足元に防壁魔法を広げつつ、さらに大地に大量の魔力を流す。

間も無くボコン！　と大きな音を立てて、俺たちの立っている場所を残し地面が激しく波打った。

走り回っていた兵士たちはあっという間に崩れた土に胸まで飲み込まれ、身動きが取れなくなる。

どう？　土の底なし沼だよ。

ところが、大地が沈むよりわずかに早く、魔法剣士の放った風の魔法に乗ってキングスリーさんが宙に舞った。

俺の防壁魔法は足元を固めるために地中に向かっているので、上空は無防備な状態だ。

一瞬でそこを見抜くなんてさすが！

だけど、俺だってなんの対策もしていないわけじゃない。

長年冒険者をやっていたんだ。経験値ではキングスリーさんに負けてないと思う。

そう簡単に攻めさせないよ。

まずは埋まっていても魔法を放てる魔法剣士には退場願う。旋風で鍛錬場の端まで飛ばしたら、咄嗟のことだったのでちょっと加減ができなかった。怪我がなければいいけど。

その間にも、剣を振り翳したキングスリーさんが上空から迫る。

けれど、パーシヴァルは剣を構えることもなく、ただ静かに立っているだけだ。

その様子に何かおかしいとキングスリーさんは気が付いたようだけど、今更手遅れだ。

突如として大地から湧き上がった無数の蔦《つた》が、猛烈な速さでキングスリーさんの体に巻き付いた。

もちろん棘のない蔦《つた》なのでご安心を。怪我をしたら大変だからね。

「なっ!!」

全身を蔦《つた》に絡め取られたキングスリーさんは宙に浮いたまま、もはや身動き一つ取れない。これで、キングスリーさんの部隊で戦える者は一人もいなくなった。

俺とパーシヴァルは無傷での完全勝利だ。

むっふっふ、どうよ。俺だってそれなりにやれるんですよ。

少しばかり得意げになっていたけれど、なぜか誰も声を上げようとしない。

え？　俺たちの勝ちでいいんだよね？

というか、この対戦試合って、いったい誰が審判しているんだっけ？

「えーっと……？」

どうしたものかと困惑していると、静まり返った鍛錬場に不意に拍手が響いた。

拍手の方に視線を向ければ、いつからそこにいたのか、パーシヴァルの上のお兄さんのテオドールさんがいた。

「二人とも、見事だった。完敗ですね、キングスリー部隊長」

俺はキングスリーさんを地面に降ろし、蔦《つた》から解放する。

「いやはや……まさか、サフィラス殿が無詠唱の魔法使いだとは驚きました。しかも転移まで使いこなす。たかが学生と侮っておりました」

キングスリーさんはあっさりと自分の負けを認めた。

見た目が厳《いか》ついので頑固な人なのかと思い込んでいたけど、頭の硬い人ではないみたい。

「キングスリー部隊長、どんな大将軍も慢心から敗北を喫するものですよ」

「ごもっともでございます。テオドール殿。サフィラス殿、申し訳なかった」

キングスリーさんは潔く俺に頭を下げる。

「これで、俺も討伐に参加させてもらえますよね」

「もちろんですとも。ぜひ、我々と共に戦ってほしい」

「ありがとうございます！　やったよ、パーシヴァル！」

俺は嬉しさのあまり、思わずパーシヴァルに飛びついた。

「これはこれは、実に仲のよろしいことですな。あれだけ息が合っているのも頷ける」

キングスリーさんに言われて、はっと我に返る。

うっかり抱きついてしまったけれど、キングスリーさんとテオドールさんが温い笑みを浮かべて俺を見ているじゃないか！

俺は慌ててパーシヴァルから離れる。

「パーシヴァル、ご、ごめん……」

「いや、構わないさ」

調子に乗ってついつい抱きついちゃった。

それにしても、パーシヴァルは俺が飛びついたくらいではびくともしない。細身だけれど、しっかりした体なんだ。

俺だったら、急に飛びつかれたら間違いなく倒れている……急じゃなくても倒れるな。

ともあれ、これで堂々と討伐に参加できるぞ！

冒険者として魔獣と戦うことはあったけど、軍に交じっての討伐は初めてだ。

しかも、最強と名高いヴァンダーウォール軍の部隊と一緒。色々と勉強させてもらおう！

期待に胸を膨らませたところで、はっと気がついてしまった。

「……あ！　あのぅ、キングスリーさん」

「なんだね？」

「もしかしたら部隊の人に怪我をさせてしまったかもしれないです……」

最初こそ手加減する余裕があったけど、後半はちょっと気を遣える状態じゃなかった。特に、最後に吹き飛ばした魔法剣士が心配だ。

でかい威力のある魔法を放つのは得意なんだけど、気分が高ぶってくるとちょっと魔法が大雑把になりがちだな。

「なぁに、あれくらいで怪我をするようなやわな連中ではありません！　気にすることはありませんぞ」

キングスリーさんはガッハッハと笑ってくれたけれど、俺にはもう一つ懸念事項がある。

「あ、あと、鍛錬場もだいぶ……」

申し訳なさに直視できなくて、ちらりとだけ視線を向ける。

平らだった鍛錬場の地面は、広範囲にわたって滅茶苦茶に掘り起こされ、惨憺《さんたん》たる状況になっている。

人を沈める気で掘ったので、相当深くまで掘り返されているのだ。

勝つことしか考えていなかったので、思い切りやってしまった。こんな状態じゃ訓練なんてできない。

「訓練代わりに、若い連中に整備させるから構わんさ！」

キングスリーさんは俺の背中をバンバンと叩く。

「いてっ！　いててっ！」

もしかして俺、仕返しされてる？

「キングスリー部隊長、サフィラスは兵士たちとは違います。あまり、乱暴にしないでください」

パーシヴァルが腕を引いて俺をキングスリーさんから引き離してくれた。

これ以上叩かれたら敵わないので、さりげなくパーシヴァルの背中に隠れる。

「いや、いや、これは申し訳ない。ついつい、いつもの調子で……しかし、私の部隊は、自分も含め鍛え直さなければなりませんな。しばらくは、最強部隊の名を返上しなければなりますまい」

キングスリーさんは、戦闘不能になっている自部隊の兵士たちをぎろりと睨みつけた。

いやいや、彼らの実力は間違いないものだから、あまり厳しくしないであげてください。

「しかし、サフィラス殿は随分と場慣れしていらっしゃいますな？　どこかで経験を積まれたのですかな？」

「え？　あ、ええ、まぁ……」

「無詠唱で複数の魔法を放ち、正確な転移を繰り返す。サフィラス殿は全く規格外の魔法使いだ。その上、わずかな合図だけでパーシヴァル様と連携をとり、相手に次の手を読ませない。あの状況判断の速さは、たった一回のお遊びのような演練しか経験していない学院生のものではありませんな。何よりサフィラス殿は、私の部下たちに傷を負わせないよう、手加減すらされていた。あれは優秀の一言で片付けていいものではないですぞ。今すぐにでも私の部隊に入っていただきたいくらいだ！　なぁ、みんな」

すっかり土まみれになっているキングスリーさんの部下の皆さんが、苦笑いしながら頷いている。

確かに経験は豊富だけど、まさか前世で冒険者をしていました、なんて言えないだろう。

ここは笑って話を逸らすに限るな。

「……あ、そうだ。鍛錬場、お詫びに俺が直します」

俺は話題を変えるべく、大量の水を演習場に撒いて一面全てを泥濘《ぬかる》みに変える。水の重みで土が平らになったところで水を一気に抜き、仕上げに熱風を吹かせた。

みるみるうちに土が乾き、あっという間に鍛錬場は綺麗な状態に戻った。

元通りになった鍛錬場を見て、兵士たちが感嘆の声を上げる。

「これでどうかな？」

「なんとも見事ですな！　魔力の制御が実に絶妙だ！」

キングスリーさんがまたしても背中を力任せに叩こうとしたので身構えたら、パーシヴァルに肩を抱かれて引き寄せられた。

「キングスリー殿、気をつけてください。サフィラスは魔法の能力はとても高いが、あなたの部下のように頑丈ではないのです。力加減なしで叩かれては怪我をしてしまう」

「いやはや、これは失礼した！　サフィラス殿申し訳ない！」

「あ、いえ。大丈夫です……ちょっと痛かったですけど」

仕返しじゃなくて、あれはキングスリーさんの癖だったのか。

「テオドール様、パーシヴァル様、奥様がサロンでお呼びでございます」

皆ですっかり整った鍛錬場を眺めていると、使用人がお兄さんとパーシヴァルを呼びにきた。

「母上が？」

パーシヴァルが怪訝な顔をしている。

でもお兄さん共々呼び出されたってことは、きっと大事な用があるんだろう。

「俺のことは気にしなくていいよ。ここで見学しているから。いいよね、キングスリーさん」

「ええ、もちろんですとも。サフィラス殿のことはお任せくだされ」

「……では、よろしくお願いします。サフィラス、悪いな」

「いいって、いいって！　いってらっしゃーい！」

パーシヴァルとお兄さんを見送ると、俺は早速キングスリーさんに質問をする。

「ところで、魔獣の森ってどんなところなんですか？」

魔獣の森は入らずの森で、前世でも入ったことがない。

俺が知っているのは、危険な魔獣が多くいるってことぐらいだ。

「そうですな。魔獣の森には階層があります。第一層から第三層。そして中心部の深層となっております」

「魔獣の森って層になっているんですか？」

それは初耳だ。

「我々も第二層と三層の境までしか入ったことはありませんがね」

そう言ってキングスリーさんは、棒で地面に森の絵を描く。

「このような感じで森は層になっております。外側から第一層、第二層、第三層。中心に行く程、魔獣は巨大で凶暴になる。ですので我々が入れるのはせいぜい第二層まで。そこより先は危険区域です。通常、大型の魔獣が第二層を超えて出てくることは稀なのですが、最近はしばしば、大型の魔獣が森の外を彷徨《うろつ》くようになりましてな。ですので、森から出てくる前に二層にいる大型の魔獣を討伐することと、できればその原因を探るのが今回の任務です」

「なるほど……中心に行く程危険な魔獣が」

ということは、トライコーンの生息域は第三層より奥ってことか。

そうなると、エンカウンターの確率は結構低いな。

「しかし、あれだけの魔法を見せられると実戦が楽しみですなぁ！」

「俺も楽しみです！」

久々の魔獣退治だ。思い切り魔法が使えるし、早く討伐に行きたいな。

☆　☆　☆

「あぁ……とっても平和だ……」

ソファに深く座り、まったりとした時間を過ごしている俺である。

テーブルにはレモネのお茶とお菓子。

またこのお菓子が絶妙に美味しい。薄く焼いたサクサクのパイにレモネのクリームが挟んである。

軽く食べられるので、いくつでも口に運んでしまう。

知らなかったけど、レモネはヴァンダーウォール領の特産品なんだって。

元々レモネはその辺に生えている、よくある木だったそうだ。放っておけばわんさか黄色い実がなるけれど、その酸っぱさから誰も食べようとはしなかった。

けれどその爽やかな香りや酸味に目をつけたアデライン夫人が創意工夫の末、この地の特産品にまで押し上げたそうだ。アデライン夫人凄い。

屈強なヴァンダーウォール軍だけではなく、レモネという農産物もあるとは。

隙がないな、ヴァンダーウォール領。

せっかくなので、レモネをアウローラへのお土産に買って帰ろうと思う。帰りは転移だから、木箱いっぱいに持って帰ることができる。

昨日の激しい戦闘とは打って変わって、今日は朝からずっとこんな調子でゆっくり過ごしている。

パーシヴァルは一日訓練に参加しているのだ。休暇で帰ってきているのに、だらだらと過ごしたりしないのだから偉い。

俺はというと、自由に過ごしてくれと言われたので、部屋でのんびりさせてもらっている。

昨日は結構暴れたから、俺の体力的に今日は休息日だ。

相変わらず魔力量と体力の差が激しすぎて体がついていけてないので、せめてもう少し体力をつけたい。

魔獣討伐はとても楽しみだけれど、体力面に若干の不安がある。

俺も軽めの訓練に参加させてもらった方がいいのかな。

「サフィラス様、よろしければ御髪のお手入れでも致しませんか？」

「せっかくですし、ヴァンダーウォール特産のレモネのオイルで整えましょう」

よっぽど暇そうに見えたのか、アンナさんとクララベルさんが声をかけてくれた。

髪の手入れかぁ。

そう言えば、ずっとほったらかしだったし、せっかくやってくれるって言うならお願いしようかな。

「じゃあ、お願いしてもいいですか？」

「もちろんでございます」

つい軽い気持ちでお願いしたら、二人がかりでめちゃくちゃ丁寧に洗髪されたあとに、レモネのオイルで頭をぐいぐいっとマッサージされた。

それから、少し髪を切り揃えると何種類もの櫛を使って梳《くしけず》られる。

いつもは安い石鹸で洗って、濡れたまま放置していた。

そのせいかちょっとパサついてはいたんだよね。伸びたら傷んだ部分は切って仕舞えばいいかなって思っていたから、特に気にしていなかった。

「サフィラス様、お疲れ様でした。いかがでございますか？」

向けられた鏡を覗き込んで驚いた。

凄い。頭に光の輪っかが載っている。見事なほどに艶々。

お疲れ様なのは俺ではなく、アンナさんとクララベルさんだ。

「……お、おお！　凄いつるつるだ！」

指を通せば、とっても滑らかな手触りで気持ちがいい。

やっぱり今までは放置しすぎだった。普段から櫛くらいは通した方がいいよな。

いつだって身嗜みに隙がないパーシヴァルと一緒にいることが多いし、これからはもう少しちゃんとしよう。

そんな反省も交えつつ、昼の間にお茶を飲んだり髪を整えてもらったりと優雅に過ごした俺が晩餐の席に向かうと、アデライン夫人がとても喜んだ。

「まぁ！　サフィラスさん、御髪がまるでブラックダイヤのように輝いているわ！　とても素敵ですよ！」

「ありがとうございます。アンナさんとクララベルさんが丁寧に手入れをしてくれました」

「ええ、ええ、まだまだ磨く余地はあると思っていましたけれど……これでは、どこからも引く手数多《あまた》だわ。やはり他家に後れをとるようなことがあってはなりませんね」

アデライン夫人はまだ何かを言っているようだったけれど、他家に後れをとるってどういうことだろう？

俺にはよくわからん。まあ、いいか。

俺は食事時の定席になったパーシヴァルの隣に座る。

「今日はすごくのんびりさせて貰っちゃったよ」

「そうか、ゆっくり休めたのならよかった。サフィラスさえよければ、明日は遠乗りでも出かけないか？」

「遠乗り？」

「まぁ！　それはとてもいい考えね！」

なぜかアデライン夫人が乗り気だ。

もしかして、一緒に行きたいんだろうか？

「母上……」

「何かしら、テオ？　私はただ、それは良いお誘いだと同意しただけよ。ね、パーシィ」

「ええ、そうですね」

「厨房にランチを用意するように伝えておきます。サフィラスさんの好きなフィリングは何かしら？」

「えーと、肉だったら嬉しいですが」

「わかったわ、楽しみにしていてね」

それにしても遠乗りだなんて、どこに行くんだろう。

パーシヴァルはマテオに乗るんだろうけど、俺にヴァンダーウォールの馬が乗りこなせるかな？

無理だったら、ユニサスに乗ればいいか。

今夜も美味しい晩餐をいただきながら、明日の遠乗りに心を馳せた。


「こちらがランチでございます」

「ありがとう」

パーシヴァルはスザンナさんから受け取ったランチボックスをマテオの背の荷物入れに入れると、俺の後ろに跨る。鞍の位置はかなり高いのに、ひらりと乗ってしまうところが格好いい。

……俺はちょっとパーシヴァルに手伝ってもらったけど。

俺の乗る馬はどうなるのかなと思っていたら、パーシヴァルと一緒にマテオの背に乗せてもらうことで落ち着いた。

俺も知り合いの馬にお世話になる方がいい。

「どうぞ、楽しんでいらしてくださいませ」

「行ってきます！」

馬上からスザンナさんに手を振って、俺たちは遠乗りに出発した。目的地は湖だ。

この街を見下ろす丘を越えたところに、森に囲まれた湖があるそうだ。そこでは泳げるし、大きな鱒も釣れるという。

マテオは俺たち二人を乗せると、力強く走り出す。

街を出て、牧草地で牛や馬が放牧されている様子を横目に見ながらまずは丘を目指した。マテオは脚が早いから、四半刻も走ると丘に到着した。

そこで一度マテオから降りて、眼下の景色を楽しむ。丘の上からは、ヴァンダーウォール城とオリエンスの街が一望できる。

城の窓から見下ろす眺めとは、また違った趣だ。

空は澄んで綺麗だし、吹く風は心地よい。

「綺麗な景色だ。ここでパーシヴァルは育ったんだね」

「ああ」

しみじみとしながら俺が言うと、パーシヴァルは風にそよぐ髪を掻き上げ、微かな笑みを口元に浮かべた。

ああ、パーシヴァルは本当に王子様だな。

婚約者がいても不思議じゃない年齢だけど、そう言う人がいるなんて家族も話していなかったから、今はいないんだろう。

この美貌だし辺境伯の三男だなんて、後継のいない家にとってはかなりの好物件だと思う。

まぁ、上のお兄さん二人には婚約者がいるし、パーシヴァルは無理に結婚する必要もないだろうからのんびり構えているんだろうな。

「どうした？」

俺があまりにもじっと見るので、怪訝に思ったんだろう。

「いや、前から思ってたけど、パーシヴァルってなんでもそつなくこなすし、王子様みたいに格好いいなって思ってさ」

「そうか？　魔法を自在に使いこなし、どんな相手にも怯まず真っ直ぐに立ち向かうサフィラスの方が、ずっと格好いいと思うが」

「……え？　そ、そう？」

「ああ、サフィラスは格好いい」

格好いい男から真剣な眼差しで格好いいと返されてしまって、柄にもなく照れてしまう。

「あ、ありがとう……えっと、そろそろ湖に向かおうか」

「そうだな」

何だか背中をむずむずさせながら、俺たちは再びマテオの背に跨り、湖を目指す。

マテオは丘の草原と森を一息に駆けていく。体が大きくても瞬足だ。森を抜けると、目の前にキラキラとした光が広がった。

「湖だ！」

俺はマテオから飛び降りて湖に駆け寄る。

水が澄んでいて、小魚が泳いでいるのが見えた。手前は浅いけれど、岸から離れたところは濃い碧色をしているので相当深いのだろう。確かに大物が狙えそうだ。

俺が湖を観察している間に、パーシヴァルはマテオから荷物入れと鞍を外して自由にしてやると、木陰に敷物を広げ休める場所を作っていた。

「あ、ごめん！　俺も手伝う」

「敷物を広げるだけだから大丈夫だ。すぐに終わる」

その言葉通り、あっという間に心地の良さそうな休憩場所ができ上がった。

マテオは体が大きく結構な量の荷物を運べるので、パーシヴァルは色々準備してくれたみたい。

遠乗りにしては荷物が多いなぁとは思っていたけど、厚手の敷布にクッションまで持ってきてくれていた。

「泳ぐにはまだ時間が早い。もう少し陽が昇って、水温が上がってからの方がいいだろう。それまで釣りでもするか？」

「いいね！　……あ、でも釣竿を用意してこなかったな」

「大丈夫、準備はしてある」

パーシヴァルは荷物入れから継式の釣竿を取り出し、手際良く二本の竿を組み立てた。

やけに長い竿だし、持ち手側には糸巻きがついていて、長く糸が出せるようになっていた。

その上、針には餌の虫ではなく、小さな鳥の羽毛のようなものが付いている。

「変わった竿だね。それに、糸の先についているそれは何？」

「これは疑似餌なんだ」

「ギジエ？」

「羽虫に似せて作った偽物の餌だ。これを水に浮かべて鱒を誘う。この時期は羽虫が湖面を飛び回るから、針の付いたこれを餌と勘違いして鱒が食いつく。そこをうまく合わせて釣り上げるんだ」

そんな釣り方、初めて知った。

「この湖は、手前は浅く奥に行けば深くなる。普通の釣り竿では、深いところまで餌が届かない。だからこの長い竿を振って、深いところまで餌を持っていくんだ」

「変わった釣り方だね」

確かにこの長い釣竿なら、深場まで投げられる。それに本物の虫じゃなくても釣れるなら、餌を捕まえなくていいから楽だ。

だけど、こんなもので本当に魚が釣れるのかな？

「まずは見ていてくれ」

パーシヴァルは長く垂らした糸を投げ縄のようにヒュンヒュンと振り回し、遠くに疑似餌を飛ばした。湖面にポトンと疑似餌が落ちて、静かに浮かぶ。

俺は息を潜めてその光景をじっと見つめた。

湖面を風が吹き渡り、浮いた疑似餌がツーッと動く。

しばらくすると、疑似餌の側にふわんと波紋ができた。ほぼ同時に、パーシヴァルは竿先を上げて糸をぐいと引く。

バシャンと水滴を跳ね上げながら、魚体が舞った。

「凄い！　釣れた！　やったな、パーシヴァル！」

バシャバシャと暴れる魚を上手く岸まで誘導すると、パーシヴァルはサッと魚の顎を掴んで水から引き上げる。

なかなかの大物だ。偽物の餌でもちゃんと魚が釣れるなんて、凄いな。

それにしても、見事な腕前！

パーシヴァルは針から外した魚を、籠に入れて湖に入れる。こうしておけば、帰るまで生かしておけるからだ。

「やってみるか？」

「もちろん！」

こんな面白そうな釣り、やらないわけにはいかないじゃないか。

早速竿を借りて見よう見まねで疑似餌を投げたけれど、どうしても手前に落ちてしまう。

これはなかなか難しいな。

ちゃんと投げられるようになるまで時間がかかりそうなので、おいおい上手くなるとして、今はちょっと魔法に頼るか。

俺は糸を風に乗せてパーシヴァルが疑似餌を落としたあたりに持っていくと、そっと水面に落とし、自然の風に流されるに任せた。

要するに、羽虫が水に浮いているように見えればいいわけだろ。

じっと待つものの、餌の周囲には何の反応もない。これは思った以上に難しいかも。

「しばらく待って反応がなければ、一度疑似餌を回収してもう一度投げ直すんだ」

「わかった」

言われた通り、一回疑似餌を回収して投げ直す。さっきよりは上手く投げられたけど、やっぱり飛距離が足りないので風の魔法で運び直す。

すると、今度は着水した瞬間に、疑似餌が水の中に吸い込まれた。

「サフィラス、今だ！」

「よっしゃ！」

竿先を引き上げると、ぐいっと強く引き返される。

わ、この手応えは大物だ。

「この釣り糸は普通の釣りに使う糸よりも細いから、無理に引けばバレてしまう。なるべく魚に空気を吸わせて疲れさせるんだ」

「わかった！」

引き戻されたりしながらも少しづつ引き続け、ようやく魚影が見えた。ポカリと顔を出した鱒は思ったより大きい。

「いいぞ、そのままゆっくり引き寄せて」

「うん……」

パーシヴァルの指示通り、慎重に魚を浅瀬まで引き寄せる。

鱒もとうとう観念したのか、最早抵抗することはなかった。

俺が鱒との戦いに勝利を確信した時だ。今までおとなしかった鱒が、不意に身を翻す。

「あっ！」

プチンと糸が切れた感触が竿から伝わり、今まであった重さがふっと無くなる。

しまった！　バレた！

ここまで来て、逃げられるなんて！

そうはさせるかと慌てた俺は、足を滑らせて背中から湖にどぼんと落ちた。

「うわっ！　冷たっ！」

いきなり冷たい水に全身が包まれたせいで、心の臓が竦み上がる。

それほど深くないはずなのに、服が体に吸い付くようにまとわりついてうまく手足が動かせない。

何とか水から上がろうともがいていると、襟首をぐいと掴まれて岸に引き上げられる。

パーシヴァルかと思って振り返ったら、俺を掬《すく》い上げたのはマテオだった。

「あ、ありがとう。マテオ」

礼を言うと、マテオはぶるると鼻を鳴らす。

少し離れたところで草を食んでいたはずなのに、俺のために駆けつけてくれたのか。

お前、本当にいい奴だな。

「サフィラス、大丈夫か？」

「ああ……マテオのお陰で大丈夫……でも、折角の大物を逃しちゃった」

あの手応えはかなりの大物だったはず。あと少しだったのに、ほんと悔しいな！

「なかなかの獲物だぞ」

「……え？」

なんと膝まで水に浸かったパーシヴァルが、逃したはずの鱒を掲げているじゃないか。

確かに、鱒は俺の指先から肘くらいまである結構な大物だ。

「やったな、サフィラス」

「え？　うそ、すごいな！　パーシヴァル！　あの状況で良く捕まえられたね！」

「大きな鱒の中にはああやって弱った振りをして、引き上げられる寸前に糸を切る奴もいるんだ。だから、もしかしたらと思っていた」

なんと驚くことに、糸が切れた直後、パーシヴァルは湖に飛び込んで鱒を掴んでいたのだ。

俺なんか、魚が見えた途端に舞い上がっちゃったのに。

どんな時にでも一手先を見据え、決して油断しない男……やっぱりパーシヴァルは一味も二味も違うな。

本当にサフィラスと同じ歳なの？

魚は大きすぎて持ってきた籠に入らなかったので、口から鰓《えら》に紐を通し、岸に差した棒に繋いで水に泳がせておく。

ばしゃりと水を叩く立派な魚体に俺は見惚れた。

凄いのを釣ってしまったな。

思わずニンマリと笑ってしまった。

「今夜はこの鱒をムニエにしてもらおう」

「ムニエ……」

なにそれ、聞いたことないけど物凄く美味しそうじゃない？

「っクシュ！」

急に鼻がムズムズして、くしゃみが出た。

濡れた服に体温を奪われて、体がブルッと震える。興奮が落ちつくと、途端に寒さが襲ってきた。

「服を乾かした方がいいな」

「そうだね、ささっと風で乾かしちゃおうか」

濡れて肌にくっついているシャツを脱ぐ。

靴の中にも水が入っているし、ズボンも脱いで乾かした方がいいな。

「サフィラス、その背中は一体どうした？」

水の入った靴を脱ごうとしていると、パーシヴァルが突然慌てたような声を上げた。

背中？

言われて首を捻って後ろを見ようとするけれど、自分の背中を見ることはできない。

でも、なんとなくなんのことか察しがついた。

「……ああ。昔、伯爵に鞭で打たれた痕だよ。結構手酷くやられたから、痕が残っちゃったんだと思う」

「……鞭で？」

パーシヴァルの眉間に深い皺が寄る。

やっぱりそんな顔になるよな。

もう痛くはないし同情は必要ないけど、俺はあの男にされたことを隠すつもりはない。

だから、聞かれれば伯爵家で受けた仕打ちを遠慮なく話す。

「うん、俺なんか死ねばいいと思ってたみたいだから」

そうじゃなければ、実の息子に対してあんな力任せに鞭を振るうなんてできないだろう。

実際、そんなようなことも言っていたし。

一番辛い時期を『僕』はたった一人で耐えていた。

なんの希望もない中で、本当に良く生きていたと思う。

「……痛くは、ないのか？」

「古い傷だから、もう痛くはないよ。今の今まで気が付かなかったくらいだから」

「すまない……嫌なことを思い出させてしまった」

パーシヴァルが明らかに落ち込んだ様子を見せた。

こんな表情を見たのは初めてかもしれない。

「大丈夫、大丈夫。あやまらなくてもいいって。もうすっかりなんでもないんだからさ」

今の俺には力があって、自由に生きようと思えばそうすることもできる。今更過去に拘るのはもったいない。

だからと言って、あの家を許したわけじゃないぞ。俺に関わろうとしたり、邪魔をしたりしようっていうのなら容赦はしない。

「サフィラスは、強いな」

「そんなことないよ。でも、俺が強くなれていたんだとしたら、それはパーシヴァルやアウローラ嬢のお陰だよ。二人とも、困っていた時に手を差し伸べてくれただろ。だから、今は毎日がすごく楽しいよ」

カフェテリアで一人だった時。

学院を辞めようとしていた時。

きっと一人でもなんとかしてたけど、今が楽しいのはやっぱり二人のお陰だと思う。

「俺がカフェテリアで一人座っていた時、パーシヴァルが声をかけてくれてすごく嬉しかったんだ。友人を作ろうと思ってもギリアムの奴が邪魔してくるし、ケーシーも魔力なしっていちいち絡んでくるだろ。そのせいで、みんなに遠巻きにされてたからさ。あの時は、ちょっと友人作りを諦めてた」

俺がそう言うと、なぜかパーシヴァルは眉間に皺を寄せた。

それから、少し迷うように俺の頬に手を伸ばし、濡れて張り付いた髪をはらってくれた。

触れたパーシヴァルの手は少し硬い。それは毎日弛《たゆ》まず剣を握っている証だ。

「サフィラスは冒険者になるんだったな」

「うん、そのつもり」

「……サフィラスが冒険者になった暁には、俺をパーティの仲間にしてくれないか？」

「え？　それは全然構わないけど……」

パーシヴァルが仲間になってくれるのならそれはとても心強いけど、ヴァンダーウォールでお兄さんたちを支えなくてもいいのだろうか。

辺境伯はとっても厳格そうな人だし、冒険者になってこの地を離れることを良く思わないんじゃないか？

「だけどパーシヴァルは、ここでお兄さん達と領地を守っていくんじゃないの？」

「ヴァンダーウォールは兄二人で十分だ。俺が残らなくても問題ない」

先のことはわからないけれど、将来パーシヴァルと冒険ができたらきっと楽しいだろう。

彼とは息が合うし、間違いなくうまくやっていける。

「それなら、学院を無事に卒業したら、二人でギルドに冒険者登録しに行こうか」

「ああ、そうだな。そうしよう」

俺たちが将来の話をしていたら、マテオが横から大きな顔をぬっと出した。

「もちろん、マテオも一緒だよ。な、パーシヴァル」

「ああ、当然だ」

そうか、将来はパーシヴァルとパーティを組むのか。

旅は仲間がいた方が俄然楽しい。大陸だけじゃない、海の向こうにも行きたい。

フォルティスの時に船に乗ったことは何度かあるけど、まだまだ行ったことのない場所がたくさんある。

未来のことを考えると、なんだか背中がむずむずするなと思ったら、またくしゃみが出た。

……とりあえず、服を乾かそう。


魔法で服を乾かした後は、もう少しだけ鱒釣りを楽しんで、少し早めのランチにした。

アデライン夫人がお願いしてくれたからか、サンドウィッチは初日の晩餐で出てきた肉と野菜を挟んだものと、蒸した鶏肉を挟んだものだった。デザートにはカットされた果物も入っている。

とっても豪華だ。しかも、ジャムを挟んだクッキーも入っていた。

籠いっぱいに詰められたサンドウィッチはどれも美味しくて、あっという間に食べてしまった。

食後はパーシヴァルが淹れてくれたお茶を飲んで一息つく。

「はぁー！　美味しかった！　お腹いっぱいだよ」

満腹になった俺は、敷布にごろりと横になる。

食べてすぐに横になるのは行儀が悪いけど、ここにはパーシヴァルと俺しかいないからいいよね。

そよそよと吹く心地よい風を感じているうちに、だんだん瞼が重くなってくる。

「……サフィラス？」

名前を呼ばれたけれど、半分以上眠りに落ちていてもう返事ができない。

ごめん、パーシヴァル。ちょっとだけ眠らせて。

少ししてパーシヴァルが動いた気配がしたと思うと、軽い布にふわっと体が包まれた。それから硬い掌が、俺の髪をそっと撫でる。

ああ、何だか気持ちがいいな……

☆　☆　☆

結局俺は、そのまま陽が傾くまでぐっすりと寝てしまった。

泳いだりとか、湖の周囲を散策したりとかもっと色々するつもりだったのに。

しかも、俺が呑気に寝ている間に後片付けもほとんど済んでいて、あとは俺が寝ていた敷物をしまうだけになっていた。

「せっかく湖まで連れてきてもらったのに、ごめん……」

「のんびりと寛ぐために来たんだ。気にすることはない」

「でも俺が寝ている間、パーシヴァルは退屈だったんじゃないか？」

「そうでもないさ、サフィラスの寝顔を眺めるのもなかなか悪くなかった」

「えっ！　寝顔!?」

まさか、とんでもない間抜け顔で寝てたりしていないだろうな？

俺は慌てて手のひらで顔を擦る。

「とても気持ちよさそうに寝ていた。見ている俺も心地良い気分になったよ」

「そ、そう……？」

「ああ」

パーシヴァルが穏やかに微笑む。

……ま、いっか。パーシヴァルとはパーティの仲間になるんだし、間抜けな寝顔の一つや二つ見られても。

「さぁ、日が暮れる前に帰ろう」

「そうだね。釣った鱒はムニエにするんだよね？」

「ああ、そうだ」

夕食が楽しみだな！　ムニエってどんな料理だろう？

夕焼けに照らされる丘を駆けるマテオの背で、俺は未知なる鱒料理に思いを馳せた。

「こ、これがムニエ……」

目の前に料理の載った皿が置かれると、バターのいい匂いが鼻をくすぐる。

ムニエは、小麦粉をまぶしてバターで焼いた料理らしい。

「今日のこの鱒はサフィラス殿が釣ったそうじゃないか」

「それはすごいな。サフィラス殿は釣りの名手だな」

テーブルに載っている鱒が俺の釣果だと知ると、お兄さんたちが俺の釣りの腕前を褒めてくれた。

あのちょっと変わった竿を使った擬似餌での釣りで、初めからうまく釣れる人はなかなかいないそうだ。そもそも、軽い疑似餌を遠くに飛ばすことさえできないらしい。

……うん、魔法でズルをしたことは黙っておこう。

みんなで女神に感謝を捧げ、俺は早速ムニエにナイフを入れる。皮がパリッとしていて、身はふっくら！　一口食べると、口一杯にバターの香りが広がる。

添えてある揚げた芋も香草と塩で味付けがしてあってこれもなかなかにいける。

鱒料理が好きなのか、アデライン夫人は大変機嫌がいい。

夫人がそんなに鱒料理が好きなら、滞在中またパーシヴァルと湖に釣りに行ってもいいな。

ヴァンダーウォールの城のそこかしこで、ピリッとした緊張感が漂っている。近日中に魔獣討伐が始まるからだ。

今回の討伐はそれなりに規模の大きいもので、魔獣が棲む森に数日留まることになっている。

この大規模な討伐は一年に一度、定期的に行われているそうだ。

パーシヴァルは幼い頃から討伐に参加していたというのだから、恐れ入る。

ヴァンダーウォールの鍛え方は、一も二も無く実戦なんだな。

今回討伐に出る部隊は、先日対戦演習をしたキングスリーさんの部隊。

俺たちとの対戦後、キングスリーさんは自身が率いる兵たちと共に相当鍛え直したと聞いた。

想定外の事態が起きた時の連携がまるでなってなかったと、大いに反省したそうだ。

いざという時に後衛が必ず援護魔法を使える状態とは限らないし、相手の攻撃が想像を超える場合もある。予想外の事態に直面した時、動揺して適した行動を取れなければ、各々がどんなに強くても意味がない。

ということで、精神面をだいぶ鍛えたそうだ。

一体どんな鍛錬をしたのか……あのキングスリーさんだ。考えるとちょっと怖い。

　それにしても、討伐に野営か。遊びじゃないことはわかっているけれど、かつて冒険者だった血が騒ぐ。

　前世でも魔獣狩りの依頼はよく引き受けたっけ。

　獣と違って魔獣は、普通の猟師が相手をするには荷が勝ちすぎる。だから、魔獣が出ると大抵の人は冒険者ギルドに討伐の依頼を出すのだ。

　魔獣によっては素材もかなりのお金になるし、なかなかいい仕事だった。

　普通の獣と魔獣の両者の違いは、前者は美味い不味いに関わらず基本的には食べられるが、後者は魔毒を持っていてどうしたって食べられないということだ。

　その上、魔獣はその大きさに限らず、人や他の獣を襲う。熊や狼も人を襲うけど、危険度はその比ではない。

　中には火を吐いたり毒を撒き散らしたりする魔獣もいるし、魔獣は体が頑丈だから兎程度の大きさでも罠や弓矢なんかでは到底倒せないのだ。

　その代わり、なんらかの素材になる貴重な部位が手に入るので、全くの厄介者というわけでもないんだけど。

　そんな危険な魔獣が棲む大きな森がヴァンダーウォールにはある。森から魔獣が出てくることは珍しくはないけれど、魔獣の中でも比較的弱い奴が大半で、危険な魔獣が出てくることは滅多になかったそうだ。

　しかし、キングスリーさんも言っていたけど、ここ最近になって普段は森から出てこないような厄介な魔獣が、人の住むあたりを彷徨《うろつ》いている。

オリエンスは城郭に守られているから魔獣の被害はほぼないが、城郭の外にある村や町は度々魔獣の襲撃に遭っているという。

その都度、それぞれの地域に駐在しているヴァンダーウォールの兵士たちが討伐に向かっているけど、さすがに頻度が多すぎて手が回らなくなってきているとか。

そんな事情もあって、今回の討伐はいつもより大掛かりになるそうで、準備も計画も念入りに進めているとのこと。

ヴァンダーウォール卿の指示の下、パーシヴァルも二人のお兄さんと共に準備に余念がない。何か一つでも準備不足があれば、それは即命に関わるからだ。

どこに顔を出してもみんな怖い顔をして忙しそうなので、邪魔になりそうな俺は部屋で大人しくしている。

ちなみに俺は、何も準備をしなくていい。

一応、防具は貸してくれると言われたけれど、丁重にお断りした。

体力がない俺は、体に負担がかかるものは着けない方がいいからだ。連れて行ってもらう身としては、すぐにバテてお荷物になるわけにはいかないからね。

俺には防壁魔法があるし、同時にいくつもの魔法が使えるからこれで十分自分を守れる。

他人や物に防壁魔法を施すときは、俺の魔力をそこに置いて壁を作るので防壁を動かすことはできないが、自分に防壁魔法を使うときは、防壁になる魔力は俺自身から常に放たれているので防壁ごと移動が可能なのだ。

とはいえ、物々しい周囲の様子を見ていると、俺も何か準備した方がいいような気持ちになる。

腰に巻き付ける小型の荷物入れを用意してみたものの、野営の道具などは軍の方で全部準備してくれるので、やっぱり俺が持って行くものは何もない。

しばらく考えて、とりあえず非常食の飴を数個と、応急手当て用の傷薬と包帯を入れた。

なんだか、これすらも要らない気がするけど。

あと他に必要なものがあるとしたら……

「やっぱり杖だよな！」

ワンドホルダーを身につけて、鏡の前に立ってベルトに不具合がないか確認する。

くるっと回ったところで、ドアがノックされた。

「サフィラス様、お茶をお持ちしました。入室してもよろしゅうございますか？」

「どうぞ」

お茶のワゴンを押して、スザンナさんが入ってきた。途端に、香ばしい匂いが部屋一杯に広がる。

この香りはナッツのサブレだ。

「わ、いい匂い」

「焼き立てをお持ちいたしましたので、温かいうちにお召し上がりください」

「はい！」

俺がテーブルの席に着くと、スザンナさんが手際よくお茶を淹れてくれた。

まだ温かいサブレを早速いただく。

サクサクのほろほろで、バターの香りがたまらない。これはまた手が止まらなくなりそうだ。

討伐の準備が始まってから、こうやって一日何度もスザンナさんをはじめ、アンナさんとクララベルさんが代わる代わる顔を出してくれる。

パーシヴァルが忙しくなって、俺がほとんど一人でいることに気を遣ってくれているのだ。

別に退屈しているわけじゃないので、放っておいてもらっても平気なんだけど。でも、でき立てのお菓子は大変嬉しい。

「今回の討伐にはサフィラス様も参加されるそうですね」

「はい」

「サフィラス様がお強いのは奥様からお聞きしておりますが、本当に大丈夫なのですか？　今回の討伐は例年よりも危険だそうですよ」

「大丈夫です！　俺には魔法がありますから！」

俺がパロサントの杖を抜いてくるくるっと回すと、空中に金色の軌跡が描かれる。

今日も相変わらず調子がいいな。

「……まぁ！　まぁ！　なんて美しいのでしょう！」

スザンナさんが、目を輝かせる。

……なんだか、この感情の出し方はアデライン夫人に似ているなぁ。きっと城の女の人はみんな、多かれ少なかれアデライン夫人に影響を受けているような気がする。

「こんな美しい魔法初めて見ましたわ！」

魔法じゃなくて、魔力が溢れているだけなんだけどね。

でもスザンナさんが喜んでくれたのでよし。

魔法を使うためには魔力が必要だ。仕組みのよくわからない水晶の鑑定で、俺はその魔力がないと判じられて家族から爪弾きにされたわけだけど。

結局俺には魔力があって、その桁外れな魔力量のおかげで魔法が使いたい放題。

そんな魔法は一見万能のように見えて、実は女神が人間に定めた理《ことわり》を外れて使うことはできない。

例えば、死者を生き返らせる、時間を操る、魂のないものを創造する、などが理を外れる魔法だ。

これらは女神だけが使うことのできる魔法だと言われている。

俺の魂の扱いを鑑みても、概ねその通りなのかもしれない。

当然魔法の強さや大きさは魔力量に比例する。

そして魔力を使うに際し、女神の理《ことわり》から外れる使い方はしないので魔法として使わせてくださいね、と誓うのが詠唱だ。

俺は詠唱をしないのでよくわからないが。

ただし、転移と治癒魔法、それから召喚は女神の理《ことわり》とはまた違う別の種類魔法のようだ。おそらくこれらは女神の慈悲《気まぐれ》で与えられたものだと思っている。

魔力をどのように使うか、それは魔法使いの技量だ。水でも炎でも、土でも雷でも風でも、使い方は魔法使い次第。

だから、想像力の乏しい魔法使いには大した魔法は使えない。魔法には、魔力と同じくらい想像力が大事なのだ。

俺は魔力も想像力もいつでも準備万全。後は討伐の日を待つだけ。

「ところで、サフィラス様。杖にぶら下がっているそれは一体なんでしょうか？」

それ？　……ああ！

「サルトゥスで買った魔除けの人形です。虫除けにもなる優れものなんですよ。不気味なところが特に気に入っているので、杖に下げているんです」

「……そうなのですね」

スザンナさんは微妙な表情を浮かべた。

この魔除けの人形を見ると、大体の人はスザンナさんのように微妙な顔をする。

なかなか個性的で可愛いと思うんだけどなぁ。

☆　☆　☆

朝靄が漂う城門前で、討伐部隊が出発の合図を待っている。

「父上、お気をつけて」

「城は頼んだぞ、カーティス」

今回の討伐にカーティスさんは参加しない。準備にはきっちり参加していたけどね。万が一のこともあるので、城に残るのだ。

アデライン夫人とサンドリオンさんも見送りに来てくれた。

だけど、なんだかサンドリオンさんとテオドールさんの様子が変だ。これから危険な討伐に向かうというのに、いつもは仲がいい二人の雰囲気がぎこちない。

一体どうしたんだろう？

なんとなく気にはなったけれど、ヴァンダーウォール卿が出立の合図を出して隊列が動き出したので、俺が感じた違和感は意識の外に行ってしまった。

「サフィラス、座り心地は悪くないか？」

「大丈夫！　快適だよ」

本日の俺もマテオの背中で二人乗りだが、パーシヴァルの前ではなく後ろに乗っている。

俺が前に乗っていたら、いざという時にパーシヴァルが剣を思う存分振るえない。

だから魔法使いの俺は、本来の立ち位置である後衛に落ち着いたってわけだ。

部隊は総勢三十五人。キングスリーさんと彼の最強部隊二十人に、回復要員の白魔法使いが二人と兵医二人。それから幕営地で食事の準備や雑用をしてくれる人たちが六人。そこに指揮官のヴァンダーウォール卿と補佐のテオドールさん、そしてパーシヴァルと俺だ。

貴重な白魔法使いが二人も討伐に参加するなんて。

どちらかが城に残らなくても大丈夫なのかな？

昔ほど物騒じゃないし、何かあったときは冒険者ギルドから派遣されるのかも。

「白魔法使いが二人も参加するんだね」

「ああ。魔獣の森は危険だからな。今回討伐に参加するのは二人だが、ヴァンダーウォール軍に所属する白魔法使いは十人ほどいる」

「え、そんなに？」

そういえば、サンドリオンさんも白魔法使いだったっけ。貴重な白魔法使いも、いるところにはいるんだな。

ヴァンダーウォール卿とテオドールさんが先頭で部隊を率いて、俺たちは野営用の荷物を積んだ馬車三台の後ろに付いて殿《しんがり》を務める。


それにしても、ヴァンダーウォール卿の愛馬グラディウスは実に勇ましい。

その堂々とした歩みたるや、実戦でどんな働きを見せてくれるのか、今からとても楽しみだ。

魔獣の森までは馬で二刻ほど。

畑で働く人たちが隊列に手を振っているので、俺は手を振り返す。中には、歓声を上げながら追いかけてくる子供もいた。

ヴァンダーウォール軍は領民に期待され、愛されているんだな。なんだか全く関係ない俺が誇らしい気持ちになってくる。

パーシヴァルは、これほど領民から頼りにされるヴァンダーウォール軍を率いる辺境伯を父に持っているんだ。それは太陽の騎士なんて二つ名がつくくらい、立派な男に育つはずだ。

比べるのも失礼な話だが、俺の父親とは大層違う。親は選べないからこればかりは仕方がないけど、伯爵と早々に縁を切れたのは不幸中の幸いだった。

魔獣討伐に向かうとは思えない程長閑《のどか》な道中を楽しみ、討伐の一団は昼前に魔獣の森に着いた。

第一層の少し入ったところに幕営地があるそうだ。俺たちはそこを拠点として数日間魔獣討伐をする。

今日の目標はその幕営地に辿り着き、陽が暮れるまでに天幕を張って夕飯を準備すること。夜を迎えるまでに、安全地帯を確保しておかなければならない。

森は入り口からしばらくは木漏れ日に照らされて明るかったけれど、だんだんと木々が鬱蒼《うっそう》と茂ってきて薄暗くなってきた。鳥の囀《さえず》りすら聞こえてこない。

それでも、この辺りまではまだまだ安全なんだそうだ。

やがて、視界の先に明るい光が見えてきたなと思ったら、突然森が開けて広い空き地が現れた。

「……わぁ、凄いな」

「ここが拠点となる場所だ」

その場所だけポッカリと何もなくて、地面も綺麗に均《なら》されている。これなら天幕を張るのも容易でいい。

兵士たちは馬を降りると、馬車から荷を降ろし手際よく幕営準備を始めた。

俺も何か手伝おうと荷馬車のところに行ったけれど、屈強な男たちには見るからにひょろっとした俺なんかお呼びではないらしい。

「サフィラス殿は休んでいてください」

大きな水の樽を二つも抱えた兵士に、にこやかにそう言われてしまえば、そうさせていただきますとしか言いようがない。

……俺はあまりにも非力だ。

それならと、幕営地に防壁魔法を展開している魔法使いたちのところへ顔を出す。

俺が手伝えば、パパッと安全地帯を作れる。討伐に向けて魔力だって温存できるからいいだろう。

「あの、防壁魔法なら俺が……」

詠唱を始めようとした魔法使いたちに声をかけようとしたところで、ぽんと肩を叩かれた。

「サフィラス殿、手伝いは無用ですぞ。そのお気持ちだけ受け取っておきましょう」

「キングスリーさん？」

「これは彼らの仕事です。悪く思わないでいただきたいが、正直申し上げるとサフィラス殿の力は強すぎる。確かに、貴殿に防壁を張ってもらえれば簡単に済むでしょうが、サフィラス殿はこの部隊の人間ではない。強い力に頼ることを覚えてしまうのは、この部隊の、ひいてはヴァンダーウォールのためにならぬのです」

……ああ、そうか。

そうだよな。キングスリーさんの言うことは一理ある。

俺なんかはすぐに楽をしようとする側の人間だから、やってくれるならありがたく！　って安易に思う。

だけど、それは長い目で見れば良くないことなのは理解できる。

「そうですよね。すみません……」

「ですが、命の危険があるときは遠慮せず力を貸していただきたい。死んでしまったら元も子もないですからな！」

ガハハハ！　と笑うキングスリーさんが、俺の背中をバシバシと叩く。

「ぐえっ……！」

「キングスリー部隊長、サフィラスが倒れてしまいますので、その辺りで」

パーシヴァルがやってきて、さっと俺をキングスリーさんの強力な平手から救い出してくれた。

「これは失礼した！」

た、助かった……

うわぁ、背中がじんじんするよ。これは絶対手形が残ってる。

相変わらず豪快に笑うキングスリーさんに悪気がないのはわかる。ただ、力加減を知らないんだよな。

「なぁ、パーシヴァル。俺にも手伝えることは何かない？」

「そうだな……それなら、炊事場の方を手伝ってもらえないだろうか？」

パーシヴァルが視線を向けた先を見ると、雑用係の人たちが煮炊きをするためのかまどを組んで炊事場を設営していた。

なるほど、あれなら俺にもできる。

「じゃ、手伝ってくる」

「ああ、よろしく頼んだ」

俺は雑用係の人たちに混じってかまどを四つ作った。

俺の手際の良さにみんな驚いていたけど、俺は野営の上級者だ。かまどくらいお手のものさ。

その後は大量の芋の皮を剥き、肉を焼く。

大鍋二つ分のスープだから、物凄い量だ。少人数の冒険者パーティでは経験できないことだな。

ここで俺は大量の料理は味付けが難しいことを学んだ。

調味料なんて、ちまちま入れてたらちっとも味がつかないんだ。

辺りが闇に包まれる頃には、拠点はすっかり整っていた。

大きな焚き火を囲み、みんなで食事だ。焼いた肉が入ったスープは美味しかった。

焼いた肉をスープに入れるのは、食器が少ない故の食べ方なんだそうだけど、長く冒険者をやっていた俺も初めて知った。

その土地土地でいろんな料理があって面白い。

なんだか魔獣討伐だってことを忘れてしまいそう。

食事が終わると、ヴァンダーウォール卿とキングスリーさんが、テオドールさんとパーシヴァルを呼んで森の地図を広げたので、俺はその場を離れみんなが使った食器を桶に回収する。

それらを炊事場に運ぶと、魔法で出した水でバシャバシャ洗って、汚れた水は地面に掘った穴に流した。それから風で食器を一気に乾かす。

雑用係の人たちは、ポカンとして俺のやっていることを見ていた。

彼らはかまどに火を入れる程度の魔法は使えても、俺のように際限なく水を出すようなことはできないそうだ。

本当はこれも彼らがやるべきことなんだろうけど、雑用を担う人たちは兵士じゃないし、移動で疲れているだろうから一日くらい楽をしたっていいんじゃないかな。

食事の後片付けがすっかり終わった頃、パーシヴァルが俺を迎えにきた。

「サフィラス、天幕だが、テオドール兄上と俺が一緒だが構わないか？」

「うん、いいよ」

案内された天幕は広い上に簡易寝台が置いてあって、野営の寝床にしてはなかなかに豪華仕様だった。

寝袋でごろ寝だろうなって思っていたから、ちょっと驚いた。

聞けば、他の兵士たちの天幕も同じような仕様らしい。

兵士も指揮官クラスと同じ好環境なのか。凄いなヴァンダーウォール軍の待遇は。それは、兵士たちの士気も上がるというものだ。

ヴァンダーウォールに白魔法使いが多い理由がわかった気がするよ。どうせ働くなら、待遇のいい場所で働きたいもんね。

だけど、それも馬が屈強だからできることであって、普通の馬ではあれだけの大荷物をたった三頭ではとても引けない。

俺がうんうんと頷いていると、テオドールさんが天幕に入ってきた。

「テオドールさん、お世話になります」

「ああ、狭くてすまないな」

「いいえ、お邪魔させてもらっているのは俺なので。それに全く狭くないですよ」

「そうか、まぁ寛いでくれ。明日のことを少し話そう」

「はい」

俺たちは車座に腰を下ろすと、地図を広げる。地図にはかなり詳しく森の様子が描かれている。

この危険な森を随分と調べたのだろう。

「凄いですね」

「俺たちの先祖が森に入り、少しずつ描き入れてきた物だ。この森は大まかに分けて三層になっていて、その中心には深層がある。今俺たちがいる場所は、一層の入ってすぐ一番手前の部分だ。ここまではそれ程危険ではない」

キングスリーさんが言ってた、層になっているってことだな。で、この森の中心部が一番危険なところってことか。

「今回の討伐では、この二層まで入る予定だ。二層では中型の魔獣が闊歩している。サフィラス殿の実力ならば、ここまで共に来ても問題はないだろうとは思うが、学院生ではこのような討伐の経験はないだろう。無理ならばここに残って拠点の守りを務めてもらってもいいのだが」

「いえ、同行します」

「……それは、頼もしいな」

即答した俺に、テオドールさんは少し驚いたようだった。

何なら三層まででも問題ないです。

「それから、間違っても我々から離れることのないように。ここではぐれてしまうと、捜すのは難しい」

「兄上。サフィラスは転移魔法が使えるので、はぐれた場合は拠点に戻ってもらえば問題ないでしょう」

「はい。俺が迷子になっても、気にしないでください。大丈夫なので」

「転移……そうか、ならば問題ないな」

俺への注意事項はそれだけだった。

その後、テオドールさんとパーシヴァルは遅くまで難しい顔をしながら、地図の前で打ち合わせをしていた。

俺は申し訳ないと思いつつも早々に寝台に潜り込み、朝までぐっすりと眠ったのだった。


魔獣討伐の朝は早い。

というか、ヴァンダーウォールはどこでも朝は早いのだ。

俺が目を覚ますと、すでにパーシヴァルもテオドールさんも起きて身支度を整えていた。

「……ごめん、寝坊しちゃった」

二人より先に寝て、一番起きるのが遅いとか……ちょっとやる気を疑われかねない。

俺は至って真面目にこの討伐に参加しているのに。

「いや、気にしなくていい。俺たちはマテオたちの世話をしてきただけだ」

遠征中は自分の馬の面倒は自分で見るのか。確かに、馬の調子を知るのも大事なことだよね。

「それなら、明日は一緒にマテオのところに行くよ。俺も彼にはお世話になるし」

「構わないが、無理をする必要は無いぞ」

「平気、平気、無理なんかじゃないよ。マテオは俺の友達だからね」

マテオはパーシヴァルの大事な相棒だもの。お世話になるんだから、そのお礼はちゃんとしないとね。

身支度を整えた俺は、みんなと朝食を摂って出発準備をする。

朝食はスクランブルエッグとスモークした鶏肉を挟んだ麺麭《パン》と温かいお茶だった。それから、昼食用に干し肉と堅麺麭《パン》を受け取ると、腰に着けた鞄に押し込む。

杖もしっかり装備して、フード付きのマントを纏えば準備は整った。一緒に森に入る兵士たちに比べれば、随分と身軽な格好だけど。

「本日は第一層と二層の境まで向かう！　皆も知っている通り、ここ最近は魔獣の数が増えている！　第一層といえど何があるかわからない！　決して気を抜くことのないように！」

キングスリーさんの檄が飛ぶ。

今日討伐に向かうのはキングスリーさん含め兵士十名と、白魔法使い一名。そこにヴァンダーウォール卿とパーシヴァル、そしておまけの俺が加わる。

テオドールさんと今回の部隊に入らなかった人たちはお留守番だ。

ここ最近の魔獣の増加も含め、一年ぶりの森の中がどうなっているのか、おおよその様子を把握してから本格的な討伐に入る。

つまり、今日森に入る俺たちは斥候のようなものだ。

「サフィラス殿なら大丈夫だとは思うが、決してパーシヴァルから離れないようにしてくれ」

「はい！」

ヴァンダーウォール卿に声をかけられ、パーシヴァルの後ろから元気よく返事をする。

「出発！」

ヴァンダーウォール卿の声を合図に、俺たちは第一層の奥に向けて進んでいく。

この辺りはそれほど危険はないと言っていたということは、小型中型の魔獣を倒すなんて百戦錬磨のキングスリー部隊にとって朝飯前なのだろう。

確かに小型の魔獣なら、これだけ大きな馬の隊列には近寄ってこない。踏み潰されるのがわかっているからね。

暗さの増した森の中を第一層の奥に向かって進んでいると、早速嫌な気配を感じた。

左右に視線を走らせれば、茂みの中に身を潜めながら何かが俺たちを追いかけてきている。しかも、少しずつその数を増やしながら、付かず離れずの距離で。

恐らく魔狼だ。

魔狼は群れになって人や他の獣を襲う。一頭ならそれほど厄介ではないけれど、群れになると面倒臭い。

奴らは、よく訓練された軍隊のように、統率の取れた攻撃をしてくるのだ。

「来るぞ！」

キングスリーさんの鋭い声が飛ぶと同時に、黒い影が左右から同時に飛びかかってきた。

剣を抜いたパーシヴァルが魔狼を斬り払うけれど、間髪容れずに別の魔狼が逆方向から飛びついてくる。

「女神の理《ことわり》の下に我が力を行使する！　炎よ焼き払え！」

パーシヴァルの詠唱で巻き起こった炎が、数匹の魔狼を飲み込んだ。

キングスリーさん達も、襲いくる魔狼を次々と剣で払っている。最強部隊というだけあり、全く動揺する様子はない。

これだけの数の魔狼に囲まれたら、普通は撤退するものだけど。

ヴァンダーウォールの馬も、この状況に動じるどころか、足に食らいつこうとする魔狼を逞しい脚で踏みつけるのだから強い。

その中でもすごいのが先頭を走っているヴァンダーウォール卿の馬、グラディウスだ。その大きな体で魔狼を弾き飛ばしている。

「パーシヴァル！　ここはいつもこんな感じ!?」

「いや、第一層でここまで激しい襲撃を受けることはなかった！」

「走れ！　隊列を乱すな！　間に入られると厄介だ！」

キリが無いので振り切ってしまおうと、部隊は馬を走らせた。

しかし、魔狼は執拗に俺たちを追いかけて、連携の取れた波状攻撃を仕掛けてくる。

こちらを休ませずに、疲れて弱るのを待っているんだ。これは、群れになったあいつらの常套手段。

この程度でキングスリーさんの部隊やヴァンダーウォール卿がどうにかなるとは思えないので、差し迫って命の危険というわけではなさそうだけど、ちょっと数が多いのでさっさと片付けた方がいいかもしれない。

これは、あくまで俺が魔狼を鬱陶しいと思ったからであって、部隊の手助けではないぞ。

雷《いかずち》で一気に始末しようと、後ろを走る魔狼の群れを振り返った時だ。

足を狙う魔狼の牙を避けようとしたのだろう、マテオが大きく跳ね上がった。

「うわっ……！」

不安定な姿勢になっていた俺の体が浮き上がり、空中に放り出される。

まずい、落馬する！

落下の衝撃を和らげるための風を起こすよりも早く、力強い手が俺の腕を掴んだ。

「サフィラス！」

「う、わっ！」

ぐんと引き寄せられ、胃の腑が浮き上がるような感じをおぼえた直後、俺の体はとすんとパーシヴァルの前に収まっていた。

「……え、？」

一瞬すぎて何が起きたのか、状況を理解するのに少々時間がかかった。

疾走中の馬上で、踏ん張りの効かない横座りの状態だったので咄嗟にマテオの首にしがみつく。

どうやらパーシヴァルに助けられ、落馬を免れたようだ。

「大丈夫か？」

「だ、大丈夫！　助かったよ！　とりあえずこのままだと、また落馬しそうだからあいつらを片付ける！」

俺は周囲に群がる魔狼に向けて、一斉に雷を落とした。木を引き裂くような音が響き渡り、無数の稲妻が暗い森を明るく照らし出しだす。

周囲に再び薄暗さが戻ってくると、群がっていた魔狼はみんな地面に転がっていた。

毛皮が傷まないように頭を狙って雷を落としておいたので、余裕があれば帰りに回収すればいい。

「今のはサフィラス殿か？」

「すみません。手を貸したつもりはないんですけど……」

「いや、助かった……それにしても、凄まじいな」

馬の足を止めて周囲を見回したヴァンダーウォール卿とキングスリーさんは、そこかしこに転がる魔狼を見てちょっと呆れたような表情をした。

「しかし、魔獣の数が増えているというのは間違いないようですな」

「ああ。たまたまなのか、それとも増える要因がどこかにあるのか……とりあえず、先に進む」

ここで考えていても仕方がないと、部隊は再び奥に向かって馬を進める。

俺はというと、なぜか後衛から前衛になっていた。背中をパーシヴァルに支えられ、安定感は抜群だ。

「これだと、パーシヴァルが剣を振るい難いんじゃないか？」

「大丈夫だ。またどこから魔獣が来るかわからないから、マテオの鬣《たてがみ》にしっかり捕まっていてくれ」

「……うん」

俺が落馬しそうになったからだな。

すまん、パーシヴァル。

それにしても、いくら俺が軽いと言ったって、まさか片手で馬上に引き戻されるとは思ってもみなかった。伊達に鍛えていないヴァンダーウォールの男の強さを、改めて見せつけられた。

俺はご令嬢とそう変わらない自分の細い腕を見て、ひっそりとため息をこぼす。

この腕では、パーシヴァルと同じことはできない。一緒に落ちるのが関の山だ。

俺はちらりと、背後のパーシヴァルに視線を向ける。

非力な俺を許してほしい。

「どうした？」

「……ううん、なんでもない」

いや、パーシヴァルと同じことはできなくてもいい。得意分野は人それぞれだ。腕力はないけど、俺には魔法がある。

もし、パーシヴァルが似たような状況になった時は、魔法で助ければいいんだから。

パーティを組むならちょうどいいバランスなんじゃないかな。


さっきの雷で周囲にいた魔獣は危険を感じて離れていったのか、あれから森は静かなものだ。すっかりなんの気配も感じられない。

「魔狼以外に特に変わった様子はないようだな。まぁ、先ほどのサフィラス殿の攻撃で、小物は皆逃げ出したのだろうが……」

「いやはや、対戦試合の際は随分手加減しておられたようだ」

キングスリーさんがいい笑顔で俺を振り返る。

とんでもない！　手加減をしたつもりなんてありませんよ！

「いや、そんなことは……」

「わっはっは！　わかっておりますよ。サフィラス殿が本気になれば、我々など瞬殺でしょう！」

「違いない！」

部隊の人たちもドッと笑う。

え？　今のって笑うところ？

俺が困惑していると、パーシヴァルに肩をぽんぽんと叩かれた。その顔を見たら、口元が緩んでいる。

どうやらこれは、キングスリーさん流の冗談らしい。実にわかりにくいな。

キングスリーさんに揶揄われながらも、このまま第二層の境まで何事もなさそうだなと思った矢先のことだ。

「何かくる！　構えろ！」

突如、ヴァンダーウォール卿の鋭い号令が響き、和やかな雰囲気は一瞬にして霧散した。

ヴァンダーウォール卿が視線を向けていた先の茂みが大きく揺れたかと思うと、血まみれの魔猪《まちょ》が姿を見せた。

手負の魔獣かと思ったけれど何かがおかしい。牛ほどの大きさの魔猪はだらりと手足を伸ばし、その目にはすでに光がない。

一番おかしいのは、魔猪が宙に浮いていることだ。なんで？

いや、違う！　あれは……！

俺が防壁魔法を周囲に張るのと同時に、魔猪が俺たちに向かって飛んでくる。

大きな魔猪は防壁に弾き返され、ドサリと地に落ちた。ピクリとも動かないところを見ると、すでにこと切れているんだろう。

けれど、この場にいる誰もがそんなものに視線を向けることはなかった。暗い森の中を、身動《みじろ》ぎ一つせずじっと睨んでいる。

地響きを轟かせ、低い唸り声を上げながら暗がりから姿を現したのは、頭に三本の角を戴く漆黒の巨体だった。

「トライコーン……！」

出たっ……！　本当に出ちゃったよ！

小型の魔獣が姿を見せなかったのは俺の雷じゃなくて、こいつのせいだ。こんなのが彷徨《うろつ》いていたら、弱い魔獣は当然逃げ出す。

それにしてもでかいぞ！　その馬体は、マテオたちの倍は軽く超えているように見える。

「えーっと、第一層は中型くらいまでの魔獣しかいないって、言ってなかった？」

「どうやら、そうじゃなくなってしまったようだな」

パーシヴァルが冷静に答える。

こんな予想外の展開にもこの落ち着き。ヴァンダーウォールの男、恐るべし……

魔猪を襲っていたトライコーンはすでに興奮状態だ。真ん中の角に血を滴らせ、荒い息を吐きながら燃えるような赤い眼をギラギラとさせている。

食う食わないに関わらず、目の前で動くものを残らず襲うのがトライコーンだから仕方がない。

「脚を押さえて、動きを止めろ！」

キングスリーさんの指示を受けた魔法使いが詠唱し、トライコーンの脚を蔦《つた》で拘束する。

けれど、後ろ脚で立ち上がったトライコーンは前脚を拘束した蔦《つた》をいとも容易く断ち切った。鋭い牙を剥き出し、三本角の大きな頭を振り回すと、怒りも露わに前脚で大地を幾度も蹴りつける。

この威嚇には、勇敢なヴァンダーウォールの馬たちもさすがに怯んだ。

「下馬して迎え撃て！」

ヴァンダーウォール卿の号令に、兵士たちは素早く馬を降りる。騎手から解放された馬たちは、心得ていると言わんばかりにその場を離れていった。

「サフィラスはマテオと共に離れていてくれ」

「え？　だって……」

「言っただろう。トライコーンの角を贈らせてくれと」

パーシヴァルはそう言うとマテオから飛び降り、俺を残してキングスリーさん達の元へと走って行った。

いや、確かに言っていたけど。それに、キングスリーさんの部隊なら大丈夫だとは思う。でも、やっぱりあのトライコーンは明らかに規格外だ。

マテオはパーシヴァルの意図をしっかりと理解していて、トライコーンから距離を取るように後退していく。

魔法使い達は上手く防壁魔法を使って鋼のような蹄の踏みつけを弾き返しているけれど、トライコーンの皮は非常に硬く、剣の攻撃はなかなか通りにくい。ただし、相手はでかいので弱い腹が無防備になりがちだ。

キングスリーさん達はそれをよくわかっていて、蹄と角を上手く避けながら腹を斬りつけている。時間はかかるが確実にトライコーンを弱らせる攻撃だ。

ヴァンダーウォール卿が炎でトライコーンを牽制し、上手く連携を取って攻撃していたけれど、太い縄のような尾の強烈な一撃が、数人の兵士を弾き飛ばす。

俺はすかさず風を起こして兵士たちの体を包み込むと、そっと安全な場所に着地させた。

怪我の程度はわからないが、白魔法使いがすぐに彼らの元に向かったので大丈夫だろう。念のため彼らに防壁魔法を施す。

これくらいの補助は別に構わないよね。

何しろこのトライコーンは、俺がバイロンと討伐したトライコーンよりもずっと大きい。

この状況はあまりよろしくない。最強のキングスリー部隊をしてもかなり手こずっているし、そのうち大怪我を負う兵士も出るかもしれない。

それにあの時俺が遠慮していたら、パーシヴァルは「一緒に討伐しよう」って言ったじゃないか。

「やっぱり、見ているだけだなんてできないよ！」

俺がマテオから飛び降りると同時に、トライコーンの鋭い角がパーシヴァルを襲う。角先は辛うじて剣で逸らしたようだけど、強烈な頭突きにパーシヴァルの体は軽々と宙に放り上げられた。

俺は風を操ってパーシヴァルの体を受け止め、ゆっくりと地面に下ろす。

「助かった、サフィラス！」

パーシヴァルは剣の状態を確かめると、再びトライコーンに向かおうとした。

「ちょっと待ってよ、パーシヴァル！」

俺は咄嗟にパーシヴァルの腕を掴んで引き止める。

「サフィラス？」

「俺たちはパーティの仲間になるんだろ？　仲間だったら、力を合わせて依頼をこなすもんじゃない？　俺は仲間に戦わせて、自分は見てるだけだなんて、そんな情けない冒険者になるつもりはないよ」

そう言った俺の目をじっと見たパーシヴァルは、何かを思案すると深く頷いた。

「ああ……そうだ。そうだったな。わかった、共に戦おう」

「そうこなくちゃね！　実は俺、ちょっと試したいことがあるんだ。手伝ってくれる？」

「もちろんだ。俺はどうすればいい？」

「まずはトライコーンの頭上に転移する。パーシヴァルの剣に強力な疾風を纏わせるから、全力で首を落としにいってくれ」

俺が説明したのはそれだけ。けれどパーシヴァルはそれ以上を聞こうとはせずに頷いてくれた。

信用されてるな、俺。

下手をすれば風の勢いで剣が吹き飛んでしまうかもしれないけれど、片手で俺を引き上げたパーシヴァルの腕力を信じる。

「いくよ！」

「ああ！」

パーシヴァルと共にトライコーンの頭上高くに転移すると、剣に魔力を纏わせ刃の部分に風を起こす。風の補助で剣の切れ味を上げ、トライコーンの太い首を叩き落とすってわけだ。

パーシヴァルが剣を大きく振りかぶる。落下速度も加わり、その威力は増すはず。

役目を終えた俺は転移でパーシヴァルから離れた。後は彼に全てを任せる。

「はぁあああっ！」

薄闇の中に白い軌跡を描きながら勢いよく振り下ろされた剣は、いとも容易くトライコーンの首を斬った。思った通り威力は抜群。

パーシヴァルが着地するのとほとんど同時に、胴体から切り離されたトライコーンの首がどすんと落ちる。

首を失った巨体がぐらりと傾《かし》ぎ、地響きをたてて横倒しになった。

「やったー！」

俺がいち早く歓声を上げると、唖然としていたキングスリーさん達がようやく我に帰った。

動かなくなったトライコーンを皆で囲み、改めてその大きさに驚く。

「一体何を食ったらこんなにデカくなるんだ……」

全くキングスリーさんの言う通りだな。

やっぱりここは魔獣の森なんだ。得体の知れないものがわんさと潜んでいる。

「……パーシヴァル、実に見事な一撃だったが、今のは一体なんだ？」

ヴァンダーウォール卿が、パーシヴァルに尋ねた。

「サフィラスが俺の剣に疾風を纏わせたのです」

「なんと……武器にそんなことを……」

「規格外に大きいトライコーンでしたから、普通の剣だと致命傷を与えるのは難しいかと思ったので、魔法で補助を少し」

「剣に風の力を加えたと？」

「はい。多分大丈夫だろうとは思っていたんですけど、風の力を抑えられないと剣が吹っ飛ぶ可能性があって……でも、そこはパーシヴァルの腕に任せました」

「いやはや……サフィラス殿には驚かされっぱなしですな」

キングスリーさんの平手に背中を叩かれるかと一瞬構えたけれど、苦笑いしながら頭を掻いただけだったのでホッとした。

「父上、事前にお願いしていた通り、トライコーンの角は俺がいただいてもよろしいでしょうか？」

「ああ、もちろんだ。こいつの首を落としたのはパーシヴァルとサフィラス殿だ」

「ありがとうございます……サフィラス、受け取ってもらえるか？」

「もちろんだよ。俺たち二人で初めて討伐した獲物だからね！」

「……ああ、そうだな。俺たちの初めての成果だ」

太陽の微笑みを浮かべたパーシヴァルは、麗しの騎士様オーラを放つ。

暗い森の中では眩しすぎて、俺は思わず目を眇《すが》めた。

末恐ろしいぞ、パーシヴァル！


それから俺たちは、トライコーンの首と毛皮の立派な魔狼何頭かを手土産に、拠点に戻ることとなった。指笛で合図すると、離れていた馬たちが次々と戻ってくる。

怪我人はいるけれど、白魔法使いが治癒をしたのでみんな軽傷だ。

トライコーンの体と、数が多すぎて持ち帰れない魔狼は森に穴を掘って埋めた。

初日からなかなかハードだったけど、何事もなく討伐初日を終えられてよかった。

俺たちが戦利品を携えて拠点に戻ると、拠点で待っていたみんなは大層驚いた。

かなりの数の魔狼に加え、トライコーンの頭部を持ち帰ったんだから、それは驚きもするだろう。

魔狼はこれが全てではなく、半分以上を森に埋めたと言えば、テオドールさんもさすがに難しい顔をして考え込んだ。

「第一層でこれほどの魔獣が出るとは……これまでに、こんなことはなかったはずです」

「やはり森で何か異変が起きているのかも知れませぬな。しっかりと原因をと調べた方がよいでしょう」

テオドールさんと第一層であったことを共有していると、周辺の警戒をしていた兵士が怪しい男たちを連れてやってきた。

「オースティン様、この者たちが拠点内に潜んでおりました」

魔法使いの負担を考えて防壁魔法を使うのは夜だけなので、夕刻までは兵士たちが交代で周辺を警戒している。その見回りの際に資材を置いている天幕の中に潜んでいたところを見つけたらしい。

格好から察するに冒険者なんだろうけれど、随分とボロボロだ。

食料でも盗もうとでもしていたんだろうか。

「お前たちは何者だ？　この森に入る許可を出した覚えはないが」

この森は危険なので勝手に入ることが禁じられているはずだ。

許可を取れば入れないこともないが、許可をとった者ならテオドールさんやヴァンダーウォール卿がそれを知らないはずはない。

「ま、間違って入っちまっただけだ！　すぐに出ていくからここは見逃してくれ！」

「間違って入ったのなら、なぜ隠れている必要がある？」

ヴァンダーウォール卿の問いには答えず、男たちは背後をしきりに気にしながら、すぐにでもここを離れたいという素振りを隠さない。

一体何を気にしているんだ？

「見たところ冒険者のようだが、プレートを見せてもらおうか」

プレートとは冒険者であることを証明するものだ。

登録したギルド名や賞罰などが記録されている。領主や依頼者に求められたら掲示しなければならない。

そもそも、後ろめたいことがなければ、出し渋る理由はないものだ。

「そ、それは……」

「リーダー……早くここを離れないと、奴らが追いついちまう」

リーダーと呼ばれた男の後ろで、怯えたように仲間が小声で囁く。

奴らってなんだ？

落ち着きのない男たちの様子に、俺は嫌な予感を覚えた。何より、リーダー風の男がしっかりと抱え込んでいる袋が気になるので、その中身を聞こうとした時だ。

森の中から小型の竜が次々と飛び出してくると、あっという間に俺たちを取り囲んだ。

「小炎竜《フレイムラプター》だ。なんでこんなところに？」

小炎竜は魔獣ではないものの、後ろ足の発達した小型の竜で動きが素早い上に火を吐くのでなかなかに厄介な相手だ。

けれど、関わらなければ人を襲うこともなく、放っておいても害のない竜のはずなんだけど。

それに、本来なら禿山のようなところに群れで生息していて、滅多なことじゃこんな森をうろついたりしない。

「近くに木の生えない峡間がある……恐らくそこから来たんだろうが……」

小炎竜たちは明らかに怒っている。金色の目をギラギラと光らせて、鱗は熱を帯びて真っ赤だ。だというのに、すぐには襲ってこず、俺たちを窺うようにジリジリと距離を詰めてくる。時折匂いを嗅ぐように鼻をスンスンと鳴らしていて、まるで何かを探しているようだ。

……何かを探している？

顔を青褪めさせた仲間の不審な言葉と、リーダーの男が抱える袋に俺はすぐにピンときた。

あの袋の中には間違いなく小炎竜の幼体か卵が入っている。

この愚かな冒険者たちは、森にヴァンダーウォール軍がいることを知って、子供を取り戻しにきた小炎竜の群れを兵士たちに押しつけようとしていたんだ。

自分たちはその間にさっさと逃げ出す算段なんだろう。そんな卑怯なやり方は、冒険者がしていいことじゃない。

「あんた、その袋の中身を今すぐ出せ」

「な、なんのことだ？」

「いいから出せってば！」

「触るんじゃねぇ！」

伸ばした手を強い力で振り払われた俺はバランスを崩して、思い切り尻餅をついてしまった。

「……痛ってぇ」

「サフィラス！　大丈夫か？」

パーシヴァルがすぐに駆け寄って俺を心配してくれたけど、大したことはない。

強かに打ちつけた尻と肘は痛いけど、手を払われた程度であっさり吹き飛んだことの方がよっぽどショックだ。

「うん、平気」

ちょっと軽すぎないか、サフィラスよ。

「俺は悪くないぞ！　その餓鬼が俺のものに手を出そうとするからいけないんだ！　餓鬼の躾ぐらいちゃんとしとけ！」

男の一言に、一気に頭に血が上った。

冒険者どころか、人として失格なお前らに躾云々などと言われたくはない。

「はぁ!?　ふっざけんな！　その袋、渡さないつもりならその腕切り落としてやる！」

「何っ！」

疾風で男の腕を切り落とそうとすると、すっと俺の前に出たパーシヴァルが男の喉元に剣を突きつけた。

「ここはヴァンダーウォール軍の管轄地域だ。我々の指示に従ってもらう。直ちにその袋を寄越せ」

「くっ……」

観念した男が渋々突き出した袋をパーシヴァルが受け取り、俺に渡してくれた。

急いで袋を開けて中身を確かめたけれど、すでに手遅れだったことを知る。

「……だめだ……死んでいる」

俺の呟きを聞いて袋の中身を確認したテオドールさんが息を呑む。

中には案の定、幼体の小炎竜が入っていたがすでに息絶えていて動かない。

小炎竜の幼体の鱗は薄く透明で淡い紅色をしている。その美しさから宝石と同等に扱われているが、手に入れるのが非常に困難なため、かなりの高値で取引されているのだ。

小炎竜は百年生き、その生涯で二回ほどしか卵を産まない。

だから子供は群れ全体で守り、もし奪われでもすれば取り戻すまでどこまでも追いかけてくる。

子供を返して穏便に帰ってもらうつもりだったけれど、返すべき子供は死んでしまっていた。

子供を奪われた小炎竜は、俺たちを皆殺しにするまでその怒りを収めることはないだろう。

小炎竜がじりじりと、俺たちとの距離を詰めてくる。

「く、くそっ、計画が台無しになっちまった！」

囲まれた緊張感に耐えられなくなった冒険者の一人が、突然背を向けて逃げ出した。それを合図にして、小炎竜たちが一斉に襲いかかってくる。

テオドールさんが水の盾で小炎竜の吐いた炎を防いだので、俺は間髪容れずに雷を落とした。バタバタと小炎竜が地面に倒れていく。

こいつらに罪はないが、仕方がない。

間一髪だったなと安堵の息をついたところで、視界の端でテオドールさんがガクッと膝をついたのが見えた。

「え？」

テオドールさんの腹部が血で染まり、みるみる足元を赤く濡らしていく。

水の盾が現れるよりも早く、小炎竜の鋭い前足がテオドールさんの体を深く貫いていたのだ。

「テオドール！」

「兄上！」

俺たちに同行していた白魔法使いは森での討伐で魔力をかなり使ってしまっていて、もう治癒はできないだろう。

拠点にいるもう一人の白魔法使いを求めて視線を走らせたが、彼の姿をすぐには見つけられなかった。

テオドールさんのこの出血ではそう長くは持たない。

「城に戻ります！」

俺は咄嗟に倒れたテオドールさんと共に、ヴァンダーウォールの城に転移をした。

「サンドリオンさんっ！　サンドリオンさんはどこですか！　誰かすぐにサンドリオンさんをここ

に！」

城のエントランス前に転移した俺は、テオドールさんの婚約者であるサンドリオンさんを呼ぶ。

今、彼を助けられるのはサンドリオンさんしかいない。

「……テ、テオドール様！　これは一体……」

俺の声を聞きつけたジェイコブさんがすぐに出てきてくれたけれど、血まみれのテオドールさんを見て動揺している。

「ジェイコブさん！　すぐにサンドリオンさんを呼んでください！」

「かしこまりました！」

ジェイコブさんもヴァンダーウォールの男だ。取り乱したのは一瞬で、すぐに冷静さを取り戻した。

俺は脱いだマントでテオドールさんの腹部の傷を強く押さえて、少しでも出血を止めようと試みる。

「テオドールさん、しっかりしてください。すぐにサンドリオンさんが来ますよ」

テオドールさんの反応はほとんどない。聞こえていないかもしれないけど、それでも呼びかける。

サンドリオンさんが来てくれればきっと大丈夫だから。

「テオドール様！」

間も無くジェイコブさんと共に、サンドリオンさんとアデライン夫人が駆けつけてくれた。

「テオドール様！」

「テオ……！　なんてこと……！」

「サンドリオンさん、早く！」

「は、はい！」

サンドリオンさんはテオドールさんの傍に膝をつくと、彼の手を強く握る。治癒の魔力がテオドールさんに流れ込んで、たちまちのうちに出血は止まった。

サンドリオンさんは魔力を流すことに慣れているようだ。この地に嫁ぐと心を決めてから、きっとたくさんの経験を積んできたんだろう。

しばらく魔力を流していたサンドリオンさんが、ほっとした表情を浮かべる。

無事に治癒が終わったんだ。よかった……！

俺は安堵から全身の力が抜けて、その場に座り込んでしまった。

これでもう大丈夫。随分血が流れてしまったので、少し休養は必要かもしれないけど、テオドールさんならすぐいつも通りに動けるようになるだろう。

意識のないテオドールさんを部屋に運ぶために、ジェイコブさんが衛兵を呼んだ。すぐに力のありそうな男たちが駆け寄ってくる。

ここはジェイコブさんとアデライン夫人にお任せしよう。

ほっと息をついて、立ち上がる。

「俺は向こうに戻ります」

「……サフィラスさん、あちらのことは頼みましたよ。報告は帰ってから聞かせてもらいます」

アデライン夫人が凛とした表情で言った。

やっぱり、ヴァンダーウォールの女性は強い。その手本となる人が、アデライン夫人なんだろうね。

「はい、任せておいてください！」

俺は薄い胸をドンと叩いて、森の拠点に戻る。

戻ってきた俺に、みんなの視線が集まった。

重体のテオドールさんを連れて突然転移したから、驚かせてしまったよね。

「テオドールさんはサンドリオンさんに任せてきたよ。治癒ですっかり傷がふさがって今は寝ているから、もう大丈夫！」

ヴァンダーウォール卿とパーシヴァルにテオドールさんの無事を伝えると、二人とキングスリーさんをはじめ、みんなはほっとした表情を見せた。

一安心したけれど、この騒動はこれで終わりではない。

逃げ出さないように兵士たちにガッチリと囲まれて、地面に座らされている冒険者たちに、俺は視線を向けた。

犯罪者ではないので、拘束はできなかったんだろう。だけど、やったことは犯罪と同じだ。

俺はそいつらのところに真っ直ぐに向かう。

かつて冒険者だった俺としては、絶対に言ってやらなければならないことがある。

「……あんた達、なんで小炎竜なんかに手を出した？」

知らず声が低くなる。

「い、依頼を受けたんだよ。どんな依頼を受けようと、俺たちの勝手だろうが！」

「もちろんそうだな。そんなことはお前らの勝手だ。だけど、その依頼はおおかた誰も引き受けなかった案件だろう？　腕の立つ冒険者ほど、そんな馬鹿げた依頼は引き受けないからな。引き受けるのはよほどの凄腕か……己の実力も見極められないような三流冒険者だけだ」

小炎竜の幼体の鱗なんかを依頼する方もどうかと思うが、引き受ける方もどうかしている。

「なっ！　テメェ！　俺たち『灼熱の牙』を馬鹿にするのか！」

「……灼熱の牙？　そんなパーティ……」

俺は体の重心を下げると、握った拳に全身の力を込めた。そのまま、イカつい髭面男の顔面目掛け思い切り突き出す。

「聞いたこともねぇーっ！」

ゴキッと鈍い音が響き、男は仰け反って後ろにひっくり返る。

「痛ってー！」

案の定、声を上げたのは俺の方だ。

拳はかなりのダメージを受けたけど、不意打ちで鼻っ柱を殴られた男も、声すら出せずに悶絶している。

知っているか？　鼻も人の急所の一つだ。ザマァみろってんだ！

「何が灼熱の牙だ！　灼熱を語るなら小炎竜くらい自分たちでなんとかしろよ！　お前たちの愚かな行動で、人が死ぬところだったんだぞ！」

冒険者なら無謀なことをする時もある。己の腕を試してみたくなることもあるだろう。

だけど、その結果は冒険者自身が責任を負わなければならない。

ましてや、誰かを危険にさらすように巻き込むなんてもってのほかだ。

こんな奴らが冒険者だなんて……

怒りが収まらない俺は、もう一発お見舞いしてやろうと再び拳を握る。

俺の拳が砕けたって、絶対に許すものか。

顔を押さえて呻いている男の胸ぐらを掴んで、思い切り振りかぶったら、パーシヴァルの大きな掌が俺の痛む拳をそっと包んだ。

「サフィラス、もういい。やめるんだ」

「だけど！」

「サフィラス殿、後は我々に任せてくだされ」

「うっ……ううっ……はい……」

キングスリーさんに肩を叩かれそう言われて仕舞うと、頷くしかない。抑えきれない怒りをグッと飲み込んで拳を下ろした。

パーシヴァルに促されて、俺はその場を離れる。

冒険者たちにはこの後聞き取りをするそうだけど、実際あいつらの言う通り、小炎竜の幼体の鱗を採取すること自体は、別に違法ではない。

あいつらが咎められる理由があるとしたら、この森に無断で入ったことくらいだ。

ムカつくけど、この一件はヴァンダーウォール卿とキングスリーさんに任せるしかない。

ひとまず、今回の討伐は一旦中止となった。

テオドールさんが欠けてしまったこともあるが、厄介者をこのままにしておくわけにもいかない。

あんな奴らなんて縛り上げて討伐が終わるまでの数日、その辺にでも転がしておけばいいのにって俺は思うけどね。

不満で頬を膨らませていたら、感情的な裁きではなく、正当な扱いと正当な処罰はとても大事なことなのだとパーシヴァルに諭された。

☆　☆　☆

討伐から二日後。

テオドールさんはすっかり元気になって、もう早朝訓練に参加している。

サンドリオンさんはもう少し静養した方がいいと言っているけれど、部屋に閉じ込めてもじっとしていないのだからしょうがないと諦めているようだ。

一旦中止になってしまった討伐については、増えた魔獣の件もあるのでちゃんと調査部隊を組んで改めて森に入るそうだ。

「サフィラス様には本当に感謝しております」

サンドリオンさんが穏やかに微笑む。

本日は、アデライン夫人とサンドリオンさんと三人でのお茶会だ。テーブルの上にはいろいろなお菓子が所狭しと並んでいる。

スザンナさんがそのお菓子の全てを少しずつお皿に載せて、俺の前に置いてくれた。

どれから手をつけようか、迷ってしまうな。

「わたくし討伐の日の朝に、テオドール様と少々言い争いをしてしまいましたの」

こんなにおっとりとしたサンドリオンさんが？

テオドールさんもどちらかというと、おおらかな人だ。そんな二人が喧嘩だなんて。

しかも、討伐出発の日に。

「何が原因だったんですか？」

「わたくしを討伐に連れて行ってほしいとお願いしたのです。けれど、テオドール様は絶対に駄目だと……」

それはそうだろうな。城で後方支援するのとは訳が違う。

特に今回はとんでもない冒険者たちのせいで、大変なことにもなったし。

あの場にサンドリオンさんがいなくてよかったと、俺も思う。

「サンドリオンさんはいつも討伐にご一緒されているんですか？」

「いいえ。あの日は女神の知らせなのか、テオドール様の身に何かよからぬことが起きるような気がして仕方がなかったのです……ですから、どうしてもお供をしたかったのですわ。もしテオドール様に万が一のことが起きていたら、わたくしは一生の後悔をするところでした」

女神の知らせとは、なんとなく感じる予感や予知のようなものだ。

なんか今日はいいことがある気がするなーとか、どうも嫌な予感がするぞっていうのが実際に起こったりすると、女神の知らせがあったなんていう。

誰にでもあるような勘なので特別な能力ではないけど、案外と侮れない。そのささやかな知らせに従って行動したら命拾いしたとか、一山当てたなんて話はちょくちょく聞く。

「わたくしも、サフィラスさんにはとても感謝しているの。もし、討伐にサフィラスさんが参加していなかったらと思うとゾッとするわ。けれど、こんなことが二度とあってはいけないわね。次もサフィラスさんがいるとは限りませんから、テオ達にはもっとしっかりしてもらわないと」

今回の件は討伐とは全く関係ないところで起きた事故なんだけど、アデライン夫人もなかなかに厳しいな。辺境を守る男たちは大変だ。

「ところで、サフィラス様はわたくしが白魔法使いだと知っていらしたのね」

「はい、初日の晩餐の席で気がつきました」

「まぁ……」

アデライン夫人とサンドリオンさんが顔を見合わせる。

白魔法使いかどうかなんて、普通は言わなければわからないことだからね。

「本当に、サフィラスさんには驚かされてばかりね」

俺が取り分けてもらったお菓子をすっかり食べ尽くすと、もう一度食べたいなと思ったお菓子をスザンナさんが取ってくれた。

ちょっとじっと見すぎていたかな。食い意地が張っていると思われたかもしれないので、少し遠慮しようかな……

ちょっとためらっていたら、ご遠慮なく召し上がってください、とスザンナさんがそっと小声で言ってくれた。

それならばと、お代わりのお菓子に手を伸ばす。

お茶も美味しいし、最高のお茶会だ。

「さぁ、討伐の話はここまでにして、早速、お茶会のお話をしましょう」

「え？」

お茶会の話って、これがそのお茶会じゃないの？

「久しぶりにパーシィが帰ってきたから、我が家に縁のある方々をお招きしてお茶会を開くつもりなのよ」

ああ、なるほど。

確かに数ヶ月ぶりの帰郷だ。パーシヴァルに会いたい人もいるだろう。

社交が苦手だからヴァンダーウォールに来たんだけどな。でも、身内のお茶会くらいだったらいいか。

「急な予定でしょう？　サフィラスさんはお衣装を用意していないでしょうから、我が家から一着贈らせてちょうだい。オーダーメイドはさすがにお時間がなくて無理ですけど、既製のものをお直しすれば十分に間に合うわ」

なんかこの会話、既視感があるな……

そうだ、公爵家のお茶会とアウローラの婚約破棄の時も、こんな感じで急いで服を仕立ててもらったんだった。

「あ、いえ。以前に公爵閣下に用意してもらった服があるので、大丈夫です。すぐに取りに戻れますし」

今回はその時の衣装があるから、わざわざ作らなくても、ちょっと寮の部屋に取りに行けば済む話だ。

「いいえ、それはだめよ！　我がヴァンダーウォール辺境伯家に、お衣装を用意させてちょうだい。サフィラスさんは我が家の特別なお客さまなのですから！」

「……でも、角の加工までしてもらっていますし、さすがにこれ以上は……」

実はトライコーンの角の加工を、辺境伯家御用達の魔法具職人にお願いしてくれたのだ。

相場は街の魔法具店で聞いていたけど、辺境伯家御用達となるとそれ以上の金額が必要になる。

その一切を、辺境伯家で出してくれると言うのだ。

その上、お茶会の衣装まで作るなんて、俺には着る機会がないのにもったいない。

「サフィラスさんは遠慮しなくていいの。全てはわたくしに任せてちょうだい。公爵家が用意したお衣装では、招待したお客様にいらぬ誤解を招きかねないですからね」

アデライン夫人にがっしりと両手を握られてしまった。

どうやら断ることはできないらしい。

それにしても誤解って、一体何を誤解するっていうんだろうか？

「は、はぁ……？」

「サフィラス様、実はもう仕立屋は呼んでいて、明日には来るのですよ。ですからどうか明日はアデライン様にお付き合いくださいませ」

サンドリオンさんがふんわりと微笑みながら言った。

俺の返事にかかわらず、仕立屋は来る予定だったのか。どうやらアデライン夫人はお茶会がお好きなようなので、準備にも気合が入るのだろう。

そんな感じで、アデライン夫人に流されるまま、俺はお茶会の衣装を作ることになったのだった。

「すまない、サフィラス」

「ん、何が？」

フルーツとクリームを挟んだ一口サイズのサンドウィッチを頬張っていたら、少し難しそうな顔をしたパーシヴァルに謝られてしまった。

午前中から始まった衣装合わせは昼を過ぎても終わらず、ようやく解放されたのは午後のお茶の時間になってからだった。

仕立屋が持ってきた服を、アデライン夫人の指示で次から次へと着ては脱いでを繰り返し、衣装が決まったらサイズを調整する。

公爵家でも同じことをやったので大体の流れはわかっていたけれど、とにかく服が決まるまでに時間がかかった。

後はアデライン夫人とサンドリオンさんが、お針子さんと細かいところを決めるというのでお任せして、パーシヴァルと二人、こうしてのんびりとお茶を飲んでくつろいでいる。

「母上が無理を言っているのではないか？　少々強引なところがある人なので、迷惑ならはっきり言ってもらって構わない」

「なんだ、そんなこと？　迷惑だなんて思うわけがないよ。むしろ、俺の方こそたくさんお世話してもらっちゃって、申し訳ないって思っているくらい」

何しろ、生まれた家ではずっと放っておかれてたから。

こんなに構ってもらって、なんだかこそばゆい。ここにはサフィラスが得られなかった家族の繋がりと、温かさがある。

感謝こそすれ、迷惑だなんてこれっぽっちも思わない。

「……そうか。それならばよかった」

そう言って、難しい顔をやめたパーシヴァルは微笑む。

どこだってパーシヴァルの笑顔はやっぱり眩しい。

「ところで、例の冒険者たちはどうなったの？」

ずっと気になっていたけど、みんな忙しそうだったからなかなか聞けなかった。

「許可無く森に入り、勝手にヴァンダーウォールの拠点の天幕に侵入したために厳重注意をして解放された」

なんだ、やっぱりその程度か。俺が肩を落とすと、珍しくパーシヴァルが悪い笑みを浮かべた。

おっと、いつもの太陽の騎士の笑顔はどこに行った？

「彼らのプレートには、向こう十年はヴァンダーウォール領で冒険者としての仕事はできない旨を刻んだ。少なくとも、もうここでは依頼を受けることはできない」

「あー、それは……」

それは冒険者として終わったも同然ではないだろうか。

基本的に冒険者ギルドに優劣はないが、ヴァンダーウォールの冒険者ギルドはこの土地の役割上、他の土地のギルドよりも信用があるのだ。その信用高いギルドが彼らには仕事をさせないというのだから、何か問題を起こした冒険者だと誰もが思うだろう。

ギルドも信用信頼があってこそなので、あまり問題を起こすような冒険者に仕事を任せたくはない。

簡単な依頼はわからないが、報酬の高い大きな仕事は受けようとしてもほぼ断られるに違いない。

そんな状況が十年続くわけだ。

それを聞いて、俺の溜飲は少し下がった。

これでまた問題を起こすようだったら、あいつらはもう冒険者として本当に終わりだな。

「まともな仕事がしたければ、大陸を出るしかなさそうだね」

「そうだな」

パーシヴァルの報告で、俺はよりいっそう美味しくサンドウィッチとお茶を楽しんだ。

☆☆☆

それからはキングスリーさん達の訓練に参加したり、パーシヴァルと街に買い物に行ったり、一日中馬場で馬を眺めながらのんびりしたりしているうちに、とうとうお茶会の日がやってきた。

アデライン夫人とサンドリオンさんは朝から忙しそうにしている。

気楽に参加してほしいと言われた俺は、特に気負うこともなく部屋でのんびりとしていたら、アンナさんとクララベルさんがこの間作った衣装を持って部屋にやってきた。

何故か二人とも戦場に向かう騎士みたいな雰囲気を漂わせていて、長閑《のどか》だった部屋の空気が一変する。

「さぁ、サフィラス様、気合を入れてお支度をいたしましょう！」

「……え？　でも、今日のお茶会は気楽に参加していいって聞いてますけど？」

「もちろん、お茶会は気楽にご参加なさってくださいませ。ですが、お支度に関しては別でございます。サフィラス様には完璧に装っていただくよう、奥様からしっかりと申しつかっておりますので」

え、何それ？

俺が困惑している間にも自然に椅子に誘導され、早速髪の毛の手入れから始まった。

傷んでいた俺の髪は、ここに来てからすっかり艶々のサラサラだ。もうこれ以上手入れする必要はないんじゃないかと思うけど、頭をマッサージされるととても気持ちが良くて、俺は身を委ねてうとうととしてしまう。

半分寝た状態で、言われるまま立ったり座ったりしている間に、いつの間にか支度は整っていた。

美の魔法使いのようなアンナさんとクラベルさんの手腕で、自分で言うのもなんだけどなかなか格好良くなっている。

鏡の前で矯《た》めつ眇《すが》めつ自分の姿を眺めていると、パーシヴァルが迎えに来てくれた。

今日の俺の衣装はパーシヴァルの衣装とどことなく似ている。見様によっては対になっているように見えなくもないな。

「サフィラス、よく似合っている」

パーシヴァルは俺の格好を誉めてくれたけれど、当然パーシヴァルの方がずっと似合っている。

ついさっきまで、俺って格好いいなと思っていた自分が恥ずかしい。

「……あー、いや、そう、かな？」

「ああ」

弟でも見るような眼差しで微笑まれてしまい、俺はまぁいいかと納得した。

どう頑張っても豆の苗みたいな俺が、太陽の騎士様よりも格好良くなれるわけがないのだ。仕方がない。

パーシヴァルと俺が会場に入ると、すでにゲストは入場していた。

気軽なお茶会というだけあって堅苦しい雰囲気はなく、みんな各々でお茶やお菓子を楽しみながら談笑している。

「まぁ、まぁ！　思った通りによく似合っているわ！」

アデライン夫人が俺に気がつくと、両手を握って大袈裟なくらいに誉めてくれた。

衣装のデザインを決めたのはアデライン夫人だ。きっと、友人同士だからとパーシヴァルの衣装と似せてデザインを選んだんだろうけど。

俺はつい隣に立つパーシヴァルをじっと見てしまった。

「どうかしたか？」

俺の視線に気がついたパーシヴァルが首を傾《かし》げる。

「パーシヴァルは格好良いなって思って」

「サフィラスにそう言ってもらえるとは光栄だ」

「うふふ、お二人は本当に仲がよろしいのですね」

そう言ったのは、カーティスさんの婚約者であるクーパー子爵家のクリステラさんだ。昨日の晩餐の時に紹介してもらった。

クリステラさんは、赤みがかった金髪とやや吊り目の瞳が印象的な美しいご令嬢だ。

黙っていると少しきつそうで近寄り難く見えてしまうけれど、実際話してみれば、とっても気さくで朗らかで、素敵な人なのだ。

「サフィラスさん、今日は楽に過ごしてちょうだい。招待したのは親戚筋のお家ばかりですから、気を遣うようなことは何もないわ。お菓子も軽食も好きなだけ召し上がってね。でも、一人だけ問題のあるゲストがいるので、気をつけてちょうだい」

「問題？」

アデライン夫人は憂い顔になってため息を零す。

「ええ、わたくしの妹の娘なのだけれど……長女の方はしっかりしているの。でも、次女の方は少々困った子なのよ。どうやら、パーシィのことを慕ってくれているようなのだけれど」

「お姉様、本日はお招きありがとうございます」

話の途中だったが、どこかアデライン夫人に似たご婦人と二人のご令嬢が挨拶にやってきた。

お姉様というからには、この人はアデライン夫人の妹さんなのだろう。

「エブリン、よく来てくれたわね」

「アデライン伯母様、お久しぶりにございます」

俺より幾つか年上らしいご令嬢がワンピースをそっと摘み上げ、淑女の挨拶をする。

「ええ、ジュルース。元気そうで何よりだわ」

「おばさま、パーシィの隣にいるこの人は一体だれ？」

まだ挨拶を交わしている途中なのに、エブリンさんが伴っているご令嬢の一人に突然指を差された俺は、思わずポカンと口を開けてしまった。

挨拶もなしにいきなり俺のこと？　しかも、思い切り指を突きつけられている。

フォルティスだった時には、町や村で相手にしていた小僧たちに、よくそういう態度を取られていた。だけど今それをしているのはやんちゃな下町の小僧ではなく、貴族のご令嬢だ。

もしかして、問題のあるゲストっていうのはこのご令嬢のこと？

「……フラヴィア、あなたは挨拶もまともにできないのかしら？」

アデライン夫人は笑顔で言っているが、目が全く笑っていない……怖いな。

「おばさま、ご機嫌よう。それで、その人は一体誰なんですか？」

フラヴィアと呼ばれたご令嬢は、まるで親の仇でも見るような目で俺を睨みつけてくる。

せっかく可愛らしく装っているのに台無しだ。

パーシヴァルを慕っているそうだから、パーシヴァルとお揃いに見える服を着ている俺は、彼女からいらぬ誤解を受けているのかもしれない。

「エブリン。フラヴィアはどうしてしまったのかしら？」

アデライン夫人のエブリンさんに向ける眼差しが冷たい。

フラヴィア嬢の場の空気を読まないこのような態度は、きっと昨日今日のことではないのだろう。

アデライン夫人のことだから、度々注意をしてきたに違いない。

「フ、フラヴィア、挨拶はきちんとしなければ駄目よ」

慌ててエブリンさんがフラヴィア嬢に挨拶をするように促す。

「挨拶はしたじゃない！　ねぇ、あなたどこの誰なのよ！　なんで当たり前のようにパーシィの隣に立っているの⁉」

「サフィラスさんは、我がヴァンダーウォール辺境伯家の大切なお客様です。それに、お相手が誰であろうと人様に指先を向けるのは、とても失礼なのではないかしら？」

アデライン夫人は扇子を広げると口元を隠した。

「パーシィ、あちらにサフィラスさんをご案内して差し上げて。ディランがあなたと話したそうにしていたわ」

アデライン夫人の視線の先には体格のいい青年がいて、パーシヴァルに向けて軽く手を上げていた。

「行こう、サフィラス。従兄弟のディランを紹介しよう」

パーシヴァルは軽く頭を下げると、フラヴィア嬢には視線すら向けずその場をあっさりと離れた。

あれ、フラヴィアは紹介しなくていいのか？

「あ！　パーシィ、待って！」

フラヴィアは大きな声でパーシヴァルを引き留めたけど、俺が何か言える立場でもないので促されるままついていく。

「……いいの？」

「ああ、彼女は昔から、少々思い込みの激しいところがあって、度々問題を起こしている。だが、叔母上はフラヴィアにあまり強く言えないようなんだ。それがいっそう彼女を助長させている。しかし、もう思うままに振る舞っていい年齢ではないんだが」

あの調子だと、お姉さんのジュルースさんは妹のせいで相当迷惑を被っているんだろうな。

パーシヴァルも、昔から彼女の振る舞いには困らされていたみたいだし。好かれているのだとしたら、一番の被害者って可能性もある。

フォルティスの時も今も恋愛の経験はないけれど、押してばかりじゃ駄目なことぐらい俺だってわかる。

「ディラン、よくきてくれたな」

さっき手を上げていた青年にパーシヴァルが声をかける。

「久しぶりだな、パーシィ！　同じ学院に通っているのに、学年が違うとこうも会わないものなんだな」

「ああ、本当にそうだな。ディランも、元気そうで何よりだ」

二人の気安い雰囲気から察するに、随分と仲がいいんだろう。

「ところで、そちらの麗しい方を紹介してくれないのか？」

そちらの麗しい方？　誰だろう？

ご令嬢でもいるのかと、俺は後ろを振り返る。

「……サフィラスのことを言っているんだ」

「え？　俺？」

きょとんとした俺に、パーシヴァルが苦笑いを浮かべる。

「サフィラス、彼は父方の従兄弟で幼馴染のディラン。学院の第四学年で優秀な剣士だ。ディラン、彼はサフィラス。俺と同じ第一学年で俺が知る限り最強の魔法使いだ」

最強だって。随分褒めてくれるじゃないか。

「へぇ、パーシヴァルにそこまで言わせるなんて凄いな。俺はディラン・ベリサリオだよ。よろしく」

ディランさんは気安く俺に手を差しだす。

隣のパーシヴァルを見上げたら小さく頷いたので、遠慮なくディランさんの手を握った。

「初めまして、サフィラスといいます。パーシヴァルにはいつもお世話になっています」

「俺のことはディーとでも呼んでくれ。学院で会うことがあれば、気軽に声をかけてくれよ」

ええ？　学院最高学年の彼に、そう気安く話しかけていいの？

でも、社交辞令を言うような人には見えないので、見かけたら遠慮なく声をかけよう。

「ディランは誠実な人物だ。少し軽いところはあるが、安心してほしい」

「おい、おい……って、まぁ、実際その通りなんだけどな」

ディランさんは爽やかに笑った。

パーシヴァルと親戚関係だけあって、笑顔に通じるものがある。

「ディランは学院の剣術大会で三年連続優勝するほど、剣の腕が立つ」

「すごいですね！」

それはつまり、一年の時から四年生を打ち負かしていたってことだ。それは強い。

それにしても、学院に剣術大会があるなんて知らなかった。パーシヴァルもその大会に参加するのかな？

「それって、俺も観戦できるの？」

「ああ、もちろんだ。学院生とその家族は観戦できる」

「最終学年で挑む今度の大会はパーシィに打ち勝ち、無敗の伝説を学院に残したいと思っているんだ。サフィラス君にはパーシィではなく、ぜひ俺を応援してもらいたいね。君のように美しい人の応援があれば、負ける気がしないよ」

「ディラン、俺はまだ大会に出場するとは言っていないが」

パーシヴァルが呆れたようにため息を吐く。

「え？　パーシヴァルは出ないの？」

「……サフィラスは、出場した方がいいと思うか？」

「いや、パーシヴァルが必要ないと思うなら、無理に出る必要はないんじゃないか。腕の磨き方は人それぞれだろう？」

剣術が得意だからといって、順位を争う大会に興味があるとは限らない。

パーシヴァルの性格から鑑みて、誰かと腕を競い合うよりは、ただひたすら禁欲的に剣の道を極める方が性に合っていそうなのは確かだ。

「へぇ……パーシィ、お前はなかなかいい友人を得たな。羨ましいよ」

ディランさんは、パーシヴァルとグッと肩を組んだ。

おお、剣を握る者同士の熱い絆だ。しかも、二人とも見目がいいから、なかなかの目の保養だな。

さて、目に良いものを見せてもらったところで、そろそろテーブルの上に並んで俺を誘惑しているお菓子や料理のもとに向かいたい。

「パーシヴァル、俺ちょっとお菓子のテーブルに行ってくる」

「ならば、一緒に行こう」

「大丈夫だって。すぐそこだし、ちゃんとここに戻ってくるよ。パーシヴァルはディランさんとお話しててよ。ほら、二人に挨拶したそうな人たちもいるみたいだし」

周囲にはパーシヴァル達に声をかけたそうにしている人たちもいる。

久々に会うんだから、親戚同士積もる話もあるだろう。

俺はその場を離れ、いそいそと色とりどりのお菓子を取りに行った。

テーブルに並ぶ美味しそうなお菓子や軽食を眺め、まずはどれからいただこうかじっくり吟味している時に、ふと気がついた。

……どれも好きなだけ食べていいわけだし、吟味する必要なんてなくない？

一つ一つは一口程度の大きさだし、端から順番に食べればいいじゃないか。

「ここから順番に、お皿に全部のお菓子を載せてください」

俺がそう言うと、給仕の人が笑顔で頷く。

この城に長く滞在しているので、俺の食に対する並々ならぬ執着はすでに使用人たちの知るところだ。

「ちょっと、あなた！」

俺がお菓子を取り分けてもらうのを待っていると、後ろからいきなり怒鳴られた。

できれば呼ばれたのが俺じゃないことを祈りながら振り返れば、案の定不機嫌な顔をしたフラヴィアが立っている。

なんだか物凄く面倒なことが起きる予感がするんだけど。

「……もしかして、俺のことですか？」

「ええ、そうよ。あなた、ちょっとパーシィに馴れ馴れしすぎるわ。パーシィは私の婚約者になる人なのよ」

……さっきのアデライン夫人やパーシヴァルの様子だと、そんな雰囲気ではなかったと思うけど。思い込みが激しいっていうのは、こういうところかな？

下手なことを言えばまた騒ぎ立てて周囲に迷惑をかけるだろうから、あまり刺激しない方がいいだろう。

「そうですか。用がそれだけなら、失礼します」

フラヴィアを相手にせず、再びお菓子の並ぶテーブルに向き直る。

それが彼女の神経を逆撫でしたのだろう。

「何よその態度！　失礼だわ！　女神の理《ことわり》において、我が力を行使する！　風よ斬り刻め！」

「え？　正気？」

激昂したフラヴィアが、俺に向かって風の刃を投げつけてきた。魔力操作が未熟で軌道が不安定な刃は、俺にだけではなく周囲に散らばった。

俺は咄嗟に、同じ風の魔法でフラヴィアの魔法を相殺する。危うく周囲にいる人が大怪我をするところだった。

俺が詠唱もなしに魔法を使ったことに驚いたのか、フラヴィアはその顔に驚きを貼り付け、立ち尽くしていた。

アクィラ《元弟》と同じくらいの年頃だろうか。これだけ魔法が使えるなら魔力は高いんだろう。でも、魔法使いとしては失格だ。

家で余程甘やかされているのか、何か鬱屈《うっくつ》したものを抱えているのか。

わかりやすい癇癪《かんしゃく》の起こし方だけど、いずれにせよこんなところで殺傷力がある魔法を使うなんて常軌を逸している。

「君の魔法はてんでなっていない。魔力操作もめちゃくちゃだし、下手すれば大変なことになっていたよ。それに君はパーシヴァルの婚約者になるつもりらしいけど、気に入らないからって感情の赴くままに魔法で攻撃してくるような人を、あの真面目で正義感の強いパーシヴァルが選ぶかな？」

俺がそう言うと、フラヴィアは怒りに顔を真っ赤に染め上げた。

「な、何よっ！　私、知っているのよ！　あなたなんてただの平民じゃない！　平民のくせにパーシィの隣に立つなんて図々しいわ！　それに、その服だってちっとも似合っていないし、不釣り合いよ！　みっともない！　身の程をわきまえなさいよ！」

ただの平民って、ただ以外の平民ってどんな民のことを言うのか疑問だが、この短時間で俺のことを調べ上げたらしい。情報収集能力には長けているんだな。

それはともかく、似合わないって言われたこの衣装は、アデライン夫人が用意してくれたもので、ついさっき似合うって言ってもらったばかりだ。それを否定するってことは、アデライン夫人のセンスを否定することになる。

「確かに俺は平民だけどね。少なくとも、招かれたお茶会での振る舞い方は、貴族令嬢であるはずの君よりもわかっているつもりだよ。招待されたお茶会でこんな騒ぎを起こしたら、アデライン夫人に迷惑をかけるだろ。それに、アデライン夫人とサンドリオンさんは招待した人たちを心からもてなそうと、数日前から時間をかけて準備してたんだ。だけど君の魔法で誰かが怪我をしていたら、お茶会はそこで中止になる。お二人の準備が全部無駄になるじゃないか」

「え、偉そうに言わないでっ！」

「偉そう？　俺は極めて常識的なことを、普通に言ったつもりだけど？」

フラヴィアの中でパーシヴァルを巡るライバルであるらしい俺が伝えた正論は、彼女の自尊心を刺激してしまったようだ。

フラヴィアは再び魔法で感情をぶつけようと詠唱を始める。

「女神のことわ、……っ!?」

俺はさっと杖を抜くと、その先端でフラヴィアの鼻先にチョンと触れる。途端に、ぴたりと彼女の動きが止まった。

むふふ、できる魔法使いはいつだって杖を肌身離さず持っているのだ。

せっかく久々に親類縁者が集まったお茶会だ。これ以上騒ぎを大きくするのはよろしくないだろう。

流した魔力は極々わずかなので、彼女はすぐに動きを取り戻す。詠唱させなければいいだけだから、それで十分。

「な、何よ今の……私に変なことをしたわね！」

魔法だと止められると思ったのか、フラヴィアは手を振り上げて物理攻撃に転じてきた。

まだやるつもりなのかと逆に感心していると、パーシヴァルが盾になるように俺の前に立った。

「サフィラス、大丈夫か？」

「うん、大丈夫」

間に入ってきたパーシヴァルを見て、フラヴィアはパッと顔を輝かせた。

「パーシィ！　この人酷いのよ！　その杖で私に何かしたの！　それに、失礼なことをたくさん言ったのよ！　そんな人、この場にふさわしくないわ！　追い出してちょうだい！」

いや、酷いのはフラヴィアの方だと思う。

まぁ、俺が退場することでこの場が収まるなら別にそれでもいいけど。だけどお菓子だけは部屋に持って行きたいかな。

「フラヴィア、いい加減にするんだ」

「え？……パーシィ？　どうしちゃったの？　なんでそんな怖い顔をするの？」

フラヴィアは、パーシヴァルが自分の味方になってくれると信じて疑っていなかったんだろう。

パーシヴァルに鋭い視線を向けられ、困惑した表情を浮かべている。

「フラヴィア、どうかしてしまったのはあなたの方よ。大きな声をあげて、はしたない」

「お、おばさま……」

アデライン夫人からも厳しい一言がかけられる。フラヴィアの母親であるエブリン夫人とジュルースさんは困惑したように眉を下げ、アデライン夫人の後ろに立っていた。

そこは普通、母親が叱る場面じゃないだろうか。

「これでわかったでしょう、エブリン。あなたはフラヴィアを放置しすぎました。このまま学院に入学させたら、この子はもっと大きな問題を起こしかねません」

そうか、あの子も学院に入学してくるんだな。

基本的に学年が違えばほとんど関わりはないけれど、カフェテリアとか図書館で偶然会うことだってある。

うっかり顔を合わせて面倒なことになるのは避けたい。俺は学院では平和に過ごしたいんだ。

「……す、すみませんお姉様……サフィラスさんも、フラヴィアが失礼なことをして申し訳ありませんでした」

エブリン夫人が俺に向かって頭を下げる。

「いえ、特に何かあったわけではないので、大丈夫です」

「お母様!?　どうしてこんな平民にお母様が頭を下げるの！　おかしいわ！　何かされたのは私の方よ！」

「お黙りなさい、フラヴィア。わたくしが何も見ていなかったとでも思っているの？」

「私は、この失礼な平民に立場を思い知らせてやろうとしただけよ。それの何がいけないの？」

和やかなお茶会の場で攻撃魔法を使うのは十分悪いんじゃないか？

「フラヴィア、あなたはこの場にふさわしくありません。もうお帰りなさい」

「なっ！　おばさま!?」

「お姉様、申し訳ございません。行きますよ、フラヴィア」

エブリン夫人がフラヴィアの背を押して退場を促す。

「え？　いやよ！　なんで？　パーシィ、ねぇ！　パーシィからも言って！　私は悪くないって！」

「フラヴィア。君はもう子供のような我儘が許される年齢ではない。場にふさわしい振る舞いができなければ、今後困るのは君自身だ」

「……そ、そんな……」

思いを寄せているパーシヴァルに諭されたフラヴィアは絶望的な表情を浮かべた。かと思うと、今度は親の仇のように俺を睨みつけ、無言のまま踵を返して走り去った。

「フラヴィア、お待ちなさい！」

姉のジュルースさんが、慌ててフラヴィアの後を追う。

あの態度じゃ、アデライン夫人の心証はさらに悪くなってしまっただろう。

仮にもパーシヴァルの伴侶を狙っているなら、将来の義母になる人が眉を顰《ひそ》めるような行動は控えるべきだった。

でも、見方を変えれば裏表のない性格ってことだよな。人目があるところでは良い子の顔をして、裏で陰湿なことをするよりはまだいい。

これで彼女が反省して、大人の振る舞いができるようになればいいけど。

「コーネリアスとあなたがフラヴィアの将来をどのように考えているのかわかりませんが、ベリサリオ家がパーシィの伴侶にあの子を選ぶことはありません」

「……はい、お姉様……申し訳ありませんでした。本日はこれで失礼いたします」

エブリンさんはもう一度俺に頭を下げると、フラヴィアを追いかけていった。

「ごめんなさいね、サフィラスさん。あなたに怪我がなくてよかったわ」

「いえ、俺は滅多なことじゃ怪我はしませんから。それよりもすみません。俺がかえって騒ぎを大きくしてしまった」

「何を言うの。サフィラスさんは何も悪くありません。何よりも、フラヴィアの魔法を止めてくれて感謝しかないわ。怪我人でも出ていたら、大変なことになっていました」

アデライン夫人は深くため息をつく。

「それにしても、本当にフラヴィアには困ったものね。あまりエブリンの家の事情に口を出すつもりはなかったけれど、このままだといつか取り返しのつかないことをしでかすのではないかと心配よ」

なんでも、フラヴィアは小さい頃から魔法がそれなりに使えたために、父親のコーネリアスさんがとても甘やかしているそうだ。

反対に姉のジュルースさんは、魔力はあるものの魔法使いとしてはフラヴィアに遠く及ばないために、同じ自分の娘だと言うのにコーネリアスさんが関心を向けることはほとんどないらしい。

なんとなく某伯爵を思い出す話だなぁ……

そんな家庭環境なので、可哀想に思ったエブリン夫人は、ジュルースさんばかりに手をかけているそうだ。

ところが、それがフラヴィアは気に入らないらしく、エブリン夫人には反抗的な態度ばかり取るそうな。

「コーネリアスがフラヴィアを必要以上に甘やかすものだから、エブリンの言うことをまるで聞かないの。挙句、コーネリアスときたら、フラヴィアを我が家に嫁がせると言ったそうなのよ。コーネリアスの一存でそんなことは決められないと言うのに、それを真に受けてあの子ったら……」

なるほど。確かにパーシヴァルはキラキラの太陽の騎士様だし、父親にそう言われればその気になっても不思議じゃない。

貴族同士の結婚なんて、親が勝手に決めることが多いものな。

「ですからね、パーシィとフラヴィアの婚約だなんて、そんなことは決してありませんからね。安心してちょうだい、サフィラスさん」

「は、はぁ……」

何故か俺に向かって、アデライン夫人は力強くパーシヴァルの婚約を否定した。

まぁ、確かにフラヴィアみたいな人が奥さんになったら、パーシヴァルが冒険者を続けることは難しいだろうな。安心して家を任せられないだろうから。

「とにかく、大事にならなくて良かったわ。この後は嫌なことは忘れて楽しんでくださいな」

「はい、遠慮なく」

アデライン夫人は、ちょっとだけ不穏になってしまったお茶会の空気を変えるべく、他のゲストのところに向かった。

身内とはいえ、せっかく来てもらったのだから楽しんで帰ってもらいたいという、おもてなしの気合がその背中から漂っている。

「すごいなサフィラス君、あの癇癪《かんしゃく》姫にあれだけ言えるなんて。俺なんか、あの子を見かけたらすぐに逃げるようにしてるんだぜ」

いつの間にか隣に来ていたディランさんが、感心したように言う。

「癇癪《かんしゃく》姫？」

「ああ。彼女の癇癪《かんしゃく》は親族の間じゃ有名なんだ。なんでも自分の思い通りにならないと、ところ構わず喚き散らす。なら、そんな奴はこういった場に招待しなけりゃいいって話なんだけど、姉のジュルースは呼ぶのに妹のフラヴィアを呼ばないわけにはいかないだろ？　毎度伯母上が注意してるんだが、ちっとも聞きやしない」

ディランさんはやれやれといった様子で肩を竦めた。

「挙句、さっきみたいにパーシィに近づく令嬢を片っ端から追い払うんだ。だから、最近じゃパーシィは親族の催す茶会にはさっぱり顔を出さない。まぁ、パーシィがいなけりゃいないで、また癇《かん》癪《しゃく》起こして騒ぎ立てるんだけどな。そんな感じだから、彼女の相手をするくらいなら、魔獣を相手にする方がよっぽど楽ってもんさ」

とんだ言われようだ。

父親のコーネリアスさんは、可愛がっている自分の娘が周囲から癇癪《かんしゃく》姫なんて呼ばれて嫌厭《けんえん》されていることを知っているんだろうか？　知っていたら、とても放置なんてできないよな。

それにしても、剣術大会連続優勝のディランさんが姿を見ただけで即撤退を決めるんだから、彼女の我儘は戦わずして勝つ最強の技なのかもしれない。

「サフィラス、菓子を取ってきた」

「ありがとう、パーシヴァル！」

ディランさんと話している間に、パーシヴァルがお菓子の載った皿を持ってきてくれた。

見たことのない珍しいものから、ここにきてお気に入りになったものまで揃っている。

「そこのテーブルが空いている」

パーシヴァルは俺の背中に手を添えて、空いているテーブルまで案内してくれると、給仕にお茶まで頼んでくれた。

こんなふうに親切にしてもらったら、勘違いしちゃうのも仕方がないのかもな。それにしたって、フラヴィアはやり過ぎだった。

「適当に載せてもらったから、もしサフィラスの口に合わないものがあれば残してくれて構わない」

「とんでもない。そんなもったいないことはしないって。何より、今日は出ているお菓子を制覇するって決めてるからね。片っ端から食べるよ」

俺の決意を聞いたパーシヴァルは口元を緩める。

「そうか。だが、無理をして食べすぎるなよ」

「大丈夫、大丈夫！」

俺は早速お菓子に手をつける。

やっぱり期待していた通りにどれもこれも美味しいな。お茶もレモネの香りが爽やかで、口をさっぱりしてくれる。

　これなら、いくらでも食べられちゃうよ。

「なんだ、珍しいなパーシィ。無表情の三男坊が今日は随分と甲斐甲斐しいじゃないか……って、あれ？　もしかして、挨拶の時に伯母上が言っていた良いお相手って、まさかサフィラス君のことだったの？　え？　本当に？　いや、だけど確かにお似合いっちゃぁ、お似合いだけど……えぇ、そっかぁ。なんだ、残念だなぁ」

　ディランさんが何かぶつぶつと言っているけれど、俺はとりあえず目の前の皿に集中する。

　本日の俺の使命は、全種類のお菓子を食べることだからね。

第四章

嵐のようなお茶会の翌日。

俺はキングスリーさんの指導を受けているディランさんを見学している。学院の剣術大会連続優勝のディランさんが、容赦なく叩きのめされている……

そこにはお兄さんたちとパーシヴァルも参加していて、なんとも激しい打ち合いが繰り広げられていた。

この面子で顔を合わせるのは久しぶりだそうで、恐ろしいことにこのしごきは顔を合わせた時の恒例の挨拶だとか。

ヴァンダーウォールに来たらキングスリーさんにしごかれるのは当然のことなんだって。俺も参加しないかと誘われたけれどももちろん見学。あの鬼のようなしごきの中に入っていく勇気はない。

「ディラン様！　そんなお綺麗な剣では、この地で生き残れませんぞ！」

ディランさんの剣は騎士らしく洗練された綺麗な剣筋だけど、キングスリーさんの剣は全く違う。豪快で泥臭くって、どんな状況でも生き残るための剣だ。

確かに、魔獣に騎士道なんてものは通用しない。どんな手を使ってでも相手を倒さなければ、自分がやられてしまうからな。

いやはやすごいなと感心していれば、一羽の隼《はやぶさ》が銀色の翼を煌めかせ青い空を横切っていった。

「あ、風隼《ふうじゅん》だ……」

随分と立派な風隼だけど、どこから来たのかな？

その姿を目で追えば、一度通り過ぎた風隼は大きく旋回すると今度は俺めがけて急降下してきた。

「え？　え？　俺？　もしかして俺宛てなの!?」

慌てて汗を拭うために用意されていた布を腕に巻き付けて、風隼を迎える。そのまま受け止めたら、鋭い爪で腕に穴が開く。

鋭い羽ばたきの音がして、ずしっとした重さと共に腕がグッと強い力で掴まれた。

「おっと……！」

かろうじて、倒れずに風隼を受け止める。

足輪を確認すると、そこには双頭の鷲が刻印されていた。ブルームフィールド公爵家の印だ。

それから、一緒に結ばれている薄ピンク色のリボンにはアウローラのイニシャルが刺繍されている。

ということは、この隼《はやぶさ》を飛ばしたのは公爵閣下ではなくアウローラだ。

「サフィラス、大丈夫か!?」

パーシヴァルとお兄さん達が足早に俺のところにやってくる。

「うん。アウローラ嬢からの風隼だ」

「スタインフェルド嬢からだって？」

お兄さん達は不可解な表情で顔を見合わせたけれど、難しい顔をして風隼に視線を向けたパーシヴァルは多分俺と同じことを思っている。

アウローラもまさか風隼を使って休暇中の様子を尋ねてなんかこないだろう。だとすれば、風隼を飛ばすほどの急を要する何かが起きたってことだ。

となると、あれしか考えられないじゃないか。

俺は風隼の足に付けられている小さな筒から細く折り畳まれた手紙を抜くと、広げてさっと目を通す。

「スタインフェルド嬢からはなんと?」

尋ねるお兄さんの声が硬い。俺とパーシヴァルの様子から、ただ事ではないと感じ取っているんだ。

「……ワーズティターズで内乱が勃発したって。王都が制圧され、王城は軍に占拠されたと」

「何だって!?」

「かなり危うい状況だと聞いてはおりましたが、まさかこんなに早く王都が制圧されるとは……我が領にも多くの獣人がおりますゆえ、少なからず影響があるでしょうな」

そっか、思ったよりも早く城は陥落してしまったんだな。

クラウィスの想いは伯父貴殿には届かなかったのか。

城が乗っ取られたとなると、クラウィスたちが心配だ。

このまま何もせず黙っていたら、間違いなくワーズティターズは人族と決別する道を歩むだろう。

そうなれば、獣人族との和平の道は大きく後退する。

残念だけれど、それがわかっていても我が国ソルモンターナが表立ってクラウィス達に手を貸すことはできない。下手をすると内政干渉になってしまうから、大国ゆえに周囲の国々におかしな誤解を与えるような行動は慎むだろう。

だからこその、あの世間話だったわけだし。

クラウィスは俺の代わりに、腕を差し出そうとしてくれた。カエレスエィスの錫杖という奥の手があることを知らなかったのに。

たとえアウローラの聖魔法を信じていたとしても、一国の王太子である立場のクラウィスが取っていい行動じゃなかった。クラウィスを守るべき立場のリベラも、止めようとはしなかった。

それは二人が立場を超えて、俺の友人として動いてくれたからだ。

だから、今度は俺の番。

何より冒険者は仲間が困っていたら、見て見ぬ振りなんかできないのさ。

「……サフィラス、行くのか？」

「うん、行くよ。俺はクラウィスに大恩がある。俺のために腕を差し出してくれた友が困っているのに、何もしないなんて俺の信念に反するからね。それに軍が内乱を起こしたとなると、制圧された王都で暮らしている民はきっと大変な思いをしてると思う。特に人族がどんな扱いを受けているか気になる。その状況如何によっては、王兄から王座を取り戻したとしてもワーズティターズの立場は危うくなるかもしれないだろ。それに俺は弱い立場の人たちが苦しむのは見てられなくてさ。そういうの、安い正義感って思われるかもしれないんだけど」

「おいおい、待ってくれ。どういうことだ？　ワーズティターズで内乱が起きるかも知れないという情報は我々もある程度把握していたが、どうして公爵家のご令嬢がわざわざサフィラス殿へそれを知らせるんだ？」

　カーティスさんの疑問ももっともだ。

　王太子殿下のごくごく私的なお茶会に招かれたことを、お兄さん達は知らないからな。

「それは、その知らせを受け取ったサフィラス殿が事態収拾のために動くと思ってのことだろう。しかも風隼を飛ばしたのは閣下ではなく、ご令嬢の方だ。あくまでもこれは友人同士の近況報告で、王国や公爵家は関わってはいないと言う体《てい》だな。前もってそういう話を公爵閣下からされていたのか？　それとも王太子殿下からか？」

　テオドールさんはなかなか鋭い。

　風隼を飛ばしたのがアウローラだってことだけで、そこまで推測するなんて。

「そんなところです。でも、クラウィス達は俺の大事な友人ですから、何かあった場合には言われなくても駆けつけるつもりでした」

「だが、友を救い出すと言っても、たかだか一学院生が関わるには事が大きすぎるぞ。サフィラス殿がいくら魔法に長けているとはいえ無茶な話だ……閣下にしろ殿下にしろ、一体何を考えておられるのだ」

　お兄さん達は心配してくれているけど、俺としては大手を振ってワーズティターズに行けるんだから全く問題ない。

実際、俺ほど自由に動ける者はいないだろうし。立場的にも、転移魔法が自在に使えるって点でもね。

「サフィラス君にはなんとかできる算段があるのか？」

「算段というか、俺には魔法しかないんで」

俺一人だし、小難しい策なんて考えるだけ無駄。魔法でゴリ押し一択だ。

つまり、元帥がやっていることを俺は魔法でやろうと思う。

力こそ正義という相手なら、徹底的に力の差を見せつけてやればいい。

魔力のない獣人に魔法を使えるものはいないはずだ。人族を嫌うなら、反乱軍に魔法使いがいる確率は低い。

仮にいたとしても……ま、問題ないな。

「ワーズティターズ全土の兵を相手にするわけじゃないので。城内の反乱軍を抑えて、元帥を玉座から引きずり下ろす。それで、ワーズティターズ国王が反乱軍の鎮圧を宣言すれば、この反乱は終幕。多分、一日あれば終わるんじゃないかと思うんですけど……」

「……一日」

みんな微妙な表情を浮かべたけど、俺、何かおかしなことを言ったかな？

俺の魔法と召喚獣に手伝ってもらえば、城一つ落とすくらい、そんなに時間はかからないと思うんだよね。

「なので、俺、ちょっと今からワーズティターズに行って内乱を鎮圧してきます。遅くても明日には戻ってこられると思うので」

元帥を玉座からさっさと引きずり下ろしたら、あとはクラウィス達にお任せして、俺は何にも関わってなかった顔をしてここに戻ってくれば問題ないだろう。

そう考えると、やっぱり短期決戦は重要だな。

「サフィラス、俺も共にワーズティターズに行く」

「だめだよ、パーシヴァル。気持ちは嬉しいけど、今回は一緒に行くわけにはいかないよ。この間の錫杖の時とは話が違う。相手は獣人兵士だ」

一緒に行くと言ってくれたのはすごく嬉しい。

むずむずと背中がこそばゆい気持ちになるけれど、さすがに今回はパーシヴァルを付き合わせるわけにはいかない。

家に捨てられている俺と違って、パーシヴァルは家族から愛されている。危険だとわかっている場所に連れてなんか行けないよ。

「あの時の王太子殿下は、サフィラスと俺に向けて話していた。サフィラス一人に事態を収拾させようとしていたのなら、俺までサロンに招いたりはしなかったはずだ。何よりも、俺の直感がサフィラスと共に行けと告げている。決してサフィラスの足手纏いにならないと誓う。だから、俺も連れて行ってくれ」

「でも……」

パーシヴァルの揺るぎない眼差しが、俺を真っ直ぐに見つめる。

……これは、何を言っても折れない目だ。

だけど、そんな目で見たって駄目だからね！　パーシヴァルを危険な目には遭わせられない。

いくら剣の腕が立つパーシヴァルだって、大勢の屈強な獣人兵士たちを相手にしたら、無事でいられる保証はない。

「サフィラス殿、パーシヴァルを連れて行ってやってくれ」

「ええ!?　テオドールさん？」

いやいや、何を言っているんですか！

ここはお兄さんとして、次期辺境伯としてパーシヴァルを止めるべきじゃないの？　他国の内乱に関わりに行こうって話をしているんだよ？　そんな危険なところに、弟を行かせようとしないで！

「ベリサリオの人間には、家訓のように代々言い伝えられていることがある。それは己の直感には従え、というものだ。命の危機に直面した時や何か大事な選択を迫られた時、我々ベリサリオの一族は決して迷ったりはしない。それは直感が進むべき道を示すからだ。事実、父も俺たちも直感に従いこの地を守ってきた。直感がそうしろと告げるのであれば、ベリサリオの血を引く者に迷う余地はない」

それってある種の女神の祝福のようなものかな。

それでも、パーシヴァルは巻き込めない。これは俺の勝手な行動であって、誰かを巻き込んでいいことじゃないから。

大体、王太子殿下はあんな風に俺を焚き付けたけど、常識で考えれば他国の内乱なんて危険なことがわかっているのに、それをたかだか十四歳の子供になんとかしてきてくれだなんていう方がどうかしているんだ。

だからもし俺が動かなくとも、何も言いやしないだろう。

何もできないのが当たり前なんだから。

ただ、王太子殿下は俺の魔法の腕前を高く買っているようだった。

もしかしたら、俺がただの十四歳の子供じゃないことも見抜いていたりして。

だとしたら、王太子殿下こそただ者じゃないな。

「たとえそうだとしても、やっぱりパーシヴァルを連れては行けません。もし万が一のことがあったら、ヴァンダーウォール卿に申し訳が立たない」

「サフィラス殿、我が辺境領の頭《かしら》はそんな肝の小さい男ではないぞ」

カーティスさんが俺の肩に手を置く。

「そうだな、むしろ直感が行けと言っているのに、それに従わない方が伯父上は怒るかも知れない」

「ディランさんまでそんなことを言って……」

「いや、ディラン殿の言う通りですぞ。パーシヴァル殿を腰抜けなどになさらないでいただきたい」

「キングスリーさん」

「サフィラス、俺たちは共にパーティを組もうと約束した仲間じゃないのか？　それに、クラウィス達は俺にとっても友人だ。俺を、友を見捨てるような薄情な男にしないでくれ」

「うっ……」

五人からの圧がすごい……これはもう俺が何を言っても無駄だな。

普通だったら、内乱が起きているワーズティターズに行くだなんて、とてもじゃないが言えない。危機に陥っている相手がどれほど仲の良い友人だとしても、遠くからその無事を祈ることしかできないものだ。

そんな所に躊躇なく乗り込もうとするパーシヴァルは、名前だけの太陽の騎士じゃなかった。

「わかった……パーシヴァル、一緒に行こう」

「ありがとう、サフィラス」

「よし、話はまとまったようだな。すぐに出立の準備を」

……話がまとまったと言うよりは、かなり強引なゴリ押しだったような気もするけどね。

辺境の男が五人がかりで押してくるんだから、俺じゃとても太刀打ちできないよ。

☆☆☆

テオドールさんの言葉通り、あっという間に出発の準備が整えられた。

俺は少し薄汚れたマントを羽織って、魔法使いの旅人を装っている。派手なことをやろうとしているので、できるだけ人の印象に残らないようにだ。

王都解放の主役はあくまでも、クラウィス達でなければいけない。

隣に立つパーシヴァルは、皮の胸当てとガントレットを身につけ、ロングブーツを履いている。随分着熟れた感があるので、まるで旅慣れた剣士みたいだ。実に頼もしいけれど、腰に下げている立派な剣には、俺とお揃いのコボルト人形が下がっている。

王子様みたいに綺麗な顔をした真面目なパーシヴァルが、ヘンテコなお守りを剣に下げてるのがなんだかおかしくて、嬉しかった。

きっとこのお守りは、間違いなく戦場でその効果を発揮するだろう。何しろとっても不気味だからね。

「サフィラス殿、パーシヴァルが足手纏いになるようなら、その場に捨て置いても構わないからな」

「ええぇ!?」

大事な弟に何てことを言うんだ、カーティスさん！

「いや、その通りだ。サフィラス。無理を言ってついていく俺が足手纏いになっては意味がない。少しでも俺が足を引っ張るようであれば、構わず置いて行ってくれ」

「パーシヴァル、俺は仲間を置いて行くような情けない奴じゃないよ」

万が一にも危険な状況に陥った時は、全力でここまで送り届けるに決まっている。

「無論わかっている。サフィラスを情けない奴にしないよう、己の役割を全力で務めよう」

パーシヴァルが決意した顔で言う。

「ところで、サフィラス殿。ワーズティターズまでは転移で行くのか？」

「はい。ただ、俺はワーズティターズに行ったことがないので、ちょっとだけ技を使います。天翔る聖なる翼、ユニサス！」

たちまちのうちに地面に召喚陣が描かれ、ユニサスが現れる。

「なんと、サフィラス殿は召喚魔法まで使えるのか……」

「いやはや、全く驚くばかりだな」

お兄さんたちが呆れたように呟く。確かに俺の魔法はちょっと常識はずれかも。

「彼に乗って、空からの転移をします。そうすれば、行ったことのない場所でも簡単に移動できるので」

飛石転移、再びだ。

パーシヴァルに移動は前回酔ってしまった飛石転移になるって恐る恐る伝えたら、二度目だから問題ないって頼もしい答えが返ってきた。

「後は俺たちに任せておけ。無事に戻ってくることを祈っている」

「気をつけてな」

「テオドール兄上、カーティス兄上、ありがとうございます」

「では、行ってきます！」

俺たちはユニサスの背に跨ると、ワーズティターズに向かって飛び立った。

ソルモンターナからワーズティターズに向かう道程には国を一つ挟んでいるので、念のため素通りせず主要な都市で一度降りた。

こうしておけば行動範囲が広がるし、何かあった時にも使えるから、今後が便利になる。

寄り道を挟みながら空を翔けること数刻、ワーズティターズの大地が見えてきた。眼下に広がる土地には小さな村や畑がある。

こうして上から見ていると、この辺りは至って穏やかそうだ。まだ、内乱の影響はここまで届いていないのか。

さらにしばらく飛んでいると、堂々とした構えの王城が視界に飛び込んできた。

ソルモンターナの優美な城とは違い、重厚な要塞のような城だ。ヴァンダーウォールの城に近い感じ。

その城を横目で見ながらぐるりと上空を旋回する。王都を囲む砦の上には見張りの獣人兵が立っているけれど、空の上にいる俺たちには全く気が付いていない。

このまま空から特大の攻撃魔法をドカンと落とせば、王都奪還はいとも容易いんだけどね。

だけど、あまり街を破壊してしまうと復興が大変になっちゃうし、無差別攻撃で王都の人が怪我でもしたらいけない。

俺の目指すところは、誰も死んだり大怪我したりしないように、できるだけ平和に解決すること。

もしも死人が出てしまったら、どちらにも禍根を残すことになる。

それにしても、王都は少し不気味なくらいに静かだ。所々煙が上がっている建物があるのも気になる。

様子を窺いながら王城の上に移動すると、転移の着地地点として都合の良さそうな場所にも目星をつけておく。

大体の様子を確認した後、一旦王都から距離を取って全体が見渡せる切岸に降りた。

「パーシヴァル、大丈夫？」

「ああ。大丈夫だ。問題ない」

途中で何度か地上に降りたとはいえ、結構な回数の転移を繰り返したが、言葉通りパーシヴァルはいつもと変わらない様子だ。

飛び石転移は以前経験しているとはいえ、ヴァンダーウォールの男は鍛え方が違うのか、適応能力も高いんだな。

「で、これからどうするんだ？　何か策はあるのか？」

「特にはないよ。俺たち二人じゃ大袈裟な作戦は立てられないし、とりあえず状況に応じてその都度考えればいいかなって」

「確かにそうだな」

パーシヴァルなら説明しなくても、俺のやりたいことを汲んで動いてくれる。

わざわざ作戦を立てなくても、臨機応変にその場で対処すればいい。

それにせっかく思い切り杖を使える好機なんだから、これを逃す手はないね。心なしか、杖にぶら下がる謎のコボルト人形もやる気に満ちているように見えるよ。

☆　☆　☆

そんなわけで、俺たちは首尾よく王都に侵入した。

いくら王都や王城の門を固く閉じていたって、魔法使いにとってそんな守りは全くの無意味だ。

堂々と通りを歩きながら街の様子を確認するけれど、人っこ一人出歩いていない。

外出禁止令が発令されているのか、危険を感じて閉じこもっているのかわからないけど。

それから、上空から煙が確認できた建物は、一部の屋敷や店だった。考えたくはないが、人族が住んでいた家や営んでいた店なのだろう。

……なんだろう。本当に愚かなことをするな。

念のため、ほとんど瓦礫と化した建物の中を覗いてみたけど、幸いにも人の気配はなかった。

連れて行かれたのか、王都の外に逃げたのか。無事でどこかに逃げていることを願いたい。

「人の気配はなさそうだな」

「うん。でも兵士たちはどこかにいると思うんだよね」

静かな通りを歩いていると、細い路地の奥から怒鳴り声が聞こえてきた。

何事かと路地を覗き込めば、数人の獣人兵が蹲っている獣人の男を代わる代わる蹴り飛ばしている。蹴飛ばされている男は動けないのか、抵抗する様子がない。

「やめろっ！」

男が蹲りながらも何かを庇っていることに気がついた俺は、強力な旋風を獣人兵にぶつけて吹き飛ばすと同時に、荊《いばら》で拘束した。

逃れようともがけばもがく程、棘が体に食い込むようになっているから、嫌でも大人しくするしかない。

相手は獣人の兵士だ、これくらいはしておかないとね。

急いで駆け寄った俺たちは、蹲っている獣人を見て思わず声を上げる。

「リベラ⁉」

そこにいたのは、ひどい怪我を負ったリベラだった。一体何だってこんなことになっているんだ？

「おい！　しっかりしろ！」

「……っうう、サフィ、ラスか？」

「ああそうだ！　パーシヴァルも一緒だよ！」

パーシヴァルがリベラを抱き起こすと、彼の下から涙で顔をぐちゃぐちゃにした人族の女の子が出てきた。

俺は震えている女の子を抱きしめて、安心させるようにその背中を優しく撫でる。

「しょ、少女は？」

「安心しろ、無事だ」

パーシヴァルは纏っていたマントを脱いで折りたたむと、リベラの頭の下にそっと敷く。

女の子を庇ったリベラは相当殴られたのだろう、元がわからない程に顔が腫れ上がっていた。それにかなり血を吐いている。

もしかしたら肋《あばら》が折れて肺臓を傷つけているかもしれない。だとしたら、放っておいたらかなりまずい。

というか、どうしてリベラはクラウィスと一緒じゃないんだ？

「リベラ、クラウィスはどうしたの？」

「……お、王兄派の騎士共に襲撃されて、クラウィス様と、はぐれてしまった……頼む、サフィラス、クラウィス様を……」

「わかった。あとは俺たちに任せて。まずは、その傷を治さないと」

とは言ったものの、どうする？　この傷を治せるだけの白魔法使いがどこにいる？

俺が行ったことのない公爵家の別荘にいるだろうアウローラのところへは行けない。

迷惑をかけることになるけれど、ここはヴァンダーウォールの白魔法使いに頼るべきか。

こんなことになるなら、アウローラと一緒に公爵家の避暑地に行った方がよかったかな。

ん？　そういえば……俺はふとアウローラから届いた手紙の最後の一文を思い出す。

「パーシヴァル、リベラを連れて一度ラエトゥスに戻ろう」

「あてがあるのか？」

「うん」

「ならば俺はここに残り、クラウィスを捜す。状況がわからない以上、一刻も早くクラウィスを捜し出すべきだ」

確かにパーシヴァルの言う通りかもしれない。土地勘もなく、周囲が敵ばかりのこの地にパーシヴァルを一人残していくことに不安がない訳ではないけど、ここは彼を信じて託した方がいいだろう。

「わかった。クラウィスのことは頼む。でも、絶対に無茶はしないで」

まさか、俺がこのセリフを言う日が来るなんてな。

「もちろんだ」

「ユニサス、ケット・シー」

ユニサスと、最近は伝言のお使いばかりで不満な様子のケット・シーを召喚《よび》出す。でも、今回はケット・シーに十分満足してもらえるお願いだと思う。

「にゃーん！　お呼びかにゃ！」

「今日は君が楽しめるお願いだよ。パーシヴァルと一緒に、クラウィスを捜してくれる？　俺たちと一緒にいた灰色狼の獣人だ。見つけたら、すぐに保護して。もし探している最中に、君たちを襲ってくる奴らがいたら遠慮なくやり返していい。でもほどほどにね」

「にゃっ！　承り！」

「クラウィスの捜索はケット・シーに任せて。彼ならどこにでも入って行ける。パーシヴァルはユニサスに乗って動いてほしい。彼なら弓矢や槍を上手く避けてくれるから」

パーシヴァルには、俺が用意できる最高のお守りを渡す。彼らなら空からでも、地上からでも十分にパーシヴァルを援護してくれるだろう。

「ありがたく彼らの力を借りよう」

パーシヴァルがひらりとユニサスに跨ると、ケット・シーはユニサスの頭に飛び乗った。

「パーシヴァル、気をつけて」

「ああ、ここは任せてくれ」

力強い声でそう言うと、パーシヴァルはユニサスを駆って王都の空に舞い上がる。

「リベラ、しっかりするんだ。今なんとかするから」

半ば意識を失いかけているリベラの手を握った俺は、女の子も連れて学院の中庭に転移する。

そこに行って何があるのかはわからない。

ただ、アウローラからの手紙の最後に『学院　中庭』とただ二言そう記してあった。よくわからないけど、それはアウローラからのメッセージだ。とにかく行くしかないじゃないか。

☆　☆　☆

「こちらに戻ってこられたと言うことは、わたくしの出番のようですわね」

「アウローラ嬢！」

キラキラとした美少女オーラを纏ったアウローラが、ウフフと笑みを浮かべる。しかも、手にしている扇子には飾りのタッセルの代わりに、謎のコボルト人形が揺れていた。

まさかつけてくれるとは思っていなかった俺は、驚きと共に感動さえ覚えた。

公爵家のご令嬢が、不気味でヘンテコな人形を堂々とぶら下げてくれるなんて。

「よかったですわ。メッセージが正しく伝わっていて」

しかも、本来ならアウローラは避暑地にいたはずだったのに、何かあった時のためにわざわざここで待機してくれていたんだ。

思わず目頭が熱くなったけど、今は感動している場合じゃない。

「アウローラ嬢、リベラが酷い怪我をしているんだ。治癒をお願いしたい。肋が折れて肺臓に刺さっているかもしれない」

「リベラ様が!?」

酷い怪我をして横たわっているリベラを見て、アウローラは顔色こそ変えたけれど怯んだ様子は全くない。

「……大丈夫ですわ。すぐに治癒して差し上げます」

迷うことなく膝をついたアウローラがリベラの手を握ると、瞬く間に怪我が治っていく。

すっかり聖魔法使いが板についたな。

夜会で聖女と認められてから、アウローラはどんな時でも不自由なく治癒魔法が使えるようにと、神殿に通って随分と魔力の流し方を学んだと聞いている。

やっぱりアウローラはただのご令嬢じゃないよ。

「うっ……」

「リベラ？　大丈夫？」

「あ、ああ……俺は一体どうしたんだ？　なんだ、どこも痛くない？　息も普通にできる……」

リベラがしっかりと意識を取り戻した。腫れていた顔もすっかり元通りになっている。

「よかった、リベラ！　アウローラ嬢が治してくれたんだよ！」

「え、ご令嬢が？」

「リベラ様、急に起き上がってはなりません」

アウローラが飛び起きようとしたリベラを押し留める。

「ここは？」

「学院の中庭だよ。ワーズティターズから一旦ここに戻ってきたんだ」

「学院に……そうかすまない。スタインフェルド嬢には、大変なご迷惑をかけた。この礼は改めてさせて頂く。俺はすぐにワーズティターズに戻らなければならない。早くクラウィス様を見つけないと」

「それなら大丈夫だよ。パーシヴァルがワーズティターズに残ってクラウィスを捜している。向こうのことは俺たちに任せて、リベラはここでゆっくり休んでいて」

「いや、俺はクラウィス様の側近として、命ある限りお側を離れるわけにはいかない。頼む、サフィラス。俺をワーズティターズに連れて戻ってくれ！」

急に起き上がるなって言われたのに、リベラは勢いよく起き上がると俺の腕を掴む。

「いや、だけど……治癒魔法で治っているとはいえ、さっきまで酷い怪我をしていたんだぞ。傷が癒えたとしても、失った血や体が受けた負担が消えるわけじゃないんだ」

「それでもだ。祖国が混乱しているこの大事に、自分だけ安全な場所で全てが終わるのを待っているなんてできない！」

俺の腕を掴んでいるリベラの手に、力が籠る。

そっか、そうだよな。自分の国のことだ。

ましてや仕えるべき主君がどこにいるかわからない状況だって言うのに、安全な場所でただ待っているなんて、忠義の騎士である彼にできるわけがなかった。

「わかった、リベラ……と言うわけでさ、アウローラ嬢。リベラも一緒に行くよ」

「仕方がありませんわね。リベラ様のお気持ちも理解できますので、無理にお止めすることはできませんわ」

アウローラは小さくため息を吐く。

「あ、そうだ。この子を預かってほしいんだ」

さっきからずっと俺の背中にしがみついていた女の子をアウローラに託す。よほど恐ろしかったんだろう、保護してからただ震えているだけで一言も喋っていない。

「まぁ……あなた、お名前は？」

アウローラは女の子と視線を合わせにっこりと微笑むと、涙と土で汚れた顔をハンカチで拭う。

「……エ、エミリ」

アウローラの聖女の微笑みに安心したのか、女の子がようやく口を開いた。

「そう、エミリさんとおっしゃるのね。もう何も心配することはありませんわ。ここで待っていれば、またすぐにおうちに帰れますからね」

「ほ、本当に？　エミリのおじちゃんも戻ってくる？」

「エミリさんはおじさまとはぐれてしまったのかしら？」

「ううん。エミリのおじちゃんは、エミリと一緒にいたせいで、怖い人たちに無理やり連れていかれちゃったの……」

「まぁ、そうでしたのね。それは怖かったでしょう。でも、大丈夫ですわ、安心なさって。エミリさんのおじさまもきっと戻って参ります。ですから、ここでわたくし達と待っていましょう」

アウローラが安心させるように頭を撫でると、女の子は突然大きな声で泣き出した。

きっと、恐怖から解放されたおかげでようやく感情が追いついたんだろう。

「ここはわたくしとリリアナにお任せください。それから怪我人がいらっしゃいましたら、迷わずここに連れてきてくださいませ。受け入れる準備は十分に整えておりますわ」

「アウローラ嬢、ありがとう！」

「恩に着る、スタインフェルド嬢……」

「さぁ、お二人ともいってらっしゃいませ」

「うん。ちょっといって片付けてくるよ！」

「はい。どうかお気をつけて」

見送ってくれるアウローラの手元で、扇子についた謎のコボルト人形が揺れる。

公爵家のご令嬢であるところのアウローラが、俺たちを仲間だと思ってくれている。なんだかむずむずするし、すごく嬉しい。

改めて気合が入った俺は、いっそう気持ちを引き締める。

さっきの王都の様子からするに、人族に対して非道な行いをしている兵士は他にもいるかもしれない。親人族派の王太子であるクラウィスもどうしているか心配だ。

ワーズティターズの反乱軍を制圧することは、大魔法使いだった俺にとってそれほど難しいことじゃない。

国全部をどうにかしろと言われたら、さすがに無理だけど。

インサニアメトゥスを倒すことに比べたら、そこそこの国の王都を解放するなんてきっとわけもないはずだ。

だって、それを指揮している頭をぶっ飛ばせばいいだけなんだから。

それにはまず、クラウィスを見つけなきゃね。

「リベラ、クラウィスが身を潜めそうな場所に思い当たる節は？」

「……いや、クラウィス様もそれほど王都の中に詳しくはない。どこが安全かまでは把握してはいないと思う」

それもそうか。王族がそうそう街を彷徨《うろつ》くはずがないもんな。

視察程度ではどこが安全かなんてわからない。でも、クラウィスなら上手くどこかに潜んで、リベラと合流する機会を窺っているはずだ。

「それなら、まずはパーシヴァルと合流しようか。手分けをするにしても、お互いの動きを把握していた方がいいだろうし」

「だが、どうやってパーシヴァルと連絡を取るんだ？　派手な合図を出すと、王都内にいる兵士たちに見つかるぞ」

「いや、むしろ誰もが注目せざるを得ない、どでかい騒ぎを起こすんだよ。そうすればその辺を彷徨《うろつ》いている兵士たちが集まってくるだろ。そこを一網打尽にして相手の戦力を一気に削るのさ」

「そんな無茶な……」

リベラが顔をしかめるけれど、俺を舐めてもらっちゃ困るな。

「無茶かどうかはやってみなきゃわからないよ。リベラ、この辺りに広場はない？」

「広場なら、この先にあるが」

ユニサスを指笛で呼べばパーシヴァルと合流するのは簡単だけど、向こうの状況がわからないのにこっちの都合で呼び戻せば、彼らを危険に晒すかもしれないからね。

その代わり、俺がここで大きな騒ぎを起こせば、兵士たちの注意を引くこともできるし、パーシヴァルにも気がついてもらえる。一石二鳥の素晴らしい作戦だ。

リベラに案内されて街の中心広場にやってきたが、普段なら人々が集うだろうこの場所も今は人っこ一人いない。

ここにくる途中、何人かの獣人兵が彷徨《うろつ》いているのを見かけたので、そいつらはとりあえず荊《いばら》の蔦《つた》でぐるぐる巻きにして置いてきた。

「一体何をするつもりだ？」

「まぁ、見ててよ。オルトロス！　アウルベア！　ネメオス・レオーン！　キャス・パリューグ！」

四つの召喚陣が広場に広がると、俺の呼びかけに応え、双頭の魔犬、梟頭の巨大熊、鉄壁の毛皮持つ大獅子、小山のような怪猫が姿を現した。

こうしてみると、いかにも悪そうな面々だ。脅しをかけるには十分な仲間たちである。

実際はとても陽気で、気のいい奴らばかりなんだけどね。

「こ、これは……！」

「俺の頼もしい友人たちだよ」

「た、確かに頼もしいな」

「彼らにここで思いっきり暴れてもらう。派手な騒ぎが起これば、王都内にいる兵士や王兄派の騎士らが嫌でも集まってくると思うんだ。で、集まってきた奴らをここで一網打尽さ！　ある程度の戦力を削っておけば、俺たちも動きやすいし、クラウィスやパーシヴァルの危険も減る」

これだけの召喚獣が暴れていたら、獣人兵の注意を十分に引くことができるだろう。

上手くいけば、城にいる連中も誘《おび》き出せるかもしれないし。

「みんな、この広場で思いっきり派手に暴れ回って、街にいる兵士たちを誘き出してほしいんだ。それで、集まってきた連中を死ぬ程怖い目に遭わせてやって。ただし、殺したりしたらだめだよ。あと、建物を壊すのもだめだからね」

そう言って、片目をパチンと瞑って見せれば、召喚獣たちは雄叫びや咆哮を上げた。

実に勇ましく壮観な光景だ。今回来てもらった召喚獣たちは、頑丈な上に攻撃力が呆れるほど高い。大暴れさせせるにはもってこいだ。

だけど獣人は丈夫だし、ましてや兵士なら鍛えているだろうから、少しぐらい吹き飛ばされたってどうってことはないだろう。

間も無くして、騒ぎに気がついた獣人兵たちが広場に駆け込んできた。

封鎖しているはずの王都に突然現れた召喚獣たちに、さしもの獣人兵も恐慌状態だ。中には召喚獣を見ただけで腰を抜かしている小心者もいた。

勇猛と謳われる獣人兵士が情けないな。

「よしよし。いい具合にあつまってきたぞ。さて、片っ端から片付けていきますか。リベラはここで待ってて。巻き込まれたら大変だから」

「え？　ちょ、ちょっと待て、サフィラス……!?」

俺は召喚獣に剣を向けている獣人兵たちの背後に転移すると、杖でチョンチョンと突いていく。動けなくしたところで、鋭い棘を持つ荊《いばら》の蔦《つた》で拘束すると地面に転がした。

縛られた獣人兵は何が起きたのかわからないのか、ポカンと俺を見上げている。

「なっ！　……これは一体!?」

「暴れれば一層強く締め付けるから、隅っこで大人しくしててね」

縛り上げた獣人兵を強風で広場の隅っこに放り投げる。

そのままにしておいたら、暴れる召喚獣たちに踏み潰されてしまうかもしれないからね。

一瞬で現れては姿を消す俺に、獣人兵たちは全くもって対応できていない。転移ができる俺ならではの技だ。

調子が上がってきた幻獣たちも獣人兵を次から次へと薙ぎ払う。吹っ飛ばされて地面に転がる彼らを俺が手際よく杖で突いて、荊《いばら》で拘束を繰り返す。

いいコンビネーションだろ？

二十人程縛り上げたところで、いよいよ部隊長らしき男が新たな兵士たちを引き連れてやってきた。

「なぜこんな魔獣が王都の中にいるんだ⁉　くそっ！　人族の仕業か⁉」

大当たり。だけど、魔獣じゃなくて幻獣だっていうのに。失礼な。

部隊長がなんらかの指示を出し多少は統率力が上がったのか、兵士たちの動きにまとまりが出てきた。

でも、その程度のことで俺の召喚獣たちは止まらない。むしろ手応えを感じた彼らは益々やる気を出した。

どすんどかんと暴れまわる召喚獣たちは実に壮観。

俺も一度に四体も召喚獣を喚んだことはないし、彼らがこんなに楽しそうに暴れているのは初めて見たかもしれない。

俺は一旦戦線離脱すると、リベラと共に召喚獣と獣人兵の戦いをしばし眺める。なかなか見られない光景に、彼らを喚び出した俺自身も圧倒された。

「凄まじいな……」

リベラが呆れたように呟く。

彼らは剣を噛み砕き槍をへし折り、弓矢を弾き返す。

全く歯が立たないことに恐れをなして逃げ出そうとする獣人兵に、部隊長が何か士気を上げるようなことを言っているけど、ほとんど効果はない。

戦況がかなり圧倒的になってきたので、そろそろ幕引きと判断した俺は部隊長の後ろに転移する。

「勝負はついたみたいだね。それじゃ、事が片付くまでしばらくここで大人しくしててもらえるかな？」

「はっ！　一体いつの間に!?」

杖で部隊長を動けなくすると、すでに縛り上げてあるお仲間たちのところに放り投げ、残った獣人兵たちも一気に片付けた。

「みんな悪いけど、この人たちが逃げ出さないように見張っててくれる？　あ、君たちに危害を加えようとしたり、ここに転がってる連中を逃がそうとする奴らには、殺さない程度に容赦しなくていいからね」

俺のお願いを聞いた召喚獣たちは、空に向けて咆哮を上げる。空気を震わすその声に、捕らえられた獣人たちは揃って震え上がった。

万が一にも彼らに襲い掛かられたらとでも思ったんだろうな。声さえも出せない状態にされているわけだから、さぞ恐ろしいだろう。

「さて、お邪魔な奴らを大人しくさせたところで、まずはパーシヴァルを見つけないと……あ」

ちょうどその瞬間、大きな影が頭上を横切り、羽ばたきの音と共にユニサスが俺たちのそばに舞い降りてきた。

「やはり騒ぎを起こしたのは、サフィラスだったか」

「パーシヴァル！」

目立たないように地味な装備であっても、金髪を輝かせるその姿は麗しい。

まるで戦場に降り立つ白馬の王子様みたいじゃない？

「リベラは無事に治癒してもらえたのだな」

「うん！　それがさ、俺が来るかもしれないからって、学院の中庭でアウローラ嬢が待機していてくれたんだ」

「……そうか、アウローラ嬢が」

パーシヴァルの表情がわずかに緩む。

後方支援してくれている仲間がいると思うと、やっぱり心強いよね。

「こちらはクラウィスを見つけた」

「本当!?」

「クラウィス様は無事なのか!?」

「ああ。神殿に閉じ込められていた人々をケット・シーが見つけ出した。彼の手を借りて、神殿を解放したら、偶然クラウィスもその中にいたんだ」

「はぁ？　神殿を解放したって？　パーシヴァルとケット・シーだけでか？」

リベラは驚いているけど、パーシヴァルの剣の腕前にケット・シーがいれば、それくらいなんてことないぞ。

「人族を侮っているからか、見張りもそれほど多くなかったことが幸いした。クラウィスは身を潜められる安全な場所を探している途中で、兵士に乱暴されていた人たちの助けに入ったところを一緒に拘束されてしまったようだ。だが、その兵士たちはクラウィスが自国の王太子だとはわからなかったらしい」

身分がバレなかったのは、不幸中の幸いだ。おそらく、相手が下級兵士だったからだろう。だけど、主従は似るよな。二人とも別々に行動してたって、同じようなことをしているんだから。

「それから、他にも人族を庇って怪我をしている獣人がいた。中にはすぐにでも治癒が必要な者もいる」

やっぱりそうか。獣人兵が皆そうだとは思いたくはないが、中にはタチの悪い奴らもいるみたいだね。

「わかった。すぐに怪我人を学院に運ばないと。アウローラ嬢が怪我人を引き受けてくれるそうだから……あれ？　そういえば、ケット・シーは？」

まさか、ユニサスから落ちて迷子になっている訳じゃないよね。

「ああ。彼は今捕物《とりもの》に夢中になっている。好きにやるから構わないでいいと言われた」

「ええぇ、やりすぎなきゃいいけど、大丈夫かなぁ？」

ケット・シーは小さい幻獣だけど、決して侮れない。俺の魔力を得てそれなりに力を持っている。気まぐれな所もあるし、好き勝手させてしまって問題を起こしたりしないかな。

「大丈夫だろう。見ていた限りでは、サフィラスの指示は守っていた」

「うーん……ならいいか」

パーシヴァルがそう言うなら、ケット・シーは放っておいてもいいだろう。

彼は身軽だし、むしろ単独で動いてもらった方がいいのかも。

「それじゃ、神殿に移動しよう」

神殿の場所はここにきた時に空から把握している。王都の外れに建っているのをしっかり見た。

みんなで揃ってささっと神殿に転移すれば、クラウィスが一緒に捕まっていた獣人たちの手を借りながら、解放された人たちの保護に動いていた。

人族の手当てをしている獣人の中には何人か兵士も交じっている。ヘイスティング元帥の反乱に加担しなかった獣人兵士だろう。

今回の騒動で獣人兵士に怯えてしまっている人族もいるけれど、彼らはとても優しく対応している。

「まずは怪我人の手当てを優先してくれ。それから子供たちには水と食べ物を！　治療の心得があるものは申し出てくれ」

「おーい！　クラウィス！」

「サフィラス！　来てくれて感謝する！」

「そんなの当然だろ」

俺はクラウィスと利き手の拳をぶつけ合い、無事の再会を確かめ合う。

「リベラ、パーシヴァルから聞いた。怪我は大丈夫なのか？」

「はい。スタインフェルド嬢が治癒してくださいました。クラウィス様、お側を離れてしまい申し訳ありません！」

　姿勢を正したリベラが深々と頭を下げる。

「リベラ……いいや、君が無事で本当によかった。それよりも、俺の方こそすまなかった」

「はいはい。その話は全部が片付いてからだよ。まずは酷い怪我をしている人をアウローラ嬢のところに連れて行こう」

　再会を喜び合うのはまだ早い。なにしろこれからが本番なんだから。

「スタインフェルド嬢も協力してくれるのか？」

「ああ、学院で待機してくれている」

「そうか。なんと、ありがたいことか……」

　クラウィスが噛み締めるようにつぶやく。

　そうだよ、クラウィスは一人で戦っているわけじゃないからね。

「殿下、すぐにでも手当てが必要な者が、人族を含め五名ほどです」

　クラウィスを手伝っていた獣人が報告にきた。五人なら二回も転移すれば運べるな。

　俺は直ちに怪我人と共に学院に戻った。

　アウローラの呼びかけに応えてくれたという有志の学院生たちが、怪我人を迎えてくれる。彼らはテキパキと応急処置をして、アウローラの治癒のサポートをしていた。

いくら聖魔法の使い手アウローラといえども、何人もの怪我人をまともに治していたら魔力切れでぶっ倒れてしまう。だから、少しでもアウローラの負担が減るようにしているんだ。

「他にも怪我人がいらっしゃいましたら、都度連れてきてくださいませ」

「うん。ありがとう！」

ここは任せても大丈夫だな。手伝ってくれているのはみんな貴族の子息令嬢たちだ。なのに、アウローラの影響か誰もが獣人を忌避せず手当てにあたってる。

人と獣人はこれからもきっといい関係を築くことができる。

俺はそれを確信して、ワーズティターズに戻る。

さあ、ここからはいよいよ不和の種を蒔いた首領の首を取りにいく。

「クラウィス、陛下たちが閉じ込められているとしたらどこだと思う？」

「わからない。城内なのか、あるいはもしかしたら城の外へと連れ出されたかもしれない」

城外に監禁されているとしたら、それはそれで厄介だ。どこを探せばいいのか、開目見当がつかない。

「陛下たちの安全が確保できなければ下手なことはできないな。まずは陛下たちの救出を優先したいところだが……」

パーシヴァルの言う通りだ。

迂闊《うかつ》に城に乗り込んで、国王陛下たちに何かされたら厄介だし、下手をしたら交渉の材料にされかねない。何よりも、こうしている今だって陛下たちの安否が危ぶまれる。

陛下たちを貴人として扱ってくれているならいいけど、そうでなかった場合その扱いは想像に難くない。

反乱兵たちの人族に対する仕打ちの酷さを見た後だ。クラウィスも俺と同じことを考えたようで、苦しそうな表情を浮かべた。

自分たちに逆らう者には、たとえ同族であっても容赦しない。下の者の行動は上に立つ者の考えを映す鏡でもあるからな。

ヘイスティング元帥は、己の目的のためならば実の弟にすら一切の情をかけなさそうだ。

「うーん……城の中か、それとも城外か……いる場所さえわかれば救出は容易いんだけどなぁ。いっそ、城の屋根を全部吹き飛ばしちゃおうか？」

「さすがにそれはやめた方がいい。一歩間違えれば、死人が出る」

半ば本気で城の破壊を考えていたら、パーシヴァルに止められた。やっぱり駄目か。

手詰まり感を感じつつ、ヘイスティング元帥に乗っ取られてしまった城に視線を向ける。その時、ふっといつかのバイロンの言葉が脳裏に蘇った。

『城の地下ってのはな、すげぇおっかねぇんだ』

冒険者が体験談を酒の肴にするのは良くあることで、その日は干し肉とバイロンの話で一杯やっていた。

とある古城に足を踏み入れたバイロンは、地下へと下りる隠し扉を見つけた。

きっとお宝があるはずだと、封印されていた扉をこじ開けて勇んで地下へと降りていけば、そこにはお宝なんかではなく獣人のミイラが何体も転がっていたそうだ。その身なりから、ミイラが罪人ではなくそれなりに高い身分であることが知れた。

バイロンが言うには、おそらく権力争いに敗れた貴族か王族ではないかということだった。話に聞いたことがあったけれど、実際の現場を見たのは初めてだとバイロンは言っていた。

権力争いなんていつの時代にもあるものだけど、昔の方が今よりもっと苛烈だっただろうことは想像に難くない。

ともかく、その城では権力争いに敗れた者は、光も当たらぬ城の地下牢に閉じ込められていたようだ。しかも、それだけではなく地下への扉は固く閉ざされ、水も食料も与えられぬまま放置された。

何もそこまで、とも思うが。

追い落とした者たちが後から力をつけて、権力の座を奪い返しに来ないようにするためらしい。

いやはや、なんとも残酷。いっそ、ひと思いに首を落としてやれよって話だ。

とんでもない話を思い出したが、おかげで国王陛下たちの居場所がなんとなく予想がついた。

「……地下だ。陛下たちは、きっと城の地下にいる」

「地下？　我が城の地下に牢があるとは聞いていないが」

「地下牢がないにしても、きっと地下に閉じ込めてその扉を封印していると思うよ」

「ちょっと待ってくれ。サフィラスはなぜ父上たちが地下にいると思うんだ？」

クラウィスが怪訝そうな顔をする。

失敗したら国王陛下たちの身に危険が迫るんだから、根拠を知りたいのは当然。

「前に獣人の知り合いから聞いたんだよ」

「ああ、野外演習の時に言っていた冒険者だという御仁か」

「うん、そう。彼がね、城の地下はおっかないって」

「おっかない？」

「昔は権力争いから脱落した人たちを、城の地下に閉じ込めるようなこともあったらしい」

　バイロンが言う昔だから、百五十年以上昔の話だ。クラウィスが知らなくても仕方がない。

　バイロンの話がここの王城に当てはまるかわからないけれど、ヘイスティング元帥ならきっとそうするような気がするんだよ。

「なるほど……わかった。サフィラスを信じよう」

「そうと決まれば、城へ乗り込むぞ！」

「待ってくれ、まさかこの四人だけで乗り込むつもりか？　しかも、こんな白昼堂々と」

「そうだけど？」

「さすがに無理だ。伯父上の兵士は猛者の集まりなんだぞ。せめて闇に紛れられる夜を待つか、仲間を集めてからでないと……」

「夜じゃ俺やパーシヴァルが思うように動けない。それに、仲間を集めるにしても時間がかかるだろ。状況を考えると、少しでも早く城を解放した方がいいと思うんだ」

　獣人と違って、俺たちは夜目がきかない。

　それに、散らばって潜伏している反王兄派を集めるにしても、今はその手立てがない。

「それはそうだが……」

「クラウィス、サフィラスのいう通りだ。今は一刻を争う時。機を待つよりも、サフィラスの魔法を武器に奇襲を仕掛ける方が勝機はあると思う」

いつも慎重なパーシヴァルがそう言ってくれるなんて、その信頼が嬉しいじゃないか。これはかっこいいところを見せないと！

「心配ないよ。こっちには太陽の騎士と忠義の騎士、それに最強の魔法使いがいるんだ。どんな猛者たちかは知らないけど、束になってかかってこいってもんよ！」

俺は杖を抜くと空に掲げる。相変わらず調子良く杖先から魔力が迸《ほとばし》った。

「あ、あの！」

俺たちが作戦会議をしていると、一人の獣人兵士が声をかけてきた。

「私にも手伝わせてください！」

「え？」

「私はこんな風に人族を排除するような、ヘイスティング元帥のやり方に賛成できません。そりゃぁ、昔は人族との間に色々あったかもしれない。でも今は互いに手を取り合って、獣人も人間も関係なく暮らしているんだ。その平和な生活をなぜ壊そうとするのか、私には全く理解できない」

「お、俺も城に行くぞ！　俺の妻は人族の女だ。もう何年もこの国で暮らしてるってのに、人族ってだけで殺されそうになった！　そんなのおかしいだろ！」

「俺も行く！」

最初に声を上げた獣人兵に続くように、次々と手が挙がる。

「君たち……！」

よかったな、クラウィス。みんながみんな、ヘイスティング元帥の考えと同じとは限らない。こうやって、人族との平和な生活を望んでいる獣人だっているんだ。

「守りが一番薄そうな入り口ってどこ？」

「北の城門だ。門が小さいから、普段から見張りの衛兵が四人ほどしかいない」

「じゃ、そこからお邪魔させていただこうか」

俺たちは有志の兵士たちと共に、北の城門へと移動する。

さて、さて、いよいよ大舞台だ。

もちろん主役はクラウィスと彼の仲間たちだからね。俺は脇役として頑張るぞと気合を入れる。

「じゃぁ、いよいよ乗り込みますか」

「ああ」

固く閉ざされている北の城門を前に、クラウィスは決意と覚悟を決めた眼差しこそしているが、その顔色はすこぶる悪い。

わずかだけど、耳が神経質にピピピッと震えている。

伯父貴殿といざ対決となって、さすがに緊張してるんだろう。クラウィスはまだ若いから、戦いの経験もないだろうし。

かくいう俺も、今は十四歳なので戦いの経験は一応ないとも言えるけど。

「クラウィス、大丈夫？」

「……伯父貴は本当に強いお人で、王城にいる騎士や兵士たちも精鋭を揃えているだろう。今の俺たちとは圧倒的な力の差がある。それでも、後ろにいる彼らは俺と共に戦ってくれるという……だが、これは俺たち王族の問題だ。そんなものに彼らを巻き込んでいいのだろうか」

　クラウィスの言っていることもわかる。

だけど、彼らは国に属する兵士で、国と民を守ることが使命だ。

そして国を背負う者は時に、非情な決断をしなければならない。非情になれなければ、民を守れない時もある。

今こそまさに国の危機であり、非情な決断さえも必要な時だ。

国王が動けないこの時、王太子であるクラウィスは、国王に代わって民を守り、国を導かなければならない立場にいる。経験がないクラウィスにその重圧は計り知れないだろう。

だけど、今日は俺がいるからそんな決断をする必要はないけどね。

反乱を収めて国が落ち着いたら、父王の元でそういうこともゆっくり学んで行けばいいんじゃないかな。

「平気平気、心配いらないって。俺は最強の魔法使いなんだし。それに、パーシヴァルはソルモンターナの剣と盾と謳われるヴァンダーウォール辺境伯の血を引く男なんだ。リベラだって、ベネディクト陛下が王太子を護るために指名した優秀な騎士だろう？　クラウィスについてきてくれた兵士たちだって、ワーズティターズが誇る獣人兵だ。手を挙げた時に覚悟は決めているはずだよ。ささっと城を解放して、今日の夜にはみんなで美味しい食事を楽しんでるって」

俺は大真面目に言ったつもりだったが、なぜかクラウィスには面白かったらしい。あははと大きな声で笑い出した。

兵士たちが何事かとこちらを見ている。

「サフィラスが言うと、本当にそうなるような気がする」

「いや、だから本当にすぐ終わるんだって」

「ああ、そうだな！」

クラウィスめ、信じていないな。

納得いかない俺はパーシヴァルに視線を向けたけれど、彼も小さく笑っていた。

なんだよ、本当のことなのに。

俺はむっと唇を尖らせる。

「よし。では、すぐに終わらせてこよう。晩餐の用意をする時間も必要だ」

つい今まで緊張しきっていたクラウィスの耳がしっかりと前を向いて、グッと表情が引き締まる。さっきまでの不安が混じっていた表情とは明らかに違う。どうやらクラウィスの腹が決まったようだ。

今一つ、夜までに終わるっていう俺の言葉を信じていない節があるようだけど、不安がなくなったのなら結構なことだ。

だけどなぜだろうか、そんな勇ましげなクラウィスの表情に覚えがあるような気がした。

こんな表情を俺は割とよく見ていたような？

「地下牢が本当にあるとしたら、その入り口は恐らく玉座の間と同じくらいに警戒されてると思う。兵士が多く配置されているはずだから、そこの兵士を片付けちゃえば、ヘイスティング元帥の戦力をかなり奪うことができる」

「ああ」

「牢の鍵を壊せる俺がクラウィスと陛下たちの元に向かう。リベラとパーシヴァルは仲間たちと城内の兵士たちを抑えてほしい」

俺は城への討ち入りに手を挙げてくれた兵士たちをあえて仲間と呼んだ。

「了解した」

リベラが力強く頷き、後方に控えている兵士たちに突入後の作戦を伝える。仲間たちはやる気満々で、敵を前に尻込む様子は全くない。

彼らにだって守らなきゃならない生活があるものな。それを自分たちの手で取り戻そうって覚悟がある。

「それと、念のため確認したいんだけど、みんなや国王陛下たちの命が危ないような状況になった時は、城を破壊することがあるかもしれないんだけど、それは大丈夫かな？」

一応言質は取っておかないとね。どれだけ強力な魔法が使えても、壊れたものは元には戻せない。

魔法というのはいくら想像で補ったとしても、決して女神の理《ことわり》を外れることはないので、壊しちゃったらそれまでだ。

俺が心配そうにそう言うと、クラウィスとリベラが苦笑いを浮かべ、パーシヴァルが俺の肩をポンポンと叩く。

「この非常事態にそこまで気を遣ってくれとは言わないさ。ただ、お手柔らかに頼む」

「ほどほどにな」

それを聞いて安心した。いざってときは、遠慮なくやれる。

「んじゃ、行くよ！　準備はいい？」

「おおっ！」

頼もしい声を背中に受けて、俺は固く閉じている城門を、雷で木っ端微塵に吹き飛ばした。立ち上る煙と瓦礫を竜巻で容赦なく門の内側に押し込んで、見張りの衛兵たち共々薙ぎ倒す。

クラウィスの言っていた通り、見張りの数は少ない。吹き飛んだ衛兵たちは、例の強力な棘つきの蔦《つた》で縛り上げておく。どこかに連絡されても厄介だからね。

俺が道を作ると、仲間たちが一気に城に突入した。

突然の襲撃にヘイスティング元帥側の騎士は一瞬怯んだけど、たちまち態勢を整えてリベラたちと激しく剣を交える。ぶつかり合う剣が火花を散らす。

元帥についた騎士たちは忠誠を誓ったはずの君主を裏切っているのだ。

リベラにとっては騎士の風上にもおけぬ相手であり、仲間の兵士たちにとっては、穏やかな暮らしを奪った許し難い相手。

ここは同族同士の矜持をかけた戦いと判断して、俺は手を出すことを控える。

「サフィラス、地下はこっちだ！」

「わかった。パーシヴァル！　俺たちが上がってくるまで入り口を守って！」

「任せてくれ！」

俺とクラウィスは地下へと続く薄暗い階段を駆け降りる。

けれど、魔法の灯りで照らされた地下はがらんとして誰かがいる気配は全くなかった。

「……いない」

予想が外れたことにクラウィスが呆然と立ち尽くすが、俺は灯りをさらに明るくして、昼間のように白く照らす。

ヘイスティング元帥がどんな人物かは知らない。

けれど、用心深い性質を持っているのだとしたら、逃げられたら困る相手を、わざわざ城の外には連れ出さないんじゃないかと思うんだ。常に見張っておける場所に閉じ込めておくはず。

ぐるりと広い空間に視線を走らせてくまなく見ていけば、奥の壁の一部に最近石を積んで固めたような箇所を見つけた。

あった、やっぱりね。

「クラウィス、国王陛下はここにいる」

「え？」

「あそこの壁をぶち壊す」

他とは様子の違う壁に向けて雷を落とすと、崩れ落ちたその先に更なる地下へと続く階段が現れた。

「こんなところに階段が……」

「クラウィス、行こう」

足を踏み入れた地下階段はひどく湿っぽく、饐《す》えた臭いすらする。

こんなところに国王陛下と王妃殿下を閉じ込めるとか、ヘイスティングという男は碌でもない奴だ。

クラウィスの伯父貴殿だし、ちょっとは遠慮すべきかなと思ったけど、これならぶっ飛ばすのに遠慮はいらないよな。

わずかな灯りもない真っ暗な先を魔法で照らし出すと、そこには案の定地下牢があって、中には確かに人がいた。

「父上！　母上！　ご無事ですか！」

「そ、その声は、まさかクラウィスか!?」

「クラウィスなの？」

牢の中から返事がある。声の様子からするに、国王陛下と王妃殿下はお元気そうだ。

地下に閉じ込められはしたが、酷いことはされていないようで良かった。

とはいえ、ここで餓死させようとしていたんだから、非道であることは確かだ。

他の牢からも声が上がったので、ここに入れられたのは国王夫妻だけではないらしい。

「クラウィス、なぜここに！　お前は城の外に逃れたはずでは？」

当然と言えば当然だが、突然現れた俺たちに陛下はひどく驚いている。

なにしろ城の地下の、その存在を知られていないはずの、更に隠された地下。

「友人たちが私に力を貸してくれたのです」

「友人？」

「お話の途中で失礼いたします。ベネディクト国王陛下、詳しいお話は後ほど。まずはここから出ましょう。鍵を壊しますので、鉄格子より少々離れていただけますでしょうか？」

「あ、ああ」

牢の鍵に向けて雷を落とすと、鉄格子の扉は簡単に開いた。

国王陛下は自らが先に牢から出ると、直ぐに王妃殿下に手を差し出す。その手を取った王妃殿下が牢から出てこられた。白狼の美しい女性だ。

俺は国王夫妻の御前に跪く。

「ベネディクト陛下、並びに王妃殿下。ご無事で何よりでございます。これよりクラウィス王太子殿下とともに、ヘイスティング元帥閣下を討ち王座を奪還いたします」

「君は？」

「彼はソルモンターナでできた俺の友人、サフィラス殿です。上では同じく友人のヴァンダーウォール辺境伯家御子息のパーシヴァル・ベリサリオ殿がリベラと仲間の兵士と共に、王城解放のため戦ってくれています」

「なんと……」

ベネディクト陛下も自身の手のものを動かして、クラウィスに王座を奪還させるつもりではいただろうが、こんな光の一筋も射さないような地下に閉じ込められていてはそれも難しかっただろう。

「王城解放と言ったが、まさかメルキオール殿が兵をお貸しくださったのか？」

「いいえ、私と共に立ち上がってくれたのは、ソルモンターナの友人たちと、リベラ、そしてヘイスティング元帥に与《くみ》しない王都を守護する兵士たちです」

「それは、まことか？」

ベネディクト陛下はクラウィスと同じ色の瞳を大きく見開き、驚愕に満ちた表情を浮かべた。

常識的に考えれば信じられないだろう。

たったそれだけの戦力で、獣人族最強とも言われているヘイスティング元帥率いる反乱軍を制圧できる訳がない。

数でも力でも敵いそうにないもんね。

だけど、それができてしまうのが魔法の凄いところなんだな。

「それだけではありません。クレアーレ高等学院では、ブルームフィールド公爵令嬢を中心に、有志の学院生が我が国の民のために治療にあたってくれております」

「陛下、今回の件においてソルモンターナ王国は、公では一切関わってはおりません。ただ、クラウィス王太子殿下が同じクレアーレの学舎で学ぶ友であると共に、獣人を近隣の友と思い、力を貸したいと手を挙げた者がいるのだということをお心にお留おきくださいませ」

暗に、今回のことは、あくまでも学院で仲良くなったクラウィスを、友達として支援しているのだと伝える。

「そうか……クレアーレ学院生の友誼《ゆうぎ》に深く感謝する。クラウィス、良き友を得たな」

「はい！　自慢の友です！」

ベネディクト陛下は、子を慈しむ父親らしい深い笑みを浮かべた。

牢には他にも宰相を始めとする国の重鎮数名、それから最後まで国王を守ろうとした騎士たちが入れられていた。騎士の中には酷い怪我を負っている者もいる。

俺は全ての牢をパパッと開け、さっと重傷の騎士を学院治療院（仮）に運ぶと、地下城にとんぼ返りしてきた。

陛下たちは突然消えてすぐにまた現れた俺の転移に、ひどく驚いた。

「魔法使いとは皆、そのようなことができるのか？」

「いいえ、父上。サフィラスが特別なのですよ」

いささか退屈気味らしい女神も、誰彼構わず加護は与えないだろうから、俺ほどの魔法使いはそうそういないと思う。

さて、いよいよ作戦の最終段階だ。ヘイスティング元帥の冷血ぶりはよくわかったので、遠慮なく行かせてもらおうか。

地下牢から陛下たちと上がってみると、上はすっかり片付いていた。軽い怪我を負っている者はいるけれど、まだまだ戦える様子を見せている。

ヘイスティング元帥側についた騎士たちは皆伸《の》されて縛られていた。

元帥が用意したという猛者も、大したことはないな。

リベラと兵士たちは、陛下が現れると一斉に跪く。

「国王陛下、ご無事で何よりでございます！」

「皆、大義であった。何よりその身を顧みず、ここまできてくれたことに礼を述べたい。そして、未熟な我が息子によく仕えてくれた。心より感謝する。それから、ベリサリオ殿。貴殿にも深い感謝を」

「ありがたきお言葉」

跪いたパーシヴァルが深く頭《こうべ》を垂れる。

その姿は本当に騎士様で、学院の令嬢たちや彼の伴侶の座を狙う子息が見たら、黄色い悲鳴をあげそうだ。

「では、陛下。まずは、我々が急ぎ玉座の間を整えて参ります。それまではしばしの御休憩を」

深々と腰を折り、少々芝居じみた礼をとってクラウィスとリベラに目配せをすれば、すっかりやる気に満ちた二人が頷いた。

「じゃあ、行こうか」

「すでに準備はできている」

仲間の兵士たちと動ける騎士たちに国王陛下をお任せして、俺たち四人は一足先に玉座の間に向かう。

国王陛下がお戻りになるのだから、隅々まで綺麗にしなくちゃね。

クラウィスに先導され、玉座の間に向かう大階段を上っていけば、当然俺たちの行く手を阻む敵がわんさと出てきた。

俺が杖を抜くより一瞬早く、斧を振り上げ襲ってきた見るからに屈強な兵士をパーシヴァルが剣で薙ぎ払う。

獣人との圧倒的な体格差を、パーシヴァルの剣はものともしない。

「ありゃ」

パーシヴァルに払われた兵士がゴロゴロと階段を転がり落ちて行ったけど、加減はしているはずだから死ぬことはいないだろう。

俺はクラウィスとリベラが叩き伏せた騎士や兵士たちを茨で拘束すると、後からいらっしゃる国王陛下たちの邪魔にならないように階下に放り出す。

大階段を上り切って下を見ると、縛られた騎士と兵士たちが綺麗に並んでいた。我ながら見事な魔力操作だ。

陛下たちが通られるんだから、雑多に転がすんじゃなくてきちんとしておかないとね。

それにしても、こいつらはみんな人族との同盟に反対してるんだろうか。

だとしたら、全く時代遅れの石頭だ。

これからの時代は和平だよ。

お互いの良いところを上手く取り入れたら、双方豊かになれる。それなのにわざわざ啀《いが》み合う必要はないだろう。

玉座の間まで続く広く長い廊下の先には、厳かで重厚な扉があった。俺たち四人は邪魔者がいなくなった廊下を堂々と歩き、扉の前にたどり着く。

この先にヘイスティング元帥がいる。

「おや、クラウィス殿下。尻尾を巻いて逃げ出したはずのあなたが何故ここに？」

扉の前に立つ屈強そうな獣人騎士四人は、俺たちの登場にさほど驚いていないようだ。

まぁ、ここで大将を守っているくらいだから、並大抵の奴らでないことは確かだろうけど。

「何故？　それはもちろん、王座を取り戻すためだ」

「は？　まさか、あなたが？」

「冗談はやめていただきたいですな。そのお付きの者とひ弱そうな人族だけで、どうやってここを通ると言うのです？」

騎士達が嘲《あざけ》るようにクラウィスに言い放つ。

「我々も暇ではないのですよ。大人しく父上と同じところに行っていただけますかな？」

「負け犬は大人しく尻尾を巻いて穴にでも入っていればよろしい」

自国の王太子に対して全く不敬だな。一体何様のつもりかな？

「不敬が過ぎるぞ。貴殿らこそ大人しくそこをどくべきではないか？　それとも、主君に対する忠義をどこかに投げ捨て、ただの破落戸《ごろつき》に堕ちたか」

いつもは冷静なパーシヴァルも、騎士の態度に少々お怒り気味だ。珍しく感情的になっている。

「なんだと？　卑しい人族ごときが！」

「身の程を知れ！」

「はいはい、そう言うのはいいんで、さっさとそこを退いてもらえます？　って言ったところで駄目って言うのは解っているから、扉と一緒に吹っ飛んでもらうんだけど」

「な、にを……っ!!」

クラウィスの前に出た俺は、雷と竜巻で立派な彫金で飾られた扉を吹き飛ばした。木っ端微塵になった扉と共に、四人の騎士は吹っ飛んでいく。

もうもうと粉塵が上がる中、俺は玉座の間に足を踏み入れた。

玉座に座っていた大きな影がゆらりと立ち上がる。その影の側には同じくらい大きな体の騎士が控えていた。

ヘイスティング元帥には初めてお目にかかるが、やたらと立派な体躯の、黒毛の狼だ。穏やかそうな陛下と違い、かなり威圧的な人物に見える。

真っ直ぐヘイスティング元帥に視線を据え、俺は玉座の間に響き渡る声をあげた。

「皆の者控えよ！　頭が高い！　ここにおわすはワーズティターズ獣王国王太子、クラウィス・オムニブス・ワーズティターズ殿下である！　直ちに叛逆の剣を捨てよ！」

誰一人として剣を捨てるものはなく、ヘイスティング元帥が鼻先で笑う。

「とうとう乱心したか、クラウィスよ」

「ヘイスティング元帥。速やかに、その玉座から降りていただきたい。そこは貴方の座るべき場所ではありません」

「ふん……そんなひ弱な人族ごときを連れてきたところで、私に敵うと思っているのか？」

俺の容姿がいささか迫力に欠ける自覚はある。だけど、見た目で敵を判断するのはよくないな。

だから俺も同じように鼻で笑ってやった。

「本当に敵わないとお思いか？　体の大きさごときで優位に立っていると思わない方がよろしいかと」

「ふん、なるほど。その忌々しく生意気な気性は悪くはないな……俺の元にくれば存分に可愛がってやるぞ。死ぬまで奴隷としてな」

ヘイスティング元帥は強烈に侮蔑の籠った視線を俺に向けた。

この御仁はとことん人族を見下している。ベネディクト陛下とは正反対だな。

「彼奴《きゃつ》らを捕らえろ。抗うなら殺せ。だが、その黒髪の小僧だけは生かして捕えろ。なんなら、手足の一、二本奪っても構わん」

ヘイスティング元帥が吠えると、周囲の騎士たちが一斉に剣を抜く。

「無駄なことはやめなよ。素直に剣を捨てて恭順の意を示した方が将来のためだと思うけどね」

クラウィスたちに迫ろうとした騎士たちの目の前に、炎の壁を立ち上らせる。

束になってかかってこようが、三人には指一本触れさせない。

「うわぁ！」

「な、なんだこれはっ！」

熱風に煽られ怯んだその隙に、荊《いばら》で縛り上げて床に転がす。

暴れると一層棘が深く刺さるからね。痛い思いをしたくなければ、大人しくしておいた方がいい。

「こいつの魔法を封じろ！」

ヘイスティング元帥が兵士に向かって命じると、俺を狙って一斉に槍が投擲《とうてき》される。

詠唱が間に合わないとでも思っているんだろう。

今の炎の壁を見ていたら俺に詠唱が必要ないことぐらいわかるだろうに、全くしょうがないな。

俺は防壁魔法で身を守ると共に、風を巻き起こして全ての槍を吹き飛ばす。

「無駄だってば。あんたの騎士や兵士がいくら束になってかかってきたって、俺には敵わないよ」

「人族風情が、その程度でいい気になるな！」

玉座を下りたヘイスティング元帥が剣を抜き、俺に肉薄する。

この人、魔法使いを甘く見過ぎている。俺が無防備なままこんな所に突っ立っているわけがないのに。

振り下ろされた剣が、防壁魔法で弾かれる。

「くっ！」

渾身の力を込めた一撃を受けても余裕で立っている俺を見て、ヘイスティング元帥が憤怒の表情を浮かべた。

よほど悔しかったんだろう、続け様に剣を振り下ろすけれど、当然防壁はその程度では打ち破れない。

なにしろ、俺の防壁は竜が踏んでも壊れないからね！

「小癪なっ！」

ヘイスティング元帥が大剣を振り上げたと同時に防壁を解除して、俺はそれを杖でぴたりと受け止めた。元帥の血走った目が驚愕に見開かれる。

細い杖たった一本で、渾身の力を込めた一撃を受け止められたらそんな顔にもなるだろう。

杖という媒体があれば、魔力の調整でこんなこともできるのさ。ただ、パロサントという素材自体がそれほど強くないので、何度もやると杖が折れちゃうけど。

「どんなに頑張っても、あんたは俺に傷一つ付けることはできないよ」

「……お前、ただの人ではないな？　一体何者だ？」

ヘイスティング元帥が、低く唸る。

この人、案外勘が鋭いな。馬鹿みたいに強いだけじゃないんだ。

「俺？　俺はその辺にいるただの魔法使いさ」

俺が剣を払うと、元帥の巨体が軽々と吹き飛んで玉座にぶち当たる。その衝撃で玉座は粉々に破壊され、見るも無惨な姿になってしまった。

「あちゃ～……やっちゃったな」

吹き飛ばす方向を少し考えた方がよかったかな？　と反省しかけたけれど、よくよく考えたら一度ケチがついた玉座であるし、ここは新しく設《しつら》えた方がいいだろうと思い直した。

「……き、貴様ぁ……」

ヘイスティング元帥が、玉座の破片を散らしながらオーガのごとく立ち上がる。

さすが獣人最強の男、あの程度で伸びたりはしないんだな。

俺は感心しつつも再び杖を構える。

「力こそが正義なんでしょ？　俺とあんた、どちらが正義かはっきりさせよう。どうぞ、どこからでもかかってきなよ」

口の端を引き上げて、あえて挑発するように言い放つ。

俺のようなか弱い人族にやられて、さぞ屈辱だろう。

理性が吹っ飛んでいるのか、獣性を剥き出しにして半ば獣の姿に変化しているヘイスティング元帥が、毛を逆立てて再び俺に襲いかかってきた。

まるで魔獣のような彼を、今度は風の魔法で吹き飛ばす。勢いよく壁に叩きつけられてもなお、ヘイスティング元帥は立ち上がった。

「おのれぇ！　許さん！　許さんぞ！　人族ごときが！　生きたまま腑《はらわた》を引きずり出してやる！」

うわ、それはちょっと勘弁願いたいな。

「サフィラス！」

「へ？」

すぐ背後で剣がぶつかり合う音がしたので慌てて振り返れば、パーシヴァルが俺のすぐ傍まで迫っていた騎士の剣を受け止めていた。

ありゃ、油断した。いつの間にか後ろを取られていたみたい。ちょっとヘイスティング元帥に集中しすぎていたな。パーシヴァルがいなければ、危なかった。

「助かったよ、パーシヴァル！」

俺の強さはもう十分見せつけた。これ以上、無駄に戦う必要はないだろう。

俺は茨を地面から生やすと、ヘイスティング元帥と玉座の間にいる連中を残らず縛り上げる。

「はい、おしまい。これでわかったでしょ。もういい加減観念したら？」

「いいや！　まだだっ！」

茨に縛り上げられているのにヘイスティング元帥は剣を手放すことなく、その茨を引き千切ろうと全身に渾身の力を込めた。大きな体が、さらにググッと盛り上がる。

獣化して完全に怒りに支配されているんだな。これは一回寝てもらった方がいいかもしれない。

そう考えて、杖を振り上げた時だ。

「そこまでだ。ヘイスティング元帥」

厳かな声が玉座の間に響き渡る。俺とパーシヴァルはすかさず膝をつき、頭《こうべ》を垂れた。

騎士や兵士たちに護られて、ベネディクト陛下が玉座の間に現れた。そしてその背後には王妃殿下が続く。

クラウィスがすかさずエスコートに向かった。

「ベネディクト……一体どうやって地下から」

「この城はすでに解放されている。今やあなたに従う者は誰もいない」

「な、んだと……？」

ここにいる誰もが、それがハッタリではないことを身をもって知ったはずだ。

これだけの騎士や兵士が揃って、たった一人の魔法使いに傷一つ負わすこともできなかったのだから。

「国を揺るがした罪は重い。ヘイスティング兄上、覚悟なされよ」

「なぜだ……なぜだ！　なぜだ！　なぜだ！　俺の方がお前よりもずっと強い！　俺こそ、王に相応しい！　お前たち！　かつて人族に味わわされた屈辱を忘れたのか！」

ベネディクト国王陛下を護る騎士たちに向かって、ヘイスティング元帥が吠える。

「……呆れたなぁ、一体、いつの話をしてるんだよ。いいかげん、その黴《かび》の生えた考え方は捨てた方がいいよ」

思った以上に俺の声が玉座の間に響いた。

さっきまでの戦闘の喧騒が嘘のように静まり返っている。

「なんだとっ？」

「確かに人族は過ちを犯した。俺たち人族は決してそれを忘れることなく、反省しなければならない。そして、二度とあんな時代を繰り返さないよう、互いに手を取り合おうとしているんだ。あんたはちゃんと民の生活を見てきた？　市井に下りれば、今は獣人も人間も関係なく仲良く暮らしてるよ？　種族が違う相手を伴侶に選ぶ人だっている。そりゃぁさ、武力で国を護ることももちろん大事だよ。どこかの誰かのように何かと言えば、すぐ力で解決しようとする輩がいるのも確かだから」

あなたのようにね、と言外に匂わせる。

「だけど、今の時代それだけじゃ駄目なんだ。互いの違いを認め合って、種族を超えて協力していかないと。戦の時代はもう終わりつつある。民のほとんどは国が乱れることをよく思っていない。穏やかな暮らしを望んでいるんだ。先代の国王陛下は、民の暮らしをよく見ていたからこそ、ベネディクト陛下を次代の王として指名したんだと思う。それでも力の強い者が王座に就くことが絶対だと言うのなら、俺がベネディクト陛下の代理として相手になる」

　俺は杖の先をビシッとヘイスティング元帥に向けた。

　力こそが王の証というのであれば、かかってくればいい。もはや手加減はしない。完膚なきまで叩き潰す。

「……っ！」

　俺と戦っても勝てないと認めたのだろう。徐々に人の姿に戻っていくヘイスティング元帥の手から、大剣が滑り落ちた。

　単純な力比べじゃ俺が負けるのは目に見えているけれど、強さとは何も力だけのことじゃない。魔法に長けた者、知恵に優れた者。他にも色々な強さがあるんじゃないかな。

　指先ほどの小さな岩蟲《いわむし》だって、長い年月をかけて硬い岩をボロボロに崩すのだから。

　そんな岩蟲に、数百年も国境を守ってきた頑強な砦を崩されたって話もある。どんな相手であっても、侮っていればいずれ足を掬《すく》われるって教訓だ。

　ならば違う種族とも好意的に向き合い、考えや文化を尊重し合いながら、互いの秀でた能力を使わせてもらう方がより国のためになる。

　持ちつ持たれつってやつで、種族の溝を埋めていく方が、啀《いが》み合うより断然いい。

「……我ら獣人は強く、大陸を支配すべき存在だ……だというのに何故女神は俺を認めぬのだ……」

力尽きたように頽《くずお》れたヘイスティング元帥が憎々しげに呻く。

「なぜって、女神にとって、そんなことはどうでもいいからだと思うよ」

「どうでも、いい……だと」

女神らしきものと邂逅した不思議な場所で、剥き出しの魂だけだった俺は、なんとなくうっすらと彼女の意思を感じていた。

女神が完全な善なる存在かといえばそうでもない。悪であるかと言えばそれも違う。

そもそも、俺たちの善悪と、女神の中にある善悪は同じものじゃない。

人々が良い方向へ向かうよう導いてるのかと思えばそうでもなく、世界がどう変わろうとも構わない。

構わないけど、無関心ではない。

だから、俺のような変わり種を世界に落としたりする。

「……ヘイスティング兄上。私は貴方と互いに支え合いながら、共にこの国を導いていきたいと思っておりました……とても残念です」

ベネディクト陛下がそう言えば、ヘイスティング元帥はぐっと拳を握りしめた。

目の前で項垂れる男の胸中にあるものが、後悔なのか悔しさなのか俺にはわからない。

「国を乱し、民を脅かしたヘイスティング・フェルス・ワーズティターズを、城の尖塔へ幽閉せよ！」

地下牢ではなく尖塔での幽閉。それがベネディクト陛下が下した決断だ。

陛下のお気持ちが元帥に少しでも伝わるといいけどな。

ベネディクト陛下の言葉を聞き、国王への忠誠を貫いた騎士たちが、ヘイスティング元帥を取り囲む。

「くっ……」

すっかり観念したのだろう、ヘイスティング元帥は大人しく騎士に従った。

彼は弟であるベネディクト陛下を一切振り返ることなく、大人しく玉座の間から退場した。その背中を見送る陛下に、王妃殿下がそっと寄り添う。

いつぞやの国王のように兄弟で力を合わせれば、きっとより良い国作りができただろうに。こんな結果になってしまって残念だ。

これから内乱の余波でワーズティターズは少しだけ大変だろう。ソルモンターナとの同盟も、しばらく先の話になりそうだ。

ここからはもう、俺の出番はない。

「クラウィス、無事に終わったね」

「ああ、二人には本当に感謝しかない。父に代わってお礼を申し上げる」

クラウィスが深々と頭を下げると、リベラも同じように頭を下げた。

「頭なんか下げないでよ。俺たちは仲間じゃないか。困った時はお互い様だよ」

「だが、サフィラスがいなければ、伯父貴の精鋭達をこんなにも簡単に制圧することはできなかった」

「役に立てたのならよかった。でも、ちょっとやりすぎちゃったかもしれない……北の城門と、玉座の間の扉、それから玉座も、かな？」

　俺は粉砕された、かつて椅子だったものにそっと視線を向ける。

「心配するな。救国の魔法使いに修理費用を求める程、恩知らずではないつもりだよ」

「そう言ってもらえると気が楽だ……じゃぁ、俺たちはそろそろ帰るよ。ね？」

　あんまり遅くなると、お兄さんたちが心配するだろうし。

　隣に立つパーシヴァルに視線を向ければ、彼も軽く頷いた。

　クラウィス達はしばらく忙しいだろうから、学院に戻ってくるのは少し先になるだろう。

「ブルームフィールド公爵令嬢にも感謝していると伝えてほしい……それから、お会いする機会があったなら、メルキオール殿下にも……」

「うん」

　公爵令嬢であるアウローラの口添えがあったとしても、学院で怪我人を受け入れることができたのは、何らかの形で王太子殿下が手を回してくれたからだと思う。

　怪我人を助けるのは人道的な行いだし、誰からも文句を言われる筋合いはない。国としても、不利益は無いと判断したんだろう。

「学院で治療してる怪我人は、動けるようになったらこっちに連れてくるよ」

「すまない。何から何まで感謝する」

「いいって、いいって、俺には大したことじゃないんだから。気にしないで」

　長い廊下を歩きながら、ふとクラウィスの背後に視線が向かう。

さっきは気が付かなかったけれど、玉座の間へと続く廊下の壁には歴代の王族の肖像画が飾られていた。

なんとはなしに見ていたら、威厳ある王族たちのその中に、俺がよく知る人物がいたので思わず二度見をしてしまった。

ええぇ……まさか……まさかだろう？

俺はフラフラと、その肖像画に歩み寄る。

物凄く立派な衣装を着ているけれど、間違いない。

「……バイロン……」

「なんだ、サフィラスはバイロン王兄殿下をご存知だったか。彼こそがこれまでの王位継承の在り方を覆し、弟殿下に王位を譲ったお方だよ。若かりし頃はほとんど国に帰ることはなく、冒険者として各地を渡り歩いていたらしい」

なんてことだ。まさか、バイロンが王族だったなんて。

あいつは自分の話は一切しなかったし、俺も聞かなかった。バイロンがどこの誰でも、俺は気にしなかったから。

それにしたってだ。態度は悪いし口も悪い彼のことを、誰が王族だなんて思う？

ってことは、もしかして古城の地下牢の話って、まさにこの城の話だったってこと？

まさか、あいつの話が百五十年後の俺を助けることになるなんてな。

あれ？　でもちょっと待てよ。ということは、あの地下牢には……

いや、いや。何があったかなんてのは考えないようにしよう。それがいいに決まっている。

「バイロン殿下はインサニアメトゥスを討伐し四英雄の一人となられたが、仲間であった大魔法使いが亡くなられると、冒険者を辞めて国に帰ってこられた。当然、次代の王にと望まれる声は多かったが、これからは力だけの時代ではないと、王位継承権を放棄したのだ。その後は冒険者時代に得た経験と知識で、弟君であるブラント陛下を支えたそうだよ」

そうなのか。風見鶏が解散した後、バイロンは国に帰ったのか。それでいい国を作ろうと頑張ったんだね。

ああ、だからか。クラウィスの表情に見覚えがあったのは。

初めて顔を合わせた時に、バイロンに似ていると思ったのも当然のことだったんだ。一番近くで、ずっとあの顔を見ていたんだから。

俺はクラウィスに視線を向けて改めてその顔を見る。

「ん？　何だ？」

「クラウィスは、バイロン殿下に似ているね」

「え？　そ、そうか？」

俺の言葉に、クラウィスはどこか照れ臭そうな表情を浮かべた。

バイロンは懐の深い、いい男だった。獣人だったけど、人族の女性にだってモテた。宿の飲み屋で、彼の隣を争う女性は片手では収まらない程いたんだ。

今回の一件で、クラウィスはいずれ国を背負う者としての覚悟を強く持ったことだろう。そういう覚悟は男をいっそう魅力的に見せる。

きっとお妃選びは相当苦労するだろうなぁ、なんてことを他人ごとのように思った。

バイロン、君の志はちゃんと受け継がれてるよ。きっとワーズティターズはこれからどんどん良い国になっていくと思う。

クラウィスに案内され、小さな北の城門から城に入った俺たちだけど、帰りは堂々と正面エントランスから城の外に出ていく。

外はすっかり日が傾いて、赤い夕焼けが綺麗だ。

そう言えばと、捕まえた兵士を見張ってくれている召喚獣を思い出したので、彼らには治安が安定するまでしばらくこの国に残ってもらうことにする。ちょっと強面の面子が揃いすぎて、王都の人たちが怯えるかもしれないけど。

混乱している今は、それぐらいがちょうどいいだろう。

「クラウィス、広場で俺の召喚獣たちが、捕らえた騎士と兵士たちを見張っているんだ。彼らをしばらく預けるから、よろしく頼むよ。ちょっとみてくれは怖いけど、気のいい奴らだから。力仕事も得意だし、やってほしいことがあったら頼むといいよ。きっと快く引き受けてくれる」

「そうか、それはありがたい」

「……そういえばケット・シーはどうしたかな？」

もうひとり、呼び出した召喚獣がいたな。

オルトロスたちと違って、彼はちょっと扱いが難しいから連れて帰った方がいいかもしれない。

「サフィラス、向こうから来るのはケット・シーじゃないか？」

パーシヴァルの視線の先に、夕陽を背負い足取りも軽く城に向かってくるケット・シーがいた。

あの様子から察するに、今回は十分楽しめたお願いだったんだろう。

「ケット・シー！　帰るよー！」

「ええぇ……まだ、帰りたくないにゃ！」

呼びかけにぴたりと足を止めたケット・シーが不服そうに返事をする。

いや、ええぇと言いたいのは俺の方だ。

もう十分楽しんだんじゃないの？

でも、まぁ、まだ物騒な連中が潜伏しているかもしれないし、助っ人は多い方がいいのかな。ハメを外すって言っても、そんなに無茶なことはさすがにしないと信じよう。

「クラウィス、悪いけどケット・シーも一緒に預かってもらえる？　あんまり迷惑をかけるようだったら、帰れって言ってやっていいから」

「もちろん構わないさ。今は人手が足りないから、助け手が多いのは助かるよ。ケット・シー殿、心ゆくまで我が国に滞在なさると良い」

「にゃーん！」

ケット・シーはくるりと宙返りをすると、再び街に向かって駆け出した。さっそく獲物《反乱兵》でも探しに行ったのだろう。

「……本当に大丈夫かな？」

調子に乗って、余計なことをやらかさなければいいけど。

「サフィラス、陽が沈む前に戻ろう。今ならまだ晩餐に間に合う」

嬉々として走り去ったケット・シーの姿を見送っていたら、パーシヴァルに促される。

「そうだね。それじゃぁ、クラウィス、リベラ、また学院で！」

「ああ、また」

二人に手を振って転移する。帰ったら食事だ。

お昼を抜いているから、お腹がぺこぺこだよ。今日の晩餐、お肉だったらいいな。

「陽が沈む前に帰ってこられたね！」

ヴァンダーウォールの城に転移してパーシヴァルを振り返ると、何故か視界がぐらりと歪んだ。

パーシヴァルが珍しく焦ったような表情を浮かべて何かを言っているが、まるで水の中にいるみたいにぼわんと音がこもってよく聞こえない。

んんん？　どうした？

そう思ったと同時に、俺の世界は暗転した。

☆　☆　☆

「あれ？」

何故か天井を見上げている俺は、思わず呟いた。

ついさっきパーシヴァルと一緒にヴァンダーウォールに戻ってきたばかりのはずなんだけど、なんで寝台で寝てるんだろう？

ここって、俺が滞在してる客室だよね？　一体いつの間に？

もしかしてまさか、ワーズティターズに行って、内乱を鎮圧してきたのって夢だったのかな？

「サフィラス様、お目覚めになられたのですね！　よかった！　すぐにパーシヴァル様をお呼びいたします！」

え？　クララベルさん？

クララベルさんが慌ただしく部屋を出ていく。いつものクララベルさんらしからぬ行動だ。

あんなに走ったら、スザンナさんに怒られちゃうんじゃないかな？

ふっと窓の外に視線を向けると、どういう訳か空が青い。この明るさだとまだ昼ぐらいだ。

俺たちがヴァンダーウォールから戻ってきたのって、夕方じゃなかったっけ？

それに、いつの間にか夜着に着替えている……

「……どういうこと？　あれってやっぱり夢だったのかな？」

「サフィラス！　気分はどうだ？　辛いところはないか？　どこかに違和感があったりはしていないか？」

「パーシヴァル？」

クララベルさんと入れ代わりに険しい表情をしたパーシヴァルが部屋に飛び込んできて、矢継ぎ早に体調について尋ねられる。

なんだかいつものパーシヴァルと様子が違う。

「いや、俺はどこも悪くないよ」

そう言って起きあがろうとすると、パーシヴァルにがっしり肩を掴まれて寝台に押し戻された。

「今、すぐに医師がくる。無理に起きなくていい」

「ええぇ……ほんとに、俺どこも悪くないんだけど」

「パーシヴァル様、サフィラス様が困っておいでですよ」

白い髭をたくわえた、ちょっと強そうなおじいちゃんがアンナさんと一緒にやってきた。

「デイヴィス先生、お待ちしておりました。サフィラスをお願いします」

なんと、強そうなおじいちゃんは医師だった。どんな病気や怪我も治しちゃいそうな感じ。ヴァンダーウォールでは医師まで強そうなんだな。

デイヴィス先生は椅子に座ると、俺の顔を覗き込む。

「顔色は随分良くなっていますな。失礼、ちょっと脈を拝見いたします」

そう言ったデイヴィス先生は、俺の手首をそっと握ると脈を数え始める。

「脈も正常ですな。熱もない」

そりゃそうだ。だって、俺の体調はすこぶる良好だもの。

「えーっと、すみません。俺はなんでこんなに心配されているんですか？」

ちょっと状況が理解できなくて、少々困惑している。

「過労でお倒れになったのですよ。よほどお疲れになっていたのでしょうね。二日間も眠っておられました」

「え、二日？　本当に？」

「ええ。大変よく眠っていらっしゃいました」

うわぁ、あれから二日も眠っていたのか。それは心配されても仕方がない。

監禁生活と栄養不足がたたっていて、虚弱気味である自覚はあったよ。それでも、最近は随分と肉もついたし、ちょっとはマシになったと思ったんだけど。

さすがに魔力で体力は補えないからなぁ。

向こうで倒れなくてよかった。

「皆様がたいそうご心配されて、それはそれは大変な騒ぎになっておりましたぞ。私がいくら過労だと言っても信じていただけず、難儀しましたわい」

「そ、それはご迷惑をおかけいたしました」

申し訳なさすぎて、合わせる顔がないな。

「すっかりお元気になられたようですし、もう大丈夫でしょう。ただ、サフィラス様は少々痩せ過ぎでいらっしゃる。今は体が成長する大事な時期です。少しずつで結構ですので、お食事の量や内容を、」

「デイヴィス！　サフィラスさんが目を覚ましたと聞きましたよ！　サフィラスさんは大丈夫なの⁉」

デイヴィス先生の話の途中で、アデライン夫人が貴族の御婦人らしからぬ勢いで部屋に飛び込んできた。その後を慌ててスザンナさんが追いかけてくる。

クララベルさんだけじゃなく、スザンナさんまで一体どうしたの？

「それでサフィラスさんの体調はどうなの？　魔力切れではないのね？」

「奥様も少し落ち着いてくださいませ。サフィラス様はどこも悪くございません。何度も申し上げておりますが、ただの過労でございます」

「それは本当ね？　本当に、どこも悪くはないのね？」

「本当でございます。私の見立てが信じられませんかな？」

「……わかりました。デイヴィスの言葉を信じます。サフィラスさん、よく無事で帰ってきました。本当によかったわ」

「すみません。なんだかご心配をおかけしたみたいで」

「いいのよ。何事もなく、ここに帰ってきてくれただけで十分です。二日も眠っていたのですから、お腹が減っているでしょう？　今、食事を運ばせますからね」

食事という言葉を聞いて、俺の腹が盛大に騒ぎ出した。

ずっと寝ていたんじゃ、そりゃ腹ペコだよ。できればお肉をたらふく食べたいな。

「サフィラス。肉を食べたいと思っているのだろうが、いきなり肉を食べさせるわけにはいかない。二日も寝ていたんだ。まずは胃の腑に負担が少ないスープからだ」

「え……！」

俺の腹はこんなにも肉を求めているというのに、スープだって⁉

それよりも何も言っていないのに、パーシヴァルはどうして俺が肉が食べたいってわかったんだ？　まさか、それもベリサリオの勘ってやつ？

「サフィラス様、パーシヴァル様の言う通りですぞ。いきなりたくさん召し上がっては、体の負担になります。先ほども申し上げましたが、お身体の成長の助けになるようにお食事をなさいませ」

「はい……」

なんてことだ。伯爵家での待遇が、こんなところで影を落とすなんて。

恨むぞ、伯爵……！

「パーシィ、あとはあなたに任せます。サフィラスさんをゆっくり休ませてあげてちょうだい。デイヴィス、わたくしたちは失礼いたしましょう」

「そうですな。では、サフィラス様。お大事になさってください。パーシヴァル様、あとは頼みましたぞ」

「はい」

デイヴィス先生とアデライン夫人が部屋から出ていくと、急に部屋が静かになった。

俺がよいしょと体を起こすと、パーシヴァルがさっと俺の背中にクッションを当てて楽な姿勢を取れるようにしてくれた。

「ありがとう。でも、そんなに気を遣ってくれなくても大丈夫だよ」

「いいや、まだ無理は禁物だ。疲労が取れたと言っても、体力はすぐに戻るわけではない」

パーシヴァルはそう言いながら、水差しの水を洋盃《コップ》に注いで渡してくれた。

差し出された水は、果汁が入っていてほんのりと甘い。

「美味しい……」

「もう一杯飲むか？」

「うん！」

パーシヴァルにお代わりを注いでもらって、一気に飲み干す。

それから間も無く、アンナさんとクラベルさんが食事を運んできてくれた。パーシヴァルの言った通り、スープと小さく切られた果物だった。

「やっぱりスープ……」

「サフィラス、そうがっかりするものでもない。このスープは肉と野菜を長時間煮込んで、裏漉ししたスープだ。濃厚で栄養価も高い。肉ほどではないが、きっと満足すると思う」

肉じゃなかったがっかり感があからさまに顔に出ていたんだろう。パーシヴァルに慰められてしまった。

「熱いから気をつけて」

パーシヴァルからスープがたっぷり入ったボウルを受け取る。

確かに濃厚そうなスープだ。それにいい匂い。

スープとはいえ、実に二日以上ぶりの食事。さっそく一口食べて予想外のおいしさに感動した。

え、何これ。うまい！

思った以上にまったりとしたスープはコクがあって、なんとも豊かな味わいだ。

美味さが五臓六腑に染み渡る。これなら何杯でも飲んじゃうよ。スープでガッカリなんて思ってごめん。

夢中になってスープを啜り、ボウルをすっかり空にしてチラリとパーシヴァルに視線を向ける。

お代わり、ほしいな？　なんて。

「もうやめておいた方がいい。一気に胃の腑を膨らませるのはよくない」

「……はーい」

名残を惜しんでいると、空になったボウルの代わりに果物の皿が渡された。小さくカットされた果物には蜂蜜がかけられていて、艶々と輝いている。

これはこれで、なかなか悪くない。

俺が蜂蜜がけの果物をちびちびと楽しんでいる間に、パーシヴァルはお茶を淹れてくれた。

「……すまなかった、サフィラス。側にいたというのに、倒れる前に気がつけなくて」

「やだなぁ、そんなのパーシヴァルが謝ることじゃないって。俺こそ自分の体を舐めてた。こんなに体力がないとは思わなかったよ。もうちょっと鍛えないとね」

サフィラスはどこもかしこもひ弱なのに、前世の記憶があるせいで、ついついこの体の限界を超えてしまいがちだ。

これからはもう少し気を付けないと。

「徐々に体力をつけていけばいいさ。無理は禁物だ」

「うん、そうだね」

詰め込み過ぎは良くないって、食事の一件で学んでいるからね。

お腹が満たされたせいか、なんだか急に眠くなってきた。

二日も寝てたのにまだ眠れるんだから、気力はともかく、体はまだ休みを求めているんだな。

「眠くなったか？　ならば無理せずに寝た方がいい」

パーシヴァルが背中に当てていたクッションを外して俺の体を横にしてくれたので、やってきた眠気に逆らわず素直に従う。

こんなに甲斐甲斐しく看病をされたのは今世では初めてだ。

ペルフェクティオの家では、具合が悪かろうがなんだろうが何もしてもらえなかったもんな。そのまま死んだ方が、伯爵には都合がよかったんだから。

パーシヴァルが優しい声をかけてくれる。なんだかすごく安心するな。

とりあえず、この後のことは、起きてからゆっくり話そう。

☆　☆　☆

それから俺は、二日も眠った後だと言うのに、さらにまるっと一日眠り続けてしまった。ほぼ三日間眠っていたことになる。人ってこんなに眠れるんだな。驚きだ。

そのお陰で今はびっくりするほどすっきりとして、力が漲っている。

俺がぐっすり眠っている間に、水面下では色々あったらしい。

内乱が起きた直後、獣人国との同盟に反対していた貴族たちは、「そら、見たことか」と言わんばかりに騒いでいた。

けれど、親人族派であるベネディクト国王が速やかに反乱軍を制圧し、人族を庇い怪我をした獣人たちを学院生たちが手当てしたという話が、民の間で美談となってあっという間に広がった。

そもそも、平民の間ではすでに獣人族は身近な隣人なのだ。

いかな貴族といえど、大きくなった民草の声は無視できない。

お陰で騒いでいた連中は随分と静かになったそうだ。

いささか話の拡がりが早すぎる気がするけれど、何はともあれ、めでたしめでたし、だろう。

「サフィラス様、ペシェを持ってまいりましたの。召し上がってくださいな」

サンドリオンさんがペシェを持ってお見舞いにきてくれた。

「ありがとうございます！」

硝子の器に入った滑らかで瑞々しい豊かな香りのペシェを見て、お茶会に呼んでくれたご令嬢たちを思い出す。

あのペシェのタルト美味しかったなぁ。

「サフィラスさん、マコロを持ってきたわ……あら、サンディ。あなたも来ていたのね」

マコロだって？　なんてことだ。次から次へと美味しいものがやってくるぞ。

俺はしみじみ幸せを噛み締める。

実はサンドリオンさんが来る前に、テオドールさんとカーティスさんが、やっぱりお見舞いを持ってきてくれた。オリエンスで有名だという焼き菓子の店のクッキーだ。

それだけじゃない。ヴァンダーウォール卿からも、宝石糖なるまさに見た目が宝石のような飴が届けられた。

おかげでテーブルの上は夢のような光景が広がっている。

「サフィラス、疲れは取れたか？」

俺が幸せに浸っていると、パーシヴァルも来てくれた。

もうすっかり元気になった俺だけれど、倒れて三日も寝込んだこともあって、みんな俺のことを過剰に心配している。いくら大丈夫だと言ってもなかなか信じてもらえない。

ちょっと体を動かそうかなと思えば、すごい勢いでアンナさんとクラベルさんに止められ、それならマテオに会いに行こうかなと思えば、スザンナさんがすっ飛んできて「まだ寝ていなければなりません！」と寝台に押し戻された。

どうも俺を外に出さないようにしているな？　とそんな空気を感じたので、とりあえず部屋で大人しくしていることにしたのだ。

そうしたら、今度はお見舞いの嵐だ。

「パーシヴァル！　もうすっかり元気だよ。なんか、ごめん。俺、みんなに迷惑をかけているみたい」

「いいや、迷惑なことなど何一つないさ」

スザンナさんがスッと椅子を運んでくると、パーシヴァルに勧める。

相変わらずソツのない仕事ぶり。

「パーシィが来たことですし、わたくしたちはこれで失礼いたしましょう」

「はい。それではサフィラス様、パーシヴァル様、失礼いたしますわね」

アデライン夫人たちがいとまを告げて戻っていく。

お二人とも忙しいのに、わざわざお見舞いにきてくれるなんて嬉しいよね。

「見舞いの品を持ってきたんだが……食べ物以外の方がよかったかな」

テーブルの上のお菓子や果物を見て、パーシヴァルが苦笑いを浮かべる。

「いや、食べ物はいくらあってもいいから、大丈夫！」

俺が食い気味に答えると、パーシヴァルは手のひらの上に載るくらいの、綺麗な箱を差し出した。まるで宝飾品の箱のようだ。

「随分綺麗な箱だけど、お菓子？」

「ああ。ショコラーテというらしい。なんでも、疲れを取る効果があるそうだ」

「へぇ」

受け取った箱を開けてみると、一口くらいの大きさの茶色い球のようなものが四つ入っている。模様が付けられたものもあるけれど、見た目は全く土塊《つちくれ》だ。

けれど、パーシヴァルが土塊《つちくれ》を持ってくるわけもないだろう。しかも、わざわざこんな立派な箱に入れて。

俺は一つ摘んでじっくり観察すると、えい、と、口に放り込む。

土塊《つちくれ》のようなそれは、あっという間に溶け出して、濃厚なクリームのようになった。甘さの中にあるほんのりとした苦味が口の中一杯に広がる。

「え？　なにこれ、凄く美味しい……ただの土塊《つちくれ》みたいなのに」

材料はなんだろう、とっても不思議なお菓子だ。

「それを、温かい飲み物として出す店もあるらしい」

「ええ？　これが飲み物？　それってまるで泥水じゃないか」

「……まぁ、確かにそうだな」

想像したんだろう。パーシヴァルが笑う。

「珍しいものなんだろ？　せっかくだから、パーシヴァルも食べなよ。見た目からは想像できないくらい、すごく美味しぃよ」

「いや、俺は……」

「四つもあるんだし、俺ばっかり食べても申し訳ないからさ！」

ショコラーテの一粒を摘むと、パーシヴァルの口元へ運ぶ。

「はい、どうぞ」

わずかに逡巡したけれどパーシヴァルは口を開いて、ショコラーテをパクりと食べた。

一瞬、パーシヴァルの唇が指に触れて、思わぬ柔らかさに心の臓がドキッと跳ね上がる。

パーシヴァルの唇って、柔らかい……って、いや、そんなの当たり前だ。パーシヴァルじゃなくたって、唇は柔らかいよ。

「本当だ、ほろ苦くて甘いな……」

「で、でしょ！　美味しいよね！」

つい、じっと口元に見入ってしまっていた俺は慌てて誤魔化した。

だけど、なんだかいけないことを知ってしまったような気がするのはなんで？

「そうだ、これをディランから見舞いだと預かった」

パーシヴァルから手渡されたのは、瓶に入った太陽の色をしたジャムだ。

「これは？」

「レモネのジャムだ。菓子はみんなからもらっているだろうからと。紅茶に入れて飲むと甘味と酸味が楽しめる」

「鮮やかな黄色が綺麗だね。後で紅茶に入れて飲んでみるよ……そういえば、そのディランさんは？」

「今朝、一足先に学院に戻った。サフィラスによろしく伝えてくれと言っていたぞ」

なんだ。もう学院に戻っちゃったんだね。ちゃんと挨拶をしたかったな。

「そっか、残念。学院でまた会えるかな？」

「ああ、会えるさ」

☆　☆　☆

それから数日後。

俺とパーシヴァルもいよいよ学院に戻る日がやってきた。

せっかくヴァンダーウォールに来たのに、後半は寝てばかりだったな。

木箱二箱分の朝採れレモネと、そのほか山ほどのお土産を用意してもらった俺は、来た時の何倍もの荷物を持って帰ることになった。

マテオについては、俺の転移があれば次からは長旅の必要もないし、王都よりもヴァンダーウォールで伸び伸び過ごす方がいいんじゃないかという話も上がったけど、何があるかわからないし、傍にいた方がいいだろうということで、やっぱり俺たちと共に王都に戻るんだ。

何より、マテオが俺の服を咥えて離さなかった。いつの間に随分と懐かれていたんだな。可愛いやつめ。

アデライン夫人と、サンドリオンさん。更には、今まで俺の面倒を見てくれたスザンナさんに、美の魔法使いアンナさんとクララベルさん。それに、ジェイコブさんまでお見送りのため、エントランスに揃っている。

忙しいヴァンダーウォール卿と、テオドールさん、カーティスさんには、昨夜の晩餐でお世話になったお礼を伝えた。

卿はまたいつでも来てくれと言ってくれた。その時は、途中で中止になった魔獣討伐にまた参加させてくれるそうだ。

冒険者としては深層への興味が尽きないので、ぜひ同行させてもらいたい。

「本当にあっという間だったわねぇ……もう帰ってしまうなんて、寂しくなってしまうわ」

アデライン夫人がとても名残惜しそうにしている。愛する息子とまたしばらく会えないとなれば、そんな気持ちにもなるものなんだろう。

「ヴァンダーウォールには一回の転移で来られるようになったので、パーシヴァルに会いたい時はいつでも言ってください。すぐに里帰りができますので」

「……あら、あら、まぁ……これはなかなか手強いわね」

「？」

俺の申し出に、何故かアデライン夫人は複雑な表情になった。

なにか変なことを言ったかな？

「まぁ、いいでしょう。パーシィが来る時は、サフィラスさんも必ず一緒に来てちょうだい。それから、杖はでき上がり次第学院に届けさせますからね」

「はい、ぜひ。杖も楽しみにしています」

規格外に大きなトライコーンの角を削って杖に加工するので、でき上がるまでに時間がかかるそうだ。

どんな杖になるのか、とっても楽しみだな。

「いいですか、サフィラスさま。髪のお手入れは毎日しっかりとしてくださいませ。オイルは十分ありますから、惜しまずお使いください」

「は、はい、努力します」

アンナさんとクラベルさんに、迫るように念を押されてしまった。二人からは、髪を手入れするオイルを山ほど持たされている。

「サフィラス様、次回はもっとお話しできる機会をいただけたら嬉しいですわ」

「もちろんです。ぜひ！」

サンドリオンさんは、お菓子のお土産をたくさん持たせてくれた。

ヴァンダーウォールの人たちには、本当に良くしてもらった。美味しいものもたくさんあったし、充実したお休みだった。

「サフィラス、そろそろ行こう」

「うん。それでは皆さん、長らくお世話になりました。とても楽しかったです！　ありがとうございました！」

俺は感謝の気持ちを込めて深々と頭を下げる。

「パーシヴァル様、サフィラス様、王都に戻られてもお体にお気をつけて」

ジェイコブさんの声に送られ、俺はパーシヴァルとマテオ、そして山のようなお土産と共に学院に戻った。

ヴァンダーウォール、また来られたらいいいな。

エピローグ

今日は、パーシヴァルと共にエミリちゃんを連れて王都観光だ。

学院に戻った俺は、アウローラからエミリちゃんの生い立ちを聞いた。

エミリちゃん一家は行商を営んでいて、家族で各地を巡っていたそうだ。

ところが、ワーズティターズに入る直前に魔獣に襲われ、両親が亡くなってしまった。エミリちゃんは、商品だった絨毯の下に両親が隠してくれたお陰で、なんとか助かったそうだ。

そのエミリちゃんを見つけて保護したのが、熊獣人のジェイデンさん。それ以来、エミリちゃんはジェイデンさんと一緒に暮らしているという。

「おじちゃんは、とても優しくて面白いの！」

俺とパーシヴァルの手を握って、エミリちゃんは元気に笑う。

おじちゃんはなんでもできるのよ、おじちゃんは凄いの、とずっとジェイデンさんのことを話している。誰かに話したくて仕方がないんだろう。

俺たちはそんなエミリちゃんの話を、うんうんと頷きながら聞く。

ジェイデンさんは兵士に連れていかれそうになったエミリちゃんを庇って、手酷い暴行を受けた。

俺が神殿から学院に運んだ怪我人の一人が、エミリちゃんのおじちゃん、ジェイデンさんだったのだ。

大好きなおじちゃんが酷い怪我をしたままどこかに連れていかれ、その後エミリちゃんを助けようとしたリベラまで、目の前で獣人兵士たちに襲われた。幼いエミリちゃんは、さぞ恐ろしかっただろう。

「でも、おじちゃんは怒ると怖いのよ。夕方までに帰らなかった時とか、右と左をちゃんと見ないで通りに飛び出した時とか、すっごく怒られたわ」

ジェイデンさんのことを話すエミリちゃんはとても嬉しそうだ。

ジェイデンさんのお陰で、エミリちゃんは両親を失った悲しさと寂しさを思い出さないで済んでいるんだね。

種族が違っても、血の繋がりがなくとも、二人は立派に家族だ。

これからもずっと、おじちゃんと楽しく暮らせるといいな。

そのなんでもできるおじちゃんジェイデンさんは、お世話になったお礼だと言って、学院内の修復が必要な建具や机、棚なんかの修理をしてくれている。ワーズティターズではそういう仕事をしていて、貴族の家にも出入りするほどの腕前らしい。

「おじちゃんはエミリちゃんのことを大事にしてくれているんだね」

「うん！　エミリもおじちゃんがとっても大事よ！」

「ならば、今日はおじちゃんにお土産を買って帰ろう」

パーシヴァルがそう言えば、エミリちゃんはにっこり笑って大きく頷いた。

「わぁ、いい匂い！　お兄ちゃん、あれは何？」

通りに並ぶ屋台の一つに、エミリちゃんが興味をしめす。

甘い匂いの漂ってくる先には、揚げ菓子の屋台がある。一口ほどの揚げ菓子を数個串に刺して蜜をかけた、屋台では定番のおやつだ。

「揚げ菓子だな。食べるか？」

「うん！」

エミリちゃんがぴょんぴょんと飛び跳ねる。

子供って甘いお菓子が好きだよな。

「サフィラスも食べるだろう？」

「もちろん！」

……あ、俺もか。

「その揚げ菓子を二本もらおう」

パーシヴァルがエミリちゃんと俺の分の串を注文してくれる。

「はいよ！　あんたたち、随分と仲のいい夫夫《ふうふ》だねぇ！　羨ましいよ！」

「ふ、夫夫……？」

え？　俺たちって傍《はた》から見たら夫夫に見えてるの⁉

「それに若いうちから養子を迎えるなんて、立派な心がけだ。苦労も多いだろうけど、親子三人で頑張るんだよ。可愛いお嬢ちゃんには一個おまけしとくから。蜜も特別たっぷりつけてあげるね」

「わぁい！」

いやいや！　頑張るんだよって言われても！

男同士で婚姻を結んだ場合は養子を迎えることが一般的とはいえ、俺たちは若すぎてまだ子供を育てられる年齢じゃないのに。

俺と違ってパーシヴァルは背が高いし大人びているから、もしかして実際の年齢より年上に見えているの？

「ありがとう。いい家庭を築けるよう、努力しよう」

え!?　パーシヴァル？　夫夫を否定しないで認めちゃうわけ!??

いや、でも、お店のおばちゃんの勘違いのお陰で、エミリちゃんが揚げ菓子のおまけをもらえるなら悪いことでもないし、わざわざ否定するのも無粋なのかも。

ここはおばちゃんの話に乗っておこう。

それに、俺ばかり勘違いされたことを気にしているなんて、却って恥ずかしいしな。平常心、平常心。

とはいえ……

俺はちらっとパーシヴァルの横顔に視線を向ける。

でも、パーシヴァルは誠実な人柄だし頼りになる男だ。彼となら互いに信頼できるいい家庭を築けそう。

「どうした、サフィラス？」

「あ、え、いや！　なんでもない！」

なんだか気恥ずかしくなって、俺は受け取った揚げ菓子を慌てて齧る。

ま、俺が伴侶を得るなんてちょっと想像できないし、縁のない話だな。

それから俺たちは、エミリちゃんにラエトゥスを案内してあげて、おじちゃんへのお土産も買った。よほど楽しかったんだろう。はしゃぎすぎたエミリちゃんは途中で眠くなってしまって、パーシヴァルに抱っこされていた。

覗き込んだエミリちゃんの寝顔はとても満足そうで、口元が微笑みの形になっている。

楽しい思い出で、怖かったことを早く忘れることができればいいな。

「すっかり寝ちゃったみたいだね」

「ああ、そうだな。そろそろ学院に戻ろう。きっとジェイデン殿が心配している」

「だね！」

エミリちゃんと一緒に、久々に王都を満喫した俺たちは学院へと戻った。


その翌日。

俺はパーシヴァルと一緒に、怪我が治ったワーズティターズの人たちを国に送り届けた。

みんなとっても感謝していて、学院生との別れを惜しんでくれていた。

これが一つのきっかけとなって、獣人と人族の絆が深まればいい。小さな信頼や親愛の積み重ねが、いつか大きな波になる日がきっとくると思うんだ。

「そうだ！　せっかくだから、クラウィスがどうしているか見に行こうよ！　街の中も見てみたいし」

ワーズティターズの王都の通りを歩けば、あの日とは違いたくさんの人たちが歩いていた。兵士たちに壊された店を、獣人と人が協力しあって建て直している姿もある。

あんなことがあった後だけれど、彼らの間に大きな蟠《わだかま》りはなさそうだ。

「よかった。みんな変わらずに生活しているみたいだね」

「街への被害が少なかったこともあるだろうな。サフィラスの迅速な解決がものを言った」

「俺だけの力じゃないよ」

俺と一緒に来てくれたパーシヴァルや、支援をしてくれたアウローラ。それに、何よりも勇気を持って元帥に立ち向かったクラウィスやリベラ、それに彼らと共に戦った仲間たちの力があったからこそだ。

逞しく復興に向かっているワーズティターズの人々の姿を眺めながら、俺たちは王城の近くまで行って、結局はクラウィスたちに会うことなくそっと国に帰った。

友達って言ったって、よく考えたら彼らは王族だ。「来ちゃった！」なんてノリで会えるわけもない。きっと忙しくしているだろうから、邪魔をしたら悪いし。また落ち着いた頃、様子を見にこよう。召喚獣やケット・シーがちゃんと彼の役に立っているといいんだけど。

とにもかくにも、これで一連の騒動は一段落ついた。


「いよいよ長期休暇も終わるな」

学院に戻ると、パーシヴァルがしみじみとつぶやく。

今はまだ閑散としている学院にも、間も無くいつものにぎやかな日常が戻ってくる。

「うん……なんだかあっという間の長期休暇だったよ。それにしても、ちっとも休んだ気がしないのはなんでだろう」

「まぁ、普通の学生は、休暇の間に他国の内乱を鎮圧するために奔走したりはしないだろうからな」

「それもそうか」

パーシヴァルと顔を見合わせて、思わず笑ってしまった。

長期休暇も含めて、一学期は本当に色々なことがありすぎた。

そろそろ普通に学生生活を送りたいけれど、どうも女神は俺に穏やかな日々を与えてくれるつもりがなさそうな気がして、二学期も平穏には過ごせない予感がするんだよなぁ……

「どうした、サフィラス？　急に難しい顔をして」

「いや。なんか、二学期も何か騒動が起きるような気がしてさ」

「確かに、サフィラスは騒動に好かれる性質《たち》のようだからな。おかげで、サフィラスと一緒にいると貴重な体験と経験が積める」

「あははは……」

否定できないところがなんとも微妙な気分だけど、前向きに考えてくれて良かった。

だけど、パーシヴァルが一緒なら何が起きたとしても、楽しく乗り切れる気がしている。

二学期よ、どんと来いだ……！

「あ！」

「どうした？」

「到達度試験って二学期にもあるんだよね？」

「ああ」

「っていうことは、また芸術の試験もあったりするのかな……？」

「もちろん、あるな」

やっぱりー！

二学期も悪夢にうなされることになるのかな……俺には新たな騒動よりも、こっちの方が脅威だよ。

「大丈夫だ、心配することはない。また俺と一緒に学んで行こう」

「……うん、ぜひともよろしくお願いします」

新学期も頼りにしているよ、パーシヴァル。

番外編　パーシヴァル・ベリサリオ2

「サフィラス？」

昼食を食べ終えて、横になったサフィラスがふと静かになった。声をかけたが、返事がないので寝てしまったのだろう。

日差しはそこそこ暖かいが、水の近くは案外冷える。荷物入れの中から薄手のコットンケットを取り出しサフィラスに掛けた。

意志の強さを宿したサファイアの瞳が隠されてしまうと、サフィラスは途端にあどけない顔になる。無防備に眠るその姿に、言いようもない柔らかな気持ちになり、まだ湿っている髪をそっとすいた。その指触りの良さに、二度三度と指を滑らせる。

すっかり寝入っているサフィラスは、俺が髪に触れたことに気が付いていないだろう。起きている彼にこんなことはできないなと、わずかな罪悪感を感じそっと指を離す。

この辺りでは一般的だが、他地域ではあまり知られていないいささか変わった釣りにサフィラスは熱心に挑戦していた。

あの釣りは小さくて軽い疑似餌を遠くに飛ばさなければならないので、思ったより体力を使う。

とはいえ、サフィラスは魔法を使って疑似餌を飛ばしていたようだけれど。

相変わらず微妙な魔力操作を苦もなくやってのける。

キングスリー部隊との対戦試合でも、サフィラスは兵士たちを傷つけないよう力を加減していた。

ヴァンダーウォールにも強い魔法を使える者はそれなりにいるが、サフィラスほどに魔力操作が正確な者となると、その数はずっと少なくなる。

ギルドの登録が十六歳からで良かった。もし、昔のように十二歳から登録できたとしたら、サフィラスは未練なく学院を辞め一人で冒険者になっていたはずだ。

これもきっと女神の巡り合わせだろう。俺はそれに感謝しなければいけない。

サフィラスを起こさないよう静かに風が吹き渡る湖面を眺めていると、鱒が水面に躍り上がりきらりと魚体を光らせる。湖面を叩く水音を聞き、サフィラスの白い背中に残っていた傷痕を思い出した。

背中全体に残る鞭の痕は、まるで刑を受けた罪人のようで、痛々しく正視に耐えないものだった。

あんな細い体に消えない痕が残るほど鞭を打つとは、信じられない所業だ。

魔力がないと判じられた所為で冷遇されていたとは聞いていたが、まさかあんな体罰まで受けていたとは想像すらしていなかった。それをなんでもないことの様にサフィラスは言うのだ。

どこに向けようのない怒りにグッと拳を握る。

最近ようやく健康的な体つきになってきたが、出会った頃のサフィラスは不自然なほどに痩せていた。兄と弟はまともな体格だったというのにだ。きっと彼はペルフェクティオの家で、食事すらまともに与えられなかったのだろう。

貴族に生まれれば、当然厳しく教育される。背負うべき責任があるからだ。

与えられた領地と領民を守ることは、領民に支えられている貴族の義務でもある。

俺もこのヴァンダーウォールの地に生まれ、幼い頃から剣を握り、魔獣と戦うことを教えられた。

時に稽古の厳しさに逃げ出し、魔獣の恐ろしさに立ち竦むこともあった。

けれど、どんなに厳しい鍛錬や魔獣討伐にも耐えられたのは、父上や母上、そして兄上たちの愛情があったからだ。

オルドリッジ伯爵は、魔力がないというその一点だけで、実の息子を不当に扱っていた。母親さえもサフィラスの味方ではなく、同じ兄弟だというのに、長男と三男には十分な教育と愛情を与え、次男にはその一切を与えない。

そんな家族の中で、サフィラスは一体どんな思いで過ごしていたのか。その心情を思うと言いようのない苦しさとともに、伯爵に対する怒りが湧き上がってくる。

けれど、魔力がないと冷遇されていたサフィラスは、詠唱もなく魔法を使い、転移や召喚魔法まで使いこなしている。間違いなく兄弟の中では一番優秀な魔法使いだ。

しかし、実の父であり魔法伯とも呼ばれるオルドリッジ伯爵には、彼の才能を見抜くことはできなかった。アウローラ嬢の方が才能を見抜く眼を持っていたというわけだ。魔法伯の名が聞いて呆れる。

今のオルドリッジ伯爵の立場はいささか微妙だ。魔法伯と呼ばれながらも、これと言って目立った功績もない。初代の威光も薄れつつある今、自らの立場を主張することばかりに腐心し、騎士団との間に軋轢《あつれき》すら生じさせていると聞く。相談役という立場にありながら、魔法師団にとっては厄介な存在となっているのだ。

たとえ伯爵が魔法使いとして並みだったとしても、人格者であったなら、今の伯爵の立場も随分違ったものだったろうが。

伯爵が己の足元の危うさに気がついているかはともかく、サフィラスが優秀な魔法使いだと言うことは、よほど濁った眼をしていなければ公爵家の茶会で気がついたはずだ。虐げてきた息子こそ、魔法伯の地位を盤石にする者だったと。その価値に今更気がついてもすでに遅いが。

家族に見切りをつけているサフィラスは、どれほど懇願されても家には戻ることはないだろうし、ブルームフィールド公爵も既に斜陽のオルドリッジ伯爵をサフィラスに近づける気はないだろう。

そんなサフィラスの立場もまた非常に微妙だ。公爵家の後ろ盾があるとはいえ、伯爵家を出た彼は家名を持たない平民でしかない。

『あの子が王家や公爵家に取られても何とも思わないと?』

あれは、サフィラスと対戦試合をした日のことだった。母上に呼び出され、そう言われた。

☆　☆　☆

サロンのテーブルには、テオドール兄上の婚約者であるサンドリオン義姉上も同席していた。べリサリオ家に関する重要な話か、それとも魔獣の森の討伐に関することだろうか？　だが、どちらにしても父上とカーティス兄上がいなければおかしい。

一体の話だろうかと、いささか緊張が走る。

「聞きましたよ、パーシィ。サフィラスさんとともに、あのキングスリーの部隊を打ち負かしたそうね」

兄上とサロンに入るなり、待ちきれないとばかりに母上が口を開いた。もうその話を耳にしたのかと驚きつつも、とにかく早く座るようにと促され席に着くと、すぐにお茶が供された。

「テオは試合の様子を見ていたのでしょう？　どうだったの？」

「はい。正直驚きました。学院の第一学年のレベルとは到底思えないものです」

「まぁ、そうなのね！　その辺りを詳しく聞かせてちょうだい」

母上の顔が喜色に溢れる。

「二人が討伐参加を賭けて練習試合を始めたと報告を受けて私が急いで駆けつけた時には、すでに魔法使い五人が戦線離脱させられていました。すぐに止めなくとも大丈夫だと判断してそのまま見学させてもらいましたが、サフィラス殿は無詠唱で複数の魔法を使いこなすだけではなく、正確な転移を繰り返し、キングスリーの部隊を翻弄しておりましたよ。はっきり言って、彼は規格外の魔法使いです」

「そう。無詠唱のうえ転移まで……それは素晴らしいわ。キングスリーも、まさか学生二人相手に手も足も出ないとは思いもよらなかったでしょうね。けれど、キングスリーにはサフィラスさんを討伐に参加させることは伝えてあったのでしょう？」

「ええ。ですが、経験のない学院生を参加させることには反対しておりましたから」

幼い頃から討伐に参加している俺と違い、学院の演習の討伐しか経験していなければ、魔獣の森に入っても足手纏いにしかならない。

だからキングスリー殿が反対することも、ある程度は予想していた。

けれど、サフィラスならば問題はない。

よしんば危険があるとしても、俺が必ずサフィラスを守る。

「しかも、パーシヴァルとの連携も見事なものでした。相手に次の手を全く読ませない」

兄上の話を聞いて、母上が満足そうに何度も頷く。

「アデライン様は、サフィラス様を随分と気に入っておいでですわね」

今まで黙ってお茶を飲んでいた義姉上が、静かにカップをソーサーに戻す。

「サンディはあの子をどう思いますか？」

「とても素直で朗らかなお方だと思います。それに、精霊のように美しいですわ」

「ええ、そうね。わたくしもそう思うわ。その上、卓越した魔法の使い手だなんて、パーシィのお相手として、これ以上ふさわしい子はいないのではなくて？」

「ちょっと待ってください。まさか、母上……」

「テオはまだ黙っていて。それでパーシィ。あなたはサフィラスさんのことをどう思っているのか聞かせてちょうだい」

「……どう、とは？」

予想もしていなかった問いに思わず戸惑う。なぜサフィラスがこんなにも話題になっているのかわからない。

「色々あるでしょう？　それとも、もう気持ちくらいは伝えているの？」

色々？　色々とは？　そもそも気持ちを伝えるとは一体何のことだろうか。

「……いきなりそのような話をしても、パーシヴァルだって困るでしょう」

「テオ、こういうことは遠回しに聞いても仕方がないのよ。話を進めるのなら、早い方がいいでしょう？　パーシィに任せていたら、いつまで経ってもまとまりませんよ」

「いいえ、母上。そういう話はとても繊細なのです。何でも直截《ちょくせつ》に聞けばいいものではありません」

「まぁ、テオ。まさかあなたから心の機微などを語られるとは思っていなかったわ」

「そもそも、サフィラス殿がパーシヴァルのことをどう思っているのか、わからないではないですか」

「どうも何も、長期休暇にわざわざ辺境の我が家に来てくれたのだから、悪く思ってはいないはずよ。そうでしょう、パーシィ？」

繊細？　心の機微？　ますます話が見えないが、サフィラスは肉が食べたくてここに来ただけだ。

「ちょっと待ってください、母上。兄上、本当に、一体なんの話をされているのですか？」

どういうことかと俺は兄上に困惑の視線を向ける。

「パーシヴァル。母上はサフィラス殿を大変気に入っておられる……つまり、その、できれば我が家に息子として迎えたいと」

「……それはサフィラスを養子にしたいということですか？」

「ほら！　ほら！　ご覧なさい！　この子はね、はっきり言わないとわからないのよ。パーシィ、あなたにサフィラスさんを伴侶とし、我がベリサリオ家にお迎えする気はあるのかと聞いているのです」

「は、伴侶？」

今にもテーブルから身を乗り出さんばかりの母上の勢いに、思わず身を仰け反らした。

それよりも、一体いつからそんな話になっていたのか。

サフィラスのことは、手紙ではっきりと友人と書いたはずだったが。

「サフィラスは友人だと伝えていたはずですが」

「いや、それが……母上は、初日からパーシヴァルが伴侶を連れて帰ってきたと思っていたようだ」

「それは……」

妙に母上の機嫌がいいなと思っていたが、まさか初日からそんな誤解があったとは思いもしなかった。サフィラスが聞いたら気を悪くしそうだ。

「……もしや、母上は最初からサフィラス殿のあの才能を見抜かれていたのですか？」

「まぁ、テオ。いくらなんでも一目見ただけでそんなことがわかるわけがないでしょう。けれど、パーシィがわざわざこの地に連れて来たのですから、特別な相手であることには違いないわ。パーシィも三男とはいえ、ベリサリオの男ですからね。パーシィの直感がサフィラスさんを選んだのだとしたら、ただ綺麗なだけの子ではないと思ったのよ」

俺の勘が、というのならば間違っていない。

サフィラス自身が魅力的な人物だったということもあるが、直感で共にいるべき相手と感じたことも確かだ。

「……そもそも彼は一体どこの血筋なんだ？　公爵家の支援で学院に通っているとは言っていたが、家名は名乗らなかった。だが、学院に通っているのだから根っからの平民ではないだろう？　類稀な美しい容姿に、あれほどの魔法の腕前。噂ぐらいは聞こえてきそうなのに、彼の話は一切聞いたことがない。まさか、公爵家の秘蔵っ子というわけじゃあるまいな？」

「いいえ、違います。サフィラスの個人的な事情を詳しく話すことはできませんが、確かに彼は貴族でした。オルドリッジ伯爵家の次男、サフィラス・ペルフェクティオ。それが彼の元の名前です」

「は？　なんだって？」

「……魔法伯の次男といえば、魔力を持っていないと聞いているけれど。でもサフィラスさんは見事な魔法の腕前で、キングスリーの部隊を打ち倒したのよね。随分と話が違うわ」

オルドリッジ伯爵家の次男の話は、この辺境伯領にまで聞こえてきている。兄上や母上が驚くのも当然だ。

「そうですね、でも実際は違いました」

「どういうことだ？」

兄上の表情が厳しくなる。貴族の社会は複雑だ。何か秘密を抱えているかもしれない人物に対し、慎重になるのも当然と言える。

「彼はオルドリッジ伯爵家にいる間は、魔法を使っていなかったようです」

「なぜそんな事を？」

「それは俺にもわかりません。ただ、もしかしたらサフィラスは、伯爵家から放逐されるのを待っていたのかもしれません。彼は冒険者になることを強く望んでいて、伯爵家から籍を抜かれた場合は、学院を辞めてギルドに登録するつもりでいましたから」

「確かに、あれだけ魔法が使えるのなら、ソロの冒険者でも十分にやっていけるだろうな。だが、ギルドは十六歳にならなければ登録できないだろう？」

「彼にその知識はありませんでした……そこに手を差し伸べたのがブルームフィールド公爵令嬢です。学院の後援奨学金制度を使うように勧め、試験に合格したサフィラスは公爵家の後ろ盾を得て、今に至ります」

「まぁ、なぜそこでパーシィが声をかけなかったの！　我が家でも学院生の一人くらい援助できる余裕はあるのよ！」

「母上、無理を言ってはいけませんよ。少し落ち着いてください」

　またしても席から立ち上がりそうな勢いの母上を兄上が諌める。

　今日の母上は少し感情的すぎるのではないだろうか。

「テオ、わたくしの気が早いとでも思っている顔をしているわね。でも、辺境伯家のライバルが王家や公爵家だとしたら、呑気に構えている場合ではなくってよ」

　王家や公爵家が我が家のライバル？　随分と穏やかではない話だが、兄上は少し考え込んだ。

「……パーシヴァル、公爵閣下はサフィラス殿の将来をどのように考えているんだ？」

「それはわかりませんが、サフィラスは冒険者になることを閣下にはっきりと伝えています」

「王家はどうなの？」

「王太子殿下は……サフィラスの能力を見定めようとしているようではありました」

「確か、第二王子は謹慎だけで除籍はされていなかったわね。形だけの伴侶にはうってつけではなくて？」

「あ……」

その言葉でようやく、母上が王家や公爵家を気にする理由に思い至った。

無詠唱で次々と魔法を繰りだす稀なる魔法使いであるサフィラスは、力を必要とする者にとって喉から手が出るほど欲しい存在だ。そして、そんなサフィラスはまだ成人前であるにもかかわらず、その身柄を守ってくれるはずの家族との縁は切れている。

たとえ廃籍されていなかったとしても、伯爵なら己の利のために躊躇いもなくサフィラスを差し出すだろうが。

つまり、彼の力を欲する大人たちにとって、非常に都合の良い立場にいるのだ。

メルキオール王太子殿下は抜け目のないお方だ。あまり考えたくはないが、公爵家を通しサフィラスを第二王子の形だけの伴侶として、王家に取り込もうと考えていてもおかしくはない。

おそらく、王家はサフィラスを無下に扱うことはしないはずだ。だが、サフィラスは自由を望み、冒険者として旅に出る日を心待ちにしているのだ。

「打てる手は、早めに打っておかなければなりません」

「ですが、仮にそうだとしたら、古参の有力公爵家や王家に、辺境伯家が横槍を入れることになってしまうのですから、相当の覚悟が必要ですよ。父上がどう思われるか」

サフィラスに王家の一員となるつもりはないだろう。そんなことにでもなったら、さっさと国を飛び出して姿をくらましてしまうに違いない。

その時、俺はサフィラスの隣に立っているだろうか？

「パーシィはあの子が王家や公爵家に取られても何とも思わないと？」

「そんなことはさせません」

思わず立ち上がっていた。

「あら、それは、どういうことかしら？」

母上の鋭い視線が俺に向けられる。

普段は明るくおおらかな人だけれど、こういうところはやはりヴァンダーウォールの女性だ。

「サフィラスは長い間自由を望んでいました。その彼がようやくオルドリッジ伯爵家から解放され、本来の姿を取り戻したのです。それをどうして、再び縛り付けて自由を奪うような酷いことができるでしょうか」

「そう。それで、パーシィはどうしたいのかしら？」

「俺は……サフィラスの望みを叶えたい。彼が冒険者になるのならば、同じ道を行こうと考えています。彼の目指すものを共に目指したい。そのためにベリサリオの名を捨てる覚悟もしております」

俺をじっと見据えていた母上が、扇子を手のひらに打ちつける。

「よくぞ言いました！　いいでしょう。あなたにそこまでの覚悟があるのでしたら、ベリサリオ家もその心づもりで動きましょう」

母上が深い笑みを浮かべた。少なくとも、冒険者になることは認めてくれたようだ。家名を捨ててまで冒険者を目指すことは、ベリサリオ家に生まれた責任を放棄するようで心苦しくはあるが、俺はサフィラスと共に歩みたい。

何よりも、俺の直感がそうしろと言っている。

サフィラスが王家に対してどういう感情を持っているのかはわからないが、少なくとも公爵家には恩義を感じている。国を出ても、自身の流儀に則って恩を返そうとするかもしれない。

母上の言う通りヴァンダーウォールが後ろ盾になっていれば、余計な心配は少なかっただろう。だけど、そんなことは関係ない。貴族でなくなった彼は、自由に生きていいはずだ。

サフィラスは今が楽しいと言って笑った。今だけではなくこれからもずっと笑っていてほしい。

☆　☆　☆

陽が傾く頃になっても、サフィラスに起きる気配はなかった。

サフィラスには己の体力を見誤り、限界を超えても動き回るところがある。

最初は無理をしているのかと思ったが、本人も限界がわかっていないようだ。閉じ込められて育った弊害なのだろう。

できれば、自然に目覚めるまで寝かしておいてやりたいが。泳げる季節とはいえ、陽が暮れれば湖の辺《ほとり》はかなり冷え込む。

まずは釣竿やランチボックスを片付け、荷物入れにしまう。マテオを呼び寄せ、手綱をつけた。そろそろ頃合いだろうと、サフィラスを起こす。

「サフィラス。もう冷えてくる。城に帰ろう」

「ん……んん？　え!?　うそ、もう夕方？」

慌てて飛び起きたサフィラスは、暮れ始めている空に驚いている。本当によく寝ていたからな。

「せっかく湖まで連れてきてもらったのに、ごめん……」

「のんびりと寛ぐために来たんだ。気にすることはない」

「でも俺が寝ている間、パーシヴァルは退屈だったんじゃないか？」

「そうでもないさ、サフィラスの寝顔を眺めるのもなかなか悪くなかった」

何もしない時間というのは、時には必要だ。改めて色々と考えることができた。

帰りの道中、サフィラスは鱒のムニエについて尋ねてきた。どうやらムニエを食べたことがないらしい。どんな料理か説明したら、熱心に耳を傾けていた。

貴族の家に生まれたなら、ムニエくらい口にすることはあるだろう。

誰もが知るギルドの冒険者登録が十六歳からであることを知らず、かと思えば皆が知らないようなことには詳しい。サフィラスの偏った知識は、彼がいかに歪んだ環境に置かれていたかを物語っている。

晩餐が楽しみだと無邪気に笑うサフィラスを、強く抱きしめたい想いに駆られた。


城に戻りサフィラスをスザンナにお願いした後、鱒を厨房に届けムニエにするよう頼む。

「あら、パーシィ。お帰りなさい」

「母上、ただいま戻りました」

「遠乗りはどうでしたか？　サフィラスさんは楽しんでいたかしら？」

「はい。とても有意義な時間でした。今夜はサフィラスの釣った鱒がテーブルに上がる予定です。彼の希望でムニエにしてもらいます」

「まぁ、そう。それは楽しみね。少しマーサのところに顔を出してこようかしら」

母上は上機嫌で厨房に向かう。恐らくムニエに合わせて、その他のメニューを料理長と相談するのだろう。

サフィラスが来てから母上は上機嫌だ。気難しいキングスリー殿も彼のことは気に入っている。

確かにサフィラスには、魔法以外にも人を惹きつける不思議な魅力がある。

王家や公爵家の話だけではなく、いずれ彼の隣に立ちたいと思う者が幾人も現れることだろう。

それは伴侶としてか、パーティの仲間としてかはわからないが。

今の俺には、大切な仲間を守り抜けるだけの力はまだない。堂々と彼の隣に立つ者として名乗りを上げるには未熟だ。

それでも俺は、誰を敵に回そうとも、サフィラスの自由を守る者でありたい。

「……もっと強くならなければ」

俺はぐっと拳を握りしめた。

この作品に対する皆様のご意見・ご感想をお待ちしております。

おハガキ・お手紙は以下の宛先にお送りください。

【宛先】

〒150-6019 東京都渋谷区恵比寿4-20-3 恵比寿ｶﾞｰﾃﾞﾝﾌﾟﾚｲｽﾀﾜｰ 19F
（株）アルファポリス　書籍感想係

メールフォームでのご意見・ご感想は右のＱＲコードから、
あるいは以下のワードで検索をかけてください。

アルファポリス　書籍の感想　検索

ご感想はこちらから

本書は、「アルファポリス」（https://www.alphapolis.co.jp/）に掲載されていたものを、
改題、改稿、加筆のうえ、書籍化したものです。

いつから魔力《まりょく》がないと錯覚《さっかく》していた!? 2

犬丸まお（いぬまる まお）

2024年 4月 20日初版発行

編集－徳井文香・森 順子
編集長－倉持真理
発行者－梶本雄介
発行所－株式会社アルファポリス
〒150-6019 東京都渋谷区恵比寿4-20-3 恵比寿ｶﾞｰﾃﾞﾝﾌﾟﾚｲｽﾀﾜｰ19F
TEL 03-6277-1601（営業） 03-6277-1602（編集）
URL https://www.alphapolis.co.jp/
発売元－株式会社星雲社（共同出版社・流通責任出版社）
〒112-0005 東京都文京区水道1-3-30
TEL 03-3868-3275
装丁・本文イラスト－ｼｪﾘｰ
装丁デザイン－百足屋ユウコ＋タドコロユイ（ムシカゴグラフィクス）
（レーベルフォーマットデザイン―円と球）
印刷－中央精版印刷株式会社

価格はカバーに表示されてあります。

落丁乱丁の場合はアルファポリスまでご連絡ください。

送料は小社負担でお取り替えします。


ISBN978-4-434-33738-3 C0093